LE TRIPODE

Littératures ■ Arts ■ Ovnis

Illustration de couverture : Phileas Dog,
collectif des 400 coups.

Conception graphique de la collection Météores : Oskar

Olivier Mak~Bouchard

LE TEMPS DES GRÊLONS

LE TRIPODE

Le temps et l'espace ne sont que des repères,
non des limites insurmontables.
Hugo Pratt

NOTE DE L'ÉDITEUR

Ce jour-là, dans les locaux du Tripode, Olivier Mak~Bouchard avait ce sourire silencieux qui est chez lui l'expression de la pudeur. Il venait de me remettre une pochette remplie de carnets. Je parcourus d'un premier coup d'œil ce qui semblait être un manuscrit accompagné de photos et de courriers administratifs.

Après un bref temps d'attente, l'auteur du Dit du Mistral *me raconta qu'il existait une œuvre d'Arthur Rimbaud, intitulée Photographie des temps passés, que personne n'avait réussi à retrouver jusqu'à présent. Son existence avait été révélée dans les années 1920 par l'un des amis du poète, Ernest Delahaye. Rimbaud lui en aurait lu plusieurs poèmes. Verlaine, pour sa part, l'aurait parcourue et se souvenait encore, des années plus tard, « d'étoiles de sang » et de « cuirasses d'or[1] ».*

Olivier poursuivit : « Photographie des temps passés *est considéré par les spécialistes comme le dernier projet d'écriture d'Arthur Rimbaud, avant qu'il abandonne la poésie en 1875 et quitte la France pour l'Éthiopie. »*

---

1. En 1960, la découverte fortuite d'une lettre de Rimbaud dans un grenier confirma la réalité de cette œuvre, et la date de sa rédaction : 1874.

Il eut un dernier sourire, plus mystérieux, puis il ajouta : « C'est possible. Mais peu importe, à vrai dire, quand on voit ce qui se passe de nos jours. » Il se tut, et montra le dossier que j'avais laissé ouvert sur mon bureau. « C'est là-dedans. Il faut tout lire, tu comprendras. »

Il avait raison. J'ai tout lu, et j'ai compris.

F. M.

En mémoire de Peter

LES PHOTONS

PHOTON. *n.m.* Particule élémentaire échangée lors de l'absorption ou de l'émission de lumière par la matière.

1. LE JOUR OÙ LES APPAREILS PHOTO N'ONT PLUS MARCHÉ DU TOUT

C'est pas ma faute, c'est celle de Gwendo. Je lui ai dit de pas le prendre en photo, que c'était interdit, qu'ils n'aimaient pas ça. Je ne l'ai pas inventé, on l'a vu cette année en cours avec Mme Philibert.

Mme Philibert, c'est notre prof d'histoire-géo. Elle nous a fait travailler sur les États-Unis : Christophe Colomb qui s'est trompé de pays, les colons qui mangent des dindes en hiver, les cow-boys et les diligences. C'est avec elle qu'on a appris que les Indiens ne voulaient pas être pris en photo, qu'ils pensaient que ça attrapait leur âme. Comme on est une bonne classe et qu'on a eu de bonnes notes pendant l'année, Mme Philibert et les autres professeurs ont organisé une sortie scolaire. Ils nous ont proposé au choix OK Corral ou Les Baux-de-Provence. OK Corral, parce que c'est un parc d'attractions sur le Far West, ou alors Les Baux-de-Provence, parce que c'est un village du Moyen Âge et qu'en français on a étudié les chevaliers de la Table ronde. Moi, j'ai voté pour le Moyen Âge mais le reste de la classe, ils ont voté pour OK Corral, alors du coup on est allés à OK Corral parce qu'il faut respecter la majorité.

À OK Corral, il y a tout comme dans l'Ouest américain : des chevaux, des cow-boys avec des pistolets, et des Indiens avec des plumes dans la tignasse. On a vu un vrai duel dans la grand-rue, deux cow-boys se sont regardés en plein cagnard pendant un long moment puis se sont tiré dessus. Le méchant est tombé par terre et je crois bien qu'il est mort. En tout cas tout le monde a applaudi.

En bas de l'estrade, en partant pour le petit train de la mine abandonnée, on a croisé un Indien sur son cheval. Il avait de la peinture jaune sur le visage, un pantalon à franges et des colliers autour du cou. Mme Philibert nous a dit que c'était pour la scène suivante, l'attaque de la diligence, mais qu'on n'avait pas le temps, il fallait se dépêcher pour aller à la ruée vers l'or. C'est un petit train, il n'y a pas beaucoup de places.

Gwendo m'a demandé de prendre l'Indien en photo avec mon téléphone. Gwendo, c'est ma meilleure copine, ou du moins c'était. J'aime pas trop rester avec les filles, elles aiment pas jouer aux bonshommes de guerre, et en plus les autres garçons se moquent de toi. Et puis les filles sont des chipies, elles vous embêtent rien que pour le plaisir de vous ennuyer. Avec Gwendo, c'est différent, du moins ça l'était jusqu'à cet Indien. Le téléphone, ce n'est pas vraiment le mien, c'est celui de ma maman. Elle me l'a prêté pour la journée au cas où je me perds ou si j'ai un souci.

J'ai dit à Gwendo qu'on n'avait pas le droit, que c'était défendu, que les Indiens avaient peur des photos parce qu'elles volaient leur âme. Je m'en souviens très bien, Mme Philibert m'avait fait venir au tableau pour vérifier que j'avais bien appris ma leçon.

« Maaaiiis c'est pas des wrais, tu vois bien que c'est des faux, t'es wraiment trop bête », a répondu Gwendo en rigolant.

Gwendo n'est pas française, il lui arrive de se tromper entre l'anglais et le français. Elle est née à Londres, ses parents sont venus s'installer en Provence il y a deux ans seulement. D'ailleurs son vrai nom c'est Gwendolyn, mais elle trouve que ça fait bourge et elle préfère qu'on l'appelle Gwendo.

Ou Gwen. J'aurais dû lui répondre que c'est elle qui était bête, et faire super-miroir : c'est celui qui dit qui est. Et en plus, l'appeler Gwendolyn, exprès pour la faire enrager. Mais je n'ai rien trouvé à lui dire à ce moment-là, je suis resté le bec dans l'eau et elle en a profité pour me piquer mon téléphone. Je lui ai couru après en criant mais c'était trop tard, j'ai entendu clic. L'Indien aussi, il a dû l'entendre, parce qu'il s'est retourné sur son cheval et nous a regardés : « Alors, les petits papooses, on fait les méchants ? »

Gwendo a regardé la photo sur l'écran pendant deux secondes et me l'a rendu en disant : « Il est mort, ton téléphone, tu peux le jeter à la poubelle. »

En entendant ça, j'ai eu la frousse de ma vie, parce qu'on n'est pas Crésus et que si j'ai cassé le téléphone, je vais me faire appeler Jules ce soir. J'ai regardé de près : l'écran n'avait pas une égratignure, c'était toujours ça de pris. Mais j'ai vu la photo et j'ai compris ce qui clochait : l'Indien n'était pas dessus. Il y avait la rue, les maisons en bois, le cheval, mais dessus le canasson, personne. Pas d'Indien, pas d'Indien sur le cheval, pas d'Indien du tout.

« Il est où le problème, à ton avis ? » m'a demandé Gwendo par-dessus mon épaule. Elle s'était rapprochée, elle ne faisait plus la béoùe[2].

Va savoir où il était le problème. Ça pouvait venir du téléphone, ça pouvait venir de l'Indien : peut-être qu'il n'avait déjà plus d'âme, à force d'être pris en photo.

« Tu l'as cassé, il est là le problème. Bravo, Gwendolyn, vingt sur vingt. »

Le cheval de l'Indien s'est mis à faire du bruit avec sa bouche. Comme Tornado, l'étalon de Zorro. Je crois bien

---

2. Faire la béoùe, faire la belle.

que Petit Tonnerre, celui de Yakari, le fait aussi. La voix de Mme Philibert est passée au-dessus de nos têtes.

« Ah ! voilà les deux inséparables, on vous a cherchés partout, dépêchez-vous. On vous a dit vingt fois de ne pas vous éloigner, il faut rester avec la classe. On n'attend plus que vous. »

Mme Philibert nous a pris chacun par la main et ouste, direction le petit train. Elle marchait vite et n'avait pas l'air contente du tout. J'ai juste eu le temps de mettre le téléphone dans ma poche et hop, je me suis retrouvé avec Gwendo dans le dernier wagonnet. Il y a eu un grand bruit et on est descendus d'un coup dans la mine. Il faisait tout noir et ça secouait dans tous les sens, Gwendo m'est beaucoup tombée dessus et je suis tombé sur elle des fois aussi. À un moment, le train est monté au sommet du Grand Canyon et est resté coincé là-haut.

Gwendo m'a regardé dans les yeux et m'a demandé : « C'est bon, on est grands, on peut faire la paix, OK ? Je m'excuse. »

Tu parles, Charles. Gwendo, elle est bourge donc elle s'en fout du prix du téléphone, mais Maman, elle va pas vouloir faire pouncy-pouncy comme ça. Le train est reparti dans la mine et du coup je n'ai rien répondu. Je crois bien que Gwendo m'a hurlé quelque chose mais je n'en suis pas sûr. À l'arrivée, la barrière s'est levée et je suis parti. Sur le quai, Mme Philibert nous a tous comptés encore une fois puis a crié bien fort : « Allez, maintenant, tout le monde, en rang deux par deux, direction le car et on rentre à Apt. »

Je me suis mis avec Jean-Jean, et on est montés dans le bus. Jean-Jean, c'est mon meilleur copain. Il est gros et il bégaye. Maman dit qu'il ne faut pas le dire, parce que c'est méchant ; mais c'est la vérité, il est gros et il bégaye. D'ailleurs son vrai prénom, c'est Jean, pas Jean-Jean. Mais comme il répète toujours les mots avant d'arriver à les prononcer, moi, je l'appelle Jean-Jean. Y a que moi qui aie le droit de l'appeler comme ça. Et en plus, incroyable mais vrai, il habite au hameau des Jean-Jean, ça ne s'invente pas. Maman dit que c'est pas gentil de l'appeler comme ça, mais elle ne sait pas comment il se fait traiter par les Éléments Perturbateurs.

Ils l'appellent Gros-Jean parce que Gros-Jean comme devant et qu'on se met toujours devant en cours, au premier rang. Ça, c'est vraiment méchant. Il y peut rien. Même en faisant vingt tours de stade, il est pas près de les perdre, ses kilos en trop. D'après Maman, c'est la faute à la génétique et il n'y a rien à y faire. Elle pense que ça pourra lui servir plus tard, s'il fait du rugby. C'est dommage, les Éléments Perturbateurs, ils sont plutôt à fond sur le football et l'OM. Le monde est mal fait.

« On-on se met là-là ? » m'a demandé Jean-Jean. On s'est mis sur la rangée de sièges juste derrière Bateau-Ivre. Bateau-Ivre, c'est notre chauffeur de bus, celui qui fait les ramassages et les sorties scolaires. Je sais pas trop pourquoi on l'appelle comme ça. Il a une chanson préférée qu'il entame à chaque fois au début du trajet : « Oh mon bateau oh-oh-oh, c'est le plus beau des bateaux », juste avant de tourner la clef de contact. Et nous, on répond « Chauffeur, si t'es champioooon, appuie sur le champignooooon », et comme ça tout le monde est content. Bateau-Ivre, il pue un peu. Un peu beaucoup. Gwendo se plaint toujours qu'il sent la vinasse, et qu'il y a vraiment qu'en France qu'on voit des choses comme ça. Un jour, il y aura un accident, elle dit en levant les yeux et en faisant sa belle. Moi je l'aime bien, Bateau-Ivre, il suffit de pas être trop près de lui et puis roule ma poule.

Gwendo, justement, elle est montée dans le bus et elle est allée s'asseoir au fond avec les Éléments Perturbateurs.

En passant elle ne m'a pas regardé et je ne l'ai pas regardée non plus. On ne s'est pas parlé. Je la cause toujours pas. C'est pas elle qui va se faire enguirlander pour le téléphone qui marche plus. Bateau-Ivre a sifflоté « Oh mon bateau oh-oh-oh » et a mis le moteur en route.

J'ai pris le téléphone dans ma poche et j'ai mieux regardé la photo. L'Indien n'y était toujours pas. Son cheval, oui, mais pas l'Indien.

« Je c-croyais que tu avais p-pas le droit de t'en servir, m'a demandé Jean-Jean.

— C'est pas moi qui ai pris la photo, c'est Gwendo.

— T-tu devrais la supprimer, p-parce si ta m-maman la trouve, t-tu vas te faire a-attraper. » Il est toujours à l'affût, le Jean-Jean. Plus tard, il veut devenir policier. Ou gendarme. Les Éléments Perturbateurs, ils se moquent et ils disent que les voleurs ils auront pas besoin de courir très vite pour échapper à la police, mais moi je sais que Jean-Jean il pige plein de trucs que les gens pigent pas. Les voleurs, il aura pas besoin de les courser, va. Il leur posera juste deux questions et bam, en cabane. Il a de la chance, Jean-Jean, de savoir son métier pour plus tard. Moi j'en ai aucune idée.

Au moment où on entrait dans la combe de Lourmarin, j'ai appuyé sur « corbeille », et on a dit adieu à Tornado. J'espère que ça a rendu son âme à l'Indien. Je sais pas si ça marche dans les deux sens, Mme Philibert ne nous l'a pas dit.

ALB04/COURRIER INTERNE/PDR-1760

De : I. d'A.
À: Madame la Ministre
Objet : P.D.R. – Date de début

En vue du bornage temporel de P.D.R., nous vous proposons l'année 1760 comme début de collecte de data. C'est en effet en 1760 que Charles-François Tiphaigne de La Roche publie le roman *Giphantie*.

Au chapitre 18, il y décrit de façon troublante la photographie, qui ne sera pourtant inventée qu'un siècle plus tard : « Les Esprits élémentaires ont cherché à fixer ces images passagères ; ils ont composé une matière très subtile, très visqueuse, et très prompte à se dessécher et à se durcir, au moyen de laquelle un tableau est fait en un clin d'œil. Ils enduisent de cette matière une pièce de toile et la présentent aux objets qu'ils veulent peindre. Cette impression des images est l'affaire du premier instant où la toile les reçoit. On l'ôte sur-le-champ, on la place dans un endroit obscur. Une heure après, l'enduit est desséché et vous avez un tableau d'autant plus précieux qu'aucun art ne peut en imiter la vérité, et que le temps ne peut en aucune manière l'endommager. »

Giphantie aurait subjugué à sa parution le jeune enfant Joseph Nicéphore Niepce, qui inventera la photographie bien plus tard, en 1826.

Le phénomène P.R.E. étant mal connu, nous préférons donc retenir par mesure de précaution 1760 et non 1826 pour lancer P.D.R.

I. d'A.

2. LE JOUR OÙ LE NUAGE A ÉTÉ PLEIN COMME UN ŒUF

« Je te l'avais dit et redit, pourtant, de m'appeler sur le chemin du retour. Je ne peux plus quitter la boutique comme avant, tu crois que je suis à ta disposition ou quoi ? » s'est énervée Maman, en me regardant du coin de l'œil dans le rétroviseur.

Je n'ai toujours pas le droit de passer à l'avant. L'avant, ce n'est que pour les Grandes Personnes, moi je dois rester à l'arrière parce que je suis encore trop petit. J'ai eu beau lui dire que ce n'était pas ma faute, Maman était trop en colère pour m'écouter. Je sais bien que le monde entier n'est pas à ma disposition, j'ai voulu appeler, c'est juste que le téléphone n'a pas marché. Jean-Jean m'a expliqué que ça servait à rien, parce qu'il n'y avait pas de réseau dans la combe. Et puis après, j'ai oublié.

Maman tient la boutique toute seule. Avant c'était plus sympa, Papa développait les pellicules dans l'arrière-boutique, et Maman faisait le guichet. Elle m'avait appris à rendre la monnaie aux clients, pour les petits billets. Avant, elle pouvait venir me chercher à la fin des cours, maintenant, elle ne peut plus. Elle soupire qu'elle est au four et au moulin, qu'elle doit tout apprendre sur le tas et qu'elle est toute seule. Elle dit aussi que je lui rends pas la vie facile, à toujours oublier les horaires et à arriver en retard. C'est pourtant pas ma faute si je ne vois pas passer l'heure. Le temps et moi, ça fait deux.

Lorsqu'elle a vu que je me taisais, elle s'est un peu calmée et m'a demandé si je m'étais bien amusé à OK Corral. J'ai répondu oui, mais j'ai pas cafté pour Gwendo et l'Indien dans le téléphone. On est arrivés à la maison, et Maman m'a demandé de descendre pour aller ouvrir le portail. Papa voulait qu'on s'achète un portail automatique, mais aujourd'hui on n'a plus les moyens.

Sur le paillasson, Kodak attendait et s'est étiré quand il nous a vus sortir de la voiture. Kodak, c'est mon chat. Ou plutôt c'était celui de Papa, mais maintenant c'est le mien. C'est moi qui dois lui donner à manger quand il a faim, et le faire sortir quand il veut aller dehors. Ça m'apprend les responsabilités. C'est un gros chat roux, ou sépia comme disent Papa Maman. Il est tout vieux et tout cassé, parce qu'il aime se flanquer la pinée avec les autres matous de Villars. Villars, c'est là où on habite, c'est mon village. Kodak, il lui manque un œil, il est borgne. Ce chat, il a fait la guerre, il nous enterrera tous, dit souvent Maman. Moi, des fois je voudrais qu'on l'appelle Pirate, à cause de son œil qui manque, ce serait plus rigolo. Mais Maman m'a expliqué que si on fait ça, il ne comprendrait pas et qu'il ne répondrait plus quand on l'appelle.

« Ça te plairait qu'un beau jour on change ton nom et qu'on t'appelle différemment ? »

Non, ça ne me plairait pas, mais ce n'est pas pareil. Moi, je n'ai qu'une vie, alors que Kodak, il en a sept. C'est Maman qui le dit, même qu'il en a caramélisé déjà un bon paquet. C'est au cours de sa première vie que Kodak a perdu son œil, on ne sait pas trop comment, Papa l'a trouvé comme ça à la SPA.

Pour sa deuxième vie, Kodak n'a rien trouvé de mieux que de passer sous une voiture. Elle lui a écrabouillé le bassin et il est revenu en rampant. Papa a dû aller le chercher derrière le chauffe-eau pour l'emmener chez le vétérinaire. Kodak est revenu à moitié rasé, il ne faisait pas le fier, il ressemblait à un sans-culotte qui aurait loupé l'adresse de la Bastille.

Pour sa troisième vie, un chien (du moins on pense que c'est un chien) lui avait bouffé un gros morceau de sa patte arrière : bye-bye le mollet, et bonjour une belle attelle pendant un mois. Entre sa jambe de bois et son œil qui manquait, le vétérinaire l'a appelé Long John Silver à la sortie de son cabinet.

Pour sa quatrième, on pense qu'il a dû manger des chenilles processionnaires : un après-midi, il est revenu avec une langue qui pendait et qui avait triplé de volume, il aurait pu faire la doublure de Rintintin.

Pour la cinquième, il s'est battu pour des questions de territoire avec un autre chat de Villars : il avait reçu un coup de griffe qui lui était passé à un millimètre de son dernier œil et lui avait ouvert toute la joue, de l'oreille jusqu'au cou. Le vétérinaire lui avait fait des points de suture mais avec moins de peau, ça lui donnait un drôle d'air : Maman disait que Kodak avait eu un lifting pire que Céline Dion.

Si mes comptes sont bons (et ils le sont), il reste donc deux vies à Kodak. Mais j'espère que le dieu des chats a arrêté de compter : une de plus ou une de moins, quelle différence ça fait, je vous le demande.

Maman a ouvert la porte d'entrée, et m'a demandé de faire manger Kodak, d'aller prendre ma douche vite-vite et de l'aider à mettre la table. Kodak, pas bête, a filé tout droit vers le placard à croquettes et s'est mis à tambouriner avec ses pattes avant. C'est dur, la vie de chat. On lui donne des Friskies, pas du Sheba. Je lui ai mis une bonne poignée dans sa gamelle et suis monté à la salle de bains. « Derrière les oreilles, sous les pieds et pas plus de dix minutes », a crié Maman depuis la cuisine.

***

Je me suis dépêché, mais quand j'avais fini de prendre ma douche, Maman avait déjà terminé de préparer le dîner, pareil pour Kodak avec ses croquettes. Il voulait aller dehors. Papa disait qu'il sortait chaque soir pour surveiller son territoire. Il disait toujours en le voyant partir : « Allez, Kodak, ouvre l'œil, et le bon. » Vu que c'est à moi maintenant de m'en occuper, je lui redis aussi, histoire qu'il oublie pas.

« Viens t'asseoir, sinon ta Floraline, ça va devenir du béton armé », m'a dit Maman en allumant la télé. La Floraline, c'est ma soupe préférée, même s'il faut se dépêcher de la manger tant que c'est chaud. Maman y rajoute du gruyère râpé et des petits dés de jambon pour que ça me fasse un repas complet. Il faut souffler dessus quand elle est brûlante et la manger dès que c'est tiède. Devant la Floraline, on met les informations, juste les titres pour savoir ce qui se passe dans le monde et pour que je commence à avoir de la culture générale.

Je fais semblant d'écouter les trucs de Grands, mais au moment du petit-suisse, je demande à Maman de passer sur la chaîne d'à côté pour qu'on puisse regarder la fin de Zorro. Des fois on n'a pas de chance, on arrive juste à la fin pour la chanson, avec Zorro qui fait au revoir sur le dos de Tornado. Il faudrait que Zorro et Jacques Mansarde, le présentateur du journal télévisé, discutent entre eux pour que Maman et moi on puisse regarder les deux émissions en entier, l'une après l'autre.

Ce soir-là, Jacques Mansarde s'est mis à parler d'un truc incroyable, j'arrêtais pas de l'écouter, si bien qu'à la fin ma Floraline c'était du béton armé. Il disait qu'aujourd'hui tous les appareils photo s'étaient arrêtés de marcher. Pas que chez nous, mais partout dans le monde : chez les Chinois, chez les Américains aussi, les appareils photo ne marchaient plus. Les gens se prenaient en photo mais ils n'apparaissaient plus dessus. Évidemment ça a fait tilt dans ma tête, j'ai pensé à l'Indien d'OK Corral sur son cheval, même si je me suis bien gardé de le dire.

Jacques Mansarde a continué, il montrait à l'écran des photos avec personne dessus alors qu'il devrait y avoir des gens. Les gens se prenaient en photo avec leur téléphone, mais ils n'apparaissaient pas dessus, il y avait juste leurs animaux, leurs meubles ou la nature derrière. Jacques Mansarde expliquait tout ça avec des mots plus compliqués et des phrases de Grand, mais en gros, il disait ça.

Maman, elle avait l'air de ne pas y croire du tout, mais alors pas du tout.

« Non mais s'ils se mettent à raconter ce genre de bêtises même sur le service public, ça devient vraiment n'importe quoi. Je suis bien contente de ne pas payer la redevance pour avoir à entendre ce genre de blague à la mords-moi-le-nœud », disait Maman, sans pour autant quitter l'écran des yeux.

À un moment donné, Jacques Mansarde a donné la parole à un journaliste en Amérique : il y avait l'inventeur des réseaux sociaux qui avait donné une conférence de presse. Les Éléments Perturbateurs, ils disent que c'est l'Homme le Plus Riche du Monde. Avec toutes les photos et les vidéos que les gens mettent sur son ordinateur, il devait forcément avoir compris pourquoi les appareils photo ne marchaient plus. Il n'était plus un enfant mais ça se voyait qu'il n'avait pas voulu grandir trop vite non plus. La voix du journaliste passait sur la sienne et traduisait :

« On s'en est aperçus très vite, les gens nous ont signalé qu'ils avaient des problèmes avec leurs selfies et leurs posts. On a pensé à un hackeur qui nous aurait piratés, qui aurait attaqué nos serveurs, donc on a commencé à chercher du côté du Cloud. C'est là qu'on a observé un premier bug : des flux de données rentrent et sortent toujours dans le Nuage ; par contre, de la data reste coincée à l'intérieur. On ne comprend pas encore pourquoi, c'est fou, mais c'est comme ça : on dirait que le Nuage fait le difficile, qu'il est plein, qu'il choisit ce qui peut sortir ou pas. Ça fait du sens ou pas plus que ça ? »

L'Homme le Plus Riche du Monde a fait une pause, puis a repris.

« Du coup, on s'est demandé comment le Nuage sélectionnait la data. On a décidé de commencer par le commencement, et de voir ce qui se passait avec un vieil appareil photo mécanique. Eh bien, on a augmenté le temps de pose jusqu'à une éternité, mais ça ne change rien : l'homme ne réfléchit plus la lumière. C'est comme si elle passait à travers nous. Elle est encore réfléchie par votre chien, ou vos géraniums, mais plus par nous. Ne me demandez pas pourquoi c'est arrivé aujourd'hui, ce qui a changé ou qui a pu déclencher tout ça, je n'en ai pas la moindre idée. »

La tête de Jacques Mansarde a réapparu à l'écran. Ma cuillère restait plantée debout dans ma Floraline. Maman ne disait plus rien. Elle a dû voir qu'il était trop tard pour Zorro, parce qu'elle m'a passé les mains dans les cheveux en soupirant : « Allez, les dents, pige-moi-ça, et au lit. » J'ai regardé par la porte-fenêtre : il faisait tout noir. Kodak n'avait toujours pas fini le tour de son territoire. Maman a pris mon assiette pour débarrasser et a ajouté : « T'inquiète pas, tout ça, c'est des trucs de Grands. Demain, ils seront réparés, les appareils photo. »

ALB04/TÉLÉGRAMME DIPLOMATIQUE/PDR-1888

De : PRE-liaison@us
À : I. d'A.
Objet : Re : Intégration archives Kodak dans P.D.R.

Suite à votre demande, nous vous confirmons que :
– c'est en 1888, à Rochester (N.Y.), que George Eastman dépose le mot « Kodak » comme marque de fabrique ;
– aux questions posées par l'Office des brevets sur la signification de ce nom, il répond que ce mot est court, prononçable dans toutes les langues, et qu'il n'entretient de relation avec aucun art ou aucun autre produit.

Tous les journaux de vente d'appareils photo qui ont pu être archivés par la compagnie KODAK ont été chargés dans P.D.R.

P.R.E. Liaison USA

3. LE JOUR OÙ J'AI FAIT LA PLUS GROSSE BÊTISE DE TOUTE MA VIE

Le lendemain, les appareils photo étaient toujours cassés, et les jours d'après aussi. Le président de la République, Jacques Mansarde, Mme Philibert, tout le monde avait sa petite théorie mais personne ne savait vraiment pourquoi. Ils se contentaient de répéter ce que l'Homme le Plus Riche du Monde avait expliqué à la télévision, avec des mots différents. Mme Philibert nous avait expliqué que les hommes vivaient maintenant trop vite, qu'ils allaient plus vite que la lumière, et que du coup les appareils photo n'arrivaient plus à suivre, qu'ils étaient perdus les pauvres, qu'ils n'avaient plus envie de nous tirer le portrait.

Au début, les médias en parlaient tout le temps à la télévision, à la radio, dans les journaux. Émissions spéciales, soirées thématiques sur toutes les chaînes, tous les soirs. Puis ce fut juste une fois par semaine. Puis enfin seulement une fois par mois. Les Français ont appris à vivre avec, et au bout d'un moment, tout le monde s'en fichait complètement.

À part nous. Maman et moi. Et Kodak aussi, parce que tous les soirs je lui en parlais avant qu'il n'aille faire le tour de son territoire. Il me regardait avec son œil, et ça se voyait qu'il comprenait. Maman avait tout d'abord essayé de faire contre mauvaise fortune bon cœur, comme elle disait. Elle espérait que les gens continueraient à faire des photos des paysages, ou des portraits de leurs animaux, et qu'ils les amèneraient toujours à la boutique, et que ça nous suffirait si on se serrait la ceinture. Ça n'a pas suffi : les gens ne s'intéressaient aux photos que s'ils étaient dessus.

Maman a dû fermer le magasin et s'est mise à chercher du travail. Elle est devenue caissière à Prisunic. Elle dit qu'il y a pas de sot métier, qu'on va pas cracher dans la soupe, mais je sais qu'elle préférait avant. Elle dit que c'est la même chose, une boutique et une caisse, mais je sais que c'est pas vrai. À Prisunic ils lui ont donné une blouse et un badge, ils n'ont même pas accepté de changer son prénom. Car Maman, en fait, elle s'appelle Claudine. Mais elle trouve que ça la vieillit, et elle préfère Claudette. Ça lui rappelle sa jeunesse : Claude François, les filles en minijupe qui cassent les fauteuils, *Belles, belles, belles* et *Cette année-là*. Je peux vous dire que ça passe en boucle quand Singer se met à faire de la vapeur.

Toutes ses copines l'appellent Claudette, il n'y a que Prisunic qui n'a pas voulu : on ne change pas le prénom pour faire plaisir aux employés. Ça m'a fait bizarre de la voir avec sa blouse et son badge Claudine.

Comme les horaires du supermarché sont moins faciles que ceux de la boutique, Maman m'a inscrit à la cantine et au ramassage scolaire. Je prends Bateau-Ivre chaque soir avec Gwendo et Jean-Jean. Le car nous attend derrière la passerelle du Calavon, il part quinze minutes après la sonnerie de la fin des cours. Il faut se dépêcher et ne pas traînailler en route, même si Maman a signalé à Bateau-Ivre que j'avais un problème avec les horaires, et lui a demandé de bien vérifier que je sois là avant de démarrer. Il est gentil, Bateau-Ivre, même s'il pue un peu. Jean-Jean m'a expliqué que c'étaient les Grands du lycée qui lui avaient trouvé son surnom. Un soir, ils devaient apprendre une récitation pour le lendemain qui s'appelait comme ça ; à ce moment, il s'est mis à siffloter sa chanson, et boum, c'est resté pour la vie.

Gwendo, je la re-cause. Un soir, je m'assois à côté d'elle, un autre soir à côté de Jean-Jean : comme ça pas de chichi, pas de jaloux. Des fois, je fais moitié-moitié : d'abord Jean-Jean, qui descend en premier, et puis Gwendo, qui descend en dernier. Elle a toujours des graines de tournesol, des Pipas, c'est juste trop bon. Moi, je descends à Villars. Bateau-Ivre me dépose pile devant la maison, en plein dans le territoire de Kodak. Gwendo, elle continue jusqu'à Saint-Saturnin, elle habite en dessous du château.

***

Ce jour-là, Gwendo a attendu que Jean-Jean descende du bus pour venir s'asseoir à côté de moi. J'étais en train de finir mon goûter, des barquettes à la fraise que Maman met dans du papier d'aluminium et glisse dans mon cartable avant de partir le matin. En s'y prenant bien, on peut gratter avec les dents la confiture sans avoir à manger la barquette.

« Tiens, c'est pouh toi », elle m'a dit, en me tendant une enveloppe verte. Je ne sais pas comment elle a su que le vert est ma couleur préférée. Il y avait mon nom marqué en gros au stylo Bic.

« C'est quoi ?

— Tu verras bien. T'as pas le dwoit de l'ouvrir tant qu'on est dans le bus. »

Elle avait bien manigancé son coup. On venait juste de dépasser la Femme-Enceinte, ce qui voulait dire qu'on allait bientôt arriver à Villars. La Femme-Enceinte, c'est un gros rocher au bord de la route qui ressemble à une femme qui attend un bébé. C'est aussi là où on se retrouve avec Jean-Jean, c'est notre point de rendez-vous secret : moi ça m'évite de pédaler jusqu'aux Jean-Jean, et lui, de marcher jusqu'à

Villars. C'est à mi-chemin de nos deux maisons, et surtout à côté de notre cabane super secrète.

Gwendo m'a pris un peu par surprise. En temps normal, j'aurais ouvert tout de suite son enveloppe, juste pour la faire bisquer. Mais là, j'étais en train de me dépatouiller avec mes barquettes, mon papier d'aluminium et son enveloppe quand le panneau de Villars a surgi tout à coup. J'ai tout mis dans mon cartable, on doit faire attention à ne rien oublier dans Bateau-Ivre, et je suis descendu. Gwendo m'a fait au revoir depuis la fenêtre.

Depuis que les appareils photo ne marchent plus, je dois chaque jour faire rentrer Kodak et commencer mes devoirs tout seul, tout de suite et sans rêvasser. Maman ne peut plus me faire apprendre mes leçons comme avant, elle me les fait juste réciter quand elle revient de Prisunic. Et alors, j'ai intérêt à les savoir sur le bout des doigts parce qu'on ne va pas y passer la nuit.

J'ai mis mes manuels sur la table, au cas où Maman arriverait du travail. Je ne sais toujours pas lire l'heure avec les aiguilles : tout le monde trouve que c'est incroyable mais c'est comme ça, ça change tout le temps, je crois bien que je n'y arriverai jamais. Juste sous mon livre de maths, j'ai ouvert l'enveloppe de Gwendo. On voyait que ça n'avait pas été fait au stylobille quatre couleurs, c'était écrit à l'imprimante sur du beau papier.

INVITATION POUR MON ANNIVERSAIRE
AU CHÂTEAU DE SAINT-SATURNIN
LE SAMEDI 9 MAI
À PARTIR DE 13 H JUSQU'À 18 H
TA PRÉSENCE ME FERA TRÈS PLAISIR !

PEUX-TU STP ME CONFIRMER TA VENUE
AU 04 13 85 22 45 AVANT LE 2 MAI
À TRÈS BIENTÔT
GWENDOLYN

Elle en a de la chance, Gwendo, quand même : une belle invitation et un anniversaire dans un château. Bon, le château de Saint-Saturnin, c'est pas non plus Versailles, il a été bien démoli depuis le Moyen Âge, y a plus que la chapelle et des bouts de remparts. Mais ça reste un château quand même. On allait pouvoir jouer à chat perché et à la chasse aux ombres toute l'après-midi. La chasse aux ombres, c'est mon jeu préféré : il y en a un qui fait le loup et il doit marcher sur l'ombre de quelqu'un d'autre. Si ton ombre se fait marcher dessus, alors tu deviens le loup.

J'ai essayé de me concentrer sur mes mathématiques mais il n'y avait rien à faire, ça ne voulait pas rentrer. Sur l'autre chaise en face de moi, Kodak me regardait. Maman dit qu'en fin de journée, elle peut pas faire la police et que Kodak est là pour me surveiller du coin de son œil et empêcher mon esprit de vagabonder comme toujours. Je pense pas que ce soit vrai, parce que sinon, Kodak ne m'aurait jamais laissé ouvrir cette enveloppe et aller à ce maudit anniversaire, la plus grosse bêtise de toute ma vie.

4. LE JOUR OÙ GWENDO A BIEN VOULU SALUER MARIE

Le ramassage scolaire, c'est tous les jours sauf le week-end et le mardi soir. Le mardi soir, je vais au catéchisme. Avant je n'y allais pas. J'y vais depuis que Papa est parti, Maman m'a expliqué que ça m'aide à faire le point et à voir plus clair.

Du coup, le mardi après la sonnerie de la fin des cours, on file dans la ruelle derrière la cathédrale, la rue du presbytère, et on attend que le père Barthélemy nous ouvre. Je dis « on » parce qu'on y va tous les deux avec Gwendo, mais pas avec Jean-Jean. Le père de Jean-Jean lui a dit que Dieu, il n'existait pas, et que s'il existait, il ne laisserait pas les gens crever de faim et mourir comme ça sans rien faire. Lorsque j'ai répété ça au père Barthélemy, il m'a répondu qu'il venait d'un pays où les gens étaient très pauvres, et ils n'avaient pas d'ami à part Dieu. Je n'ai rien trouvé à répondre à ça.

Je l'aime bien, le père Barthélemy. Il est noir mais il faut faire l'air de rien, ne pas lui poser de questions là-dessus parce que sinon ça lui ferait beaucoup de peine. Je veux pas lui faire de la peine, il est très gentil avec Maman. Il vient souvent à la maison maintenant et j'aimerais bien lui poser des questions sur son pays, s'il a déjà vu des girafes et des lions en vrai. Mais du coup j'ose pas, il faut prendre l'air naturel. C'est super dur d'avoir l'air naturel quand on l'est pas.

Ce mardi-là, on attendait devant la porte du presbytère, Gwendo, moi et les autres. Ou plutôt Gwendo, les autres et moi parce qu'il faut toujours se mettre en dernier, c'est la politesse qui veut ça.

« Alors tu peux venir à mon anniversaire samedi ou pas ? elle m'a demandé.

— Ben oui, bien sûr, je viens.

— Pouwquoi t'as pas confiwmé alors ? »

J'avais complètement oublié cette histoire de confirmation. Maman était arrivée, j'avais mis l'enveloppe verte dans mon livre de mathématiques et je crois bien qu'elle y est toujours. J'y pense, et puis j'oublie, comme dirait le chanteur préféré de Maman. Je suis un peu tête en l'air.

« J'ai passé à la trappe qu'il fallait confirmer. Mais, oui, je serai là.

— Cool ! Tu peux venir avec Jean, si tu veux. Je lui ai pas donné d'invitation parce qu'on attendait ta réponse. Il y aura un dessinateur pour faire nos portraits. »

Ça se sent vraiment que les parents de Gwendo, ils ont les moyens. Je crois que son père, il travaillait à Londres, il était banquier. Et puis un jour il a décidé qu'il avait assez d'argent pour jusqu'à la fin de sa vie, et donc ils ont déménagé ici, parce que c'est très joli même s'il n'y a pas beaucoup de travail, et que la vie ne coûte pas très cher. Sa maman, elle est pianiste, donc elle peut travailler où elle veut. Une fois, Papa, il avait développé leurs photos, on la voyait dans une belle robe en train de jouer devant des gens bien habillés en nœud papillon, elle est très connue apparemment. Il me les avait montrées mais je n'ai pas le droit d'en parler, c'est un secret. Ce qu'on voit dans la chambre noire reste dans la chambre noire. C'est le secret du professionnel.

Tout de même, j'arrivais pas à croire qu'ils allaient faire venir un dessinateur. C'était trop à la mode, mais vraiment pas donné. Comme les appareils photo ne marchaient plus, les gens payaient des artistes pour faire leur portrait. Ça pouvait être des peintures, comme dans les musées, mais généralement les gens n'étaient pas assez patients pour ça. Jouer à un, deux, trois, soleil ça va cinq minutes, mais à la fin, c'est bon, ça va. Non, les gens préféraient les dessinateurs, qui faisaient votre portrait en cinq-dix minutes max. Un portrait dessiné, que ça s'appelait. Les journaux s'en servaient pour leurs unes, leurs articles, et les gens faisaient ça aussi maintenant pour les mariages, les photos de classe, les communions ou les anniversaires. Le président de la République réfléchissait à ce que les photos d'identité deviennent des dessins d'identité, faits par des dessinateurs habilités, pour les passeports par exemple. Peut-être le dessinateur allait faire nos portraits à tous, mais je crois pas, ça allait coûter bonbon. Il allait sans doute juste faire le portrait de Gwendo et du groupe, mais c'était déjà pas mal.

Le père Barthélemy nous a ouvert la porte. Gwendo est rentrée à l'intérieur avec ses copines.

« Hé, Gwendo a oublié de te dire, mais samedi, c'est costumé, il faut venir avec son déguisement ! » J'ai entendu la voix passer au-dessus de ma tête. Ça venait du groupe des Grands : eux, ils ne vont pas au catèche, ils vont à l'aumônerie. Le père Barthélemy leur donne un sujet à réfléchir et les laisse, ils discutent tous seuls entre Grands, et il ne revient avec eux qu'à la fin pour faire le point. C'est un peu comme la permanence au collège, sauf qu'il n'y a pas de devoirs à faire.

« Oui, il faut que tu viennes déguisé ! » Cette fois j'ai bien vu qui avait parlé. C'est un Grand qui prend le bus avec nous le soir. J'allais lui demander en quoi il allait se déguiser quand j'ai entendu la voix du père Barthélemy m'appeler du haut de l'escalier : « Eh oh, si tu veux que je commence à bâtir mon Église, c'est maintenant et c'est ici que ça se passe ! » et il s'est mis à rire. Du coup, j'ai monté les marches quatre à quatre pour ne pas être en retard : la place à côté de Gwendo était prise, j'ai dû m'asseoir tout au bout et j'ai commencé à réfléchir à mon déguisement de chevalier.

J'aime bien les chevaliers. Au premier trimestre, on a étudié avec Mme Philibert le Moyen Âge, les châteaux forts et la Table ronde. C'était juste avant que Christophe Colomb se trompe d'adresse et découvre l'Amérique par erreur. J'avais bien aimé les Indiens, et la conquête de l'Ouest, mais je dois reconnaître que j'ai préféré les chevaliers, avec les ponts-levis et leurs épées. Bon, elles n'étaient pas toutes magiques mais celle du roi Arthur, c'était quand même quelque chose. Excalibur.

Mon chevalier préféré, celui que je veux être, c'est Galaad. Galaad, il a un cœur super pur. C'est le seul à trouver le Graal chez le Roi-Qui-Pêche. Mais Galaad est un peu timide, alors il n'ose pas demander à prendre le vase avec lui. Maman, elle me dit que c'est mal élevé, de demander des choses qui sont pas à vous, donc Galaad, il est bien élevé.

Je vais me déguiser en Galaad pour ce samedi chez Gwendo. Pour le bouclier je prendrai le couvercle de la poubelle, il est en métal ce sera parfait. Pour la cape j'ai ma serviette de bain, il y a un dauphin dessus mais si on la retourne, elle est toute bleue. Pour l'épée, j'en ai une en plastique, c'est un glaive de gaulois que Papa m'avait acheté quand on était allés au Parc Astérix. Pour le heaume, je n'ai pas trop d'idées. Il y a bien le voisin qui pourrait me prêter son casque de moto, mais ça ressemble plus à un casque de cosmonaute. Je pourrai demander à Maman de prendre la passoire dont elle se sert pour les coquillettes-jambon. À l'envers, ça pourrait passer mais je suis pas sûr qu'elle soit d'accord. À moins que…

« Toc toc, bonjour, y a quelqu'un, tu es avec nous ? »

Tout le monde me regardait, et surtout le père Barthélemy qui me fixait avec de grands yeux. Je l'avais pas entendu arriver.

« Peux-tu me réciter le Notre Père, euh non, plutôt le Je vous salue Marie ? »

Ça allait être dur : moi et la mémoire, ça fait deux.

« Je vous salue Marie. Pleine de grâces. Qui êtes aux cieux…, ai-je commencé.

— Non, non, là, tu mélanges, m'a coupé dans mon élan le père Barthélemy. Le fruit de vos… », il m'a soufflé pour me faire redémarrer.

C'était gentil mais la suite ne voulait toujours pas venir. Ça allait être franchement dur, mais Gwendo m'a sauvé. Des fois elle fait la grande, mais au fond, c'est une chic fille. Elle a levé le doigt bien haut et elle a dit : « Mon père, moi je sais, moi je sais. »

Gwendo, elle a pas la même religion que nous, elle a la religion de son pays, ceux qui protestent. C'est un peu pareil que nous mais pas tout à fait : ils veulent bien croire en Dieu, en Jésus, mais à la Vierge Marie, non, là ils veulent pas y croire, c'est vraiment trop gros, ils ont protesté. Des gens de sa religion, il n'y en a pas beaucoup chez nous, alors les parents de Gwendo l'ont inscrite au catèche à la condition qu'elle se bouche les oreilles à chaque fois que le père Barthélemy parle de la Vierge Marie. Donc quand Gwendo a levé le doigt en disant qu'elle savait comment saluer Marie, tu penses bien que le père Barthélemy, il n'a pas loupé l'occasion.

Elle a commencé à réciter : « Je vous salue Mawye », et elle m'a fait un clin d'œil. Elle a de la chance, moi je n'arrive toujours pas à les faire.

ALB04/TÉLÉGRAMME DIPLOMATIQUE/PDR

De : I. d'A.
À : PRE-liaison@all-lists
Objet : Chargement archives fabricants appareils photo dans P.D.R.

Suite à la signature des accords Maison Daguerre à Bry-sur-Marne, vous voudrez bien trouver en pièce jointe une première liste où figurent les principaux fabricants d'appareils photo, par pays d'origine.

Merci de contacter au plus vite ceux de votre juridiction et de vous faire remettre leurs journaux de vente depuis leur création. Doivent figurer sur ces états comptables chaque vente d'appareil photo avec si possible :
– date et lieu de transaction ;
– identité et adresse de l'acheteur.

Nous vous demandons enfin de télécharger ces journaux de vente dans P.D.R., en nous signalant toute année manquante.

I. d'A.

5. LE JOUR OÙ GALAAD A ENCORE LOUPÉ LE GRAAL

Le samedi venu, j'ai pioché dans ma réserve personnelle : une bonne poignée d'Happy-Cola, une autre d'œufs au plat, et une dizaine de langues de chat, parce que je suis bon prince. Tout ça, c'est des valeurs sûres. Et puis ça ne se fait pas d'arriver les mains vides, je ne veux pas être un petit malpoli, hein.

Je n'ai rien dit à Maman. Si elle avait su que j'étais invité à l'anniversaire de Gwendo, elle se serait mise à sourire comme elle fait toujours en disant : « Ça y est, ça commence, ça commence. » Moi je n'ai pas envie que ça commence, je suis très bien comme ça tout seul avec Kodak.

J'ai pris mon vélo et direction Saint-Saturnin, un bâton de réglisse entre les dents, histoire de faire comme Lucky Luke sur Jolly Jumper. Entre la serviette du Grand Bleu qui n'arrêtait pas de frotter contre la roue arrière, la passoire qui me tombait sur les yeux et mon glaive gaulois qui faisait dérailler la chaîne, ça n'a pas été de la tarte, mais bon. En plus, à la fin pour arriver au village, il y a une sacrée montée, ça fait les mollets. Jean-Jean, il a de la chance : son grand frère a un 103 Peugeot avec la barre au milieu et un pot Ninja, il a fait les lavandes pendant deux étés pour se le payer. Bref, Seb, son grand frère, devait le déposer à mobylette directement au château, puis venir le reprendre ce soir.

Au moulin, j'ai tourné à droite puis j'ai avancé sur le barrage. On les entendait de loin, y avait de la musique et des cris. La passoire me faisait mal aux oreilles, mais pas question de lâcher mon guidon : hors de question de ressembler à Lancelot et d'arriver assis dans une charrette. Moi, je suis Galaad.

J'ai continué à pédaler et je les ai vus : il y avait beaucoup de la classe ou du catèche, et d'autres enfants que je ne connaissais pas. Ils n'étaient pas déguisés. Personne n'était déguisé. J'ai pensé au Grand : il s'était bien foutu de ma pomme.

Je n'ai pas beaucoup hésité, pas du tout pour dire la vérité. Ça allait être trop la honte. J'ai fait demi-tour et roule ma poule. Il y a une bonne descente après le moulin, en vingt secondes c'était plié. J'avais du mal à voir la route, j'avais les yeux qui étaient mouillés et je ne pouvais pas me les sécher parce que je ne sais pas conduire le vélo avec une seule main. À un moment, j'ai fait tomber mon glaive mais je me suis arrêté pour le récupérer.

C'est pas juste, la vie.

Je suis arrivé à la maison, j'ai rangé la passoire avec les casseroles, remis le couvercle sur la poubelle et ma serviette sous mon lit, je n'arrive pas à la plier comme Maman. Je ne savais pas quoi faire, je voulais pas rester à la maison. Si Maman rentrait de Prisunic, elle allait demander pourquoi j'étais là tout seul et pas en train de jouer avec Jean-Jean.

Je savais pas où aller, je crois que j'avais toujours les yeux mouillés. Je me suis mis à marcher tout droit, et tout à coup la Femme-Enceinte était là, sur le bord de la route. J'ai pris le passage secret qu'on est seuls au monde à connaître avec Jean-Jean. Il passe le long du Trou des Américains. Après le deuxième buisson, prendre à droite et filer tout droit jusqu'à ce que ça fasse mal aux mollets. C'est là, c'est l'entrée de notre cabane super secrète. Il ne faut pas le dire, on a juré craché.

C'est une ancienne mine d'ocre, il y en a plein dans le coin. Pour avoir le droit de rentrer dans notre cabane super secrète, il faut dire le mot de passe. C'est « Australopithèque », on l'a appris l'année dernière avec Mme Philibert. Aujourd'hui, comme j'étais tout seul et que ça ne servait à rien, je suis rentré dans la cabane sans rien dire du tout.

De dehors on ne la voit pas, elle est bien cachée derrière le buisson et toutes les racines des pins. Il faut faire attention quand tu rentres à ne pas te frotter contre la paroi, parce que sinon tu salis tes habits et te fais appeler Jules de retour chez toi mais à l'intérieur il y a un wagon tout rouillé, exactement comme le petit train d'OK Corral. À l'avant c'est la place de Jean-Jean, moi je vais à l'arrière. Plus loin, c'est tout noir et ça sent comme dans la cave, on n'y est jamais allés. Un jour Jean-Jean a pris la lampe torche de son père pour voir ce qu'il y avait au fond. Elle est super puissante, le père de Jean-Jean il s'en sert la nuit pour vérifier qu'il n'y a pas de voleur qui rôde. Il est vigile, il surveille les maisons secondaires des Parisiens et des vedettes pendant l'année, quand ils ne sont pas là et qu'il faut faire attention aux cambrioleurs. Le père de Jean-Jean, il sait où habitent Jack Lang, John Malkovich ou Michel Leeb, il a même leurs clefs. La torche a bien dû éclairer sur vingt mètres au moins, eh bien il n'y avait toujours que du noir. On n'a pas osé aller plus loin.

Le wagon était là, je me suis assis dedans et j'ai fermé les yeux. Quand on joue avec Jean-Jean, on fait comme si c'était une locomotive infernale ou un bombardier de la Seconde Guerre mondiale, mais là, cet après-midi, je n'avais pas envie, c'était juste du fer tout rouillé. Je les imaginai, dans le parc du château, en train de jouer à un, deux, trois soleil devant le dessinateur qui devait faire leurs portraits en leur disant de pas bouger. Peut-être ils pensaient que j'étais mort et que c'est pour ça que je n'avais pas pu venir. Ça m'aurait bien plu, d'être mort, au moins les gens se seraient intéressés à moi et auraient fait un discours à mon enterrement. J'aurais écrit dans mon testament que c'était la faute au Grand et comme ça il serait allé en prison.

C'est à ce moment que j'ai senti quelque chose passer contre ma jambe. J'ai fait un bond de dix mètres et suis descendu du wagon plus vite que la musique. Je voulais bien être mort pour mon enterrement mais pas me faire bouffer par un rat. Il y a eu du mouvement entre les tôles, j'ai fait deux pas en arrière. Un gros œil tout jaune me regardait fixement. Je savais bien qu'il y avait une bestiole au fond de cette grotte, et Jean-Jean qui me disait que non.

Tout à coup, le rat a miaulé et s'est avancé vers moi : c'était Kodak.

Je n'en revenais pas, je ne pensais pas que son territoire allait jusqu'à la cabane super secrète. De la Femme-Enceinte à Villars, c'est pas super loin mais ce n'est pas non plus la porte à côté, surtout lorsqu'on a quatre pattes de rien du tout comme les siennes. Il avait dû me suivre depuis la maison, quand j'avais déposé mon costume de Galaad. Je suis remonté dans le wagon, je l'ai pris sur mes genoux, il s'est roulé en boule et il s'est mis à ronronner.

***

Je pense qu'on est restés dans la cabane toute l'après-midi, même si je n'ai pas trop le sens de l'heure. Je m'en voulais d'avoir fait demi-tour sur le barrage : j'aurais dû planquer la passoire, la serviette, et le glaive dans un buisson, ça n'aurait pas risqué grand-chose. Il n'y a jamais personne dans la garrigue, à côté du moulin. À un moment donné, on a pensé avec Kodak que la nuit allait tomber et qu'il ne fallait pas inquiéter Maman. Je l'ai doucement soulevé de mes genoux pour ne pas le brusquer et me suis levé.

Debout dans le noir, j'ai entendu du bruit dans les branches du buisson devant l'entrée. J'ai retenu mon souffle, espérant que c'était un sanglier qui allait boire au Trou des Américains plutôt qu'une personne qui allait découvrir la cabane super secrète.

« Aus-aus-australopithèque », a crié une voix, puis Jean-Jean est apparu. Il n'a pas eu l'air très surpris de me voir dans le wagon.

« J-je savais bien que je te trouverais ici », il a dit en reprenant son souffle.

Je vous ai pas menti, Jean-Jean, il est plus fort que Nicky Larson, il fera un tabac quand il sera policier. Il est venu s'asseoir et a ouvert de grands yeux quand il a vu Kodak : ça, il ne l'avait pas prévu.

« C'est-c'est toi q-qui l'as emmené ici ? Pu-punaise, on est pas t-tout près de Villars.

— Non, il m'a suivi jusqu'ici sans que je m'en rende compte », je lui ai répondu.

On ne s'est rien dit pendant un moment. On entendait juste le bruit de la grotte. C'était comme si elle respirait, comme nous.

« P-pourquoi tu n'es pas v-venu à l'a-anniversaire de G-Gwendolyn ? » Jean-Jean m'a enfin demandé.

Je l'attendais, celle-là.

« J'avais pas envie, c'est tout. J'ai préféré venir jouer ici avec Kodak. »

J'aurais pu trouver quelque chose de mieux mais bon je savais bien de toute manière que le meilleur pipeau au monde ne marcherait pas avec Jean-Jean. Je ne voyais pas très bien son visage mais ça se devinait qu'il faisait la moue.

« Comment t'as su que j'étais ici ? lui ai-je demandé pour éviter de lui donner le temps de poser une autre question.

— Q-quand Seb est venu me chercher au ch-château, on s'est arrêtés pour so-sonner à ta maison, mais p-personne a répondu. Quand on est p-passés devant la Femme-Enceinte, je lui ai d-demandé de me dé-déposer devant, je lui ai dit que je fi-fi-finirais à pied.

— T'es fou, ça veut dire que ton frère va savoir pour la cabane super secrète ! T'aurais jamais dû !

— T-t'es gentil mais y a beau-beaucoup de monde qui se fait du sou-souci pour toi en ce mo-moment. »

Kodak s'est étiré puis est allé se faire caresser par Jean-Jean. Ils se connaissent, je crois que Kodak l'aime bien. Jean-Jean, il a pas le droit d'avoir des animaux, son père veut pas. À un moment son père réfléchissait à avoir un berger allemand pour l'aider dans son travail, mais je sais pas pourquoi, ça ne s'est pas fait.

« Tiens, r-regarde ce qu'on a eu à l'a-anniversaire, m'a dit Jean-Jean en me tendant quelque chose dans le noir.

— Qu'est-ce que c'est ?

— V-va dehors, t-tu verras bien. »

Je suis sorti. Ils sont apparus à la lumière : tous ceux de ma classe, avec Gwendo, et Jean-Jean bien sûr. Le dessinateur en avait fait un pour chacun des enfants. Jean-Jean, il a trop de chance, il allait avoir son vrai portrait dessiné à la maison. Trop la classe.

« A-alors, tu ne veux t-toujours pas me dire p-pourquoi tu n'es pas v-venu ? »

Je sais pas pourquoi, je lui ai craché le morceau. Tout, le Grand Perturbateur, la passoire à coquillettes et le glaive du Parc Astérix, le barrage et la honte de toute ma vie.

« B-ben c'est trop bête, t-t'aurais dû venir quand même.

On se serait b-bien amusés, avec ou sans d-déguisement. G-Gwendo, elle avait l'air b-bien déçue que tu sois pas v-venu. »

Kodak devait être d'accord avec lui : il est venu dans mes jambes, comme s'il voulait prendre part à la conversation.

« T-tu devrais lui d-dire tout ça, y a p-pas de honte. S-si tu lui d-dis pas, elle va t-te faire la tête.

— Alors là, même pas en rêve, c'est trop la honte.

— S-si tu lui d-dis pas, c'est-c'est moi qui vais lui di-dire, a-t-il glissé dans un sourire.

— Si tu lui dis, je raconte à tout le monde ce que j'ai vu au Saut du Moine », je lui ai répondu au tac au tac.

C'est comme ça que j'ai perdu mon meilleur ami.

6. LE JOUR OÙ JEAN-JEAN N'A PAS VOULU FAIRE DE MÉGA-BOMBES

C'était l'année dernière, en juin, au Saut du Moine. En juin, parce qu'on n'était plus obligés d'aller en cours mais que les grandes vacances n'avaient pas encore commencé. Au Saut du Moine, parce qu'on crevait de chaud et que la piscine municipale de Viton n'était pas encore ouverte. Le Saut du Moine, c'est le Calavon sympatoche avant qu'il ne devienne méchant dans les grottes d'Oppedette ou tout rapla-pla dans des flaches juste après Rustrel. Ce sont des marmites rigolotes, des trous dans lesquels on peut faire la super-méga-bombe. On y va tous les ans pour se baigner, toute la classe y passe sauf Jean-Jean. Il ne veut pas se baigner. Jean-Jean doit être comme les chats, il ne doit pas aimer l'eau. Pourtant, il sait nager : il a l'autorisation de son papa pour faire de l'optimiste sur le plan d'eau. C'est dommage qu'il ne veuille pas aller dans l'eau : avec son poids, il pourrait en faire de belles, des super-méga-bombes.

Donc, tout le monde se met en maillot à part Jean-Jean. Gwendo et ses copines, elles sont en deux-pièces même si elles n'en ont pas toutes forcément besoin. Moi, j'ai un moule-bite, comme disent les Éléments Perturbateurs. Eux, ils ont des bermudas avec de grosses fleurs dessus, c'est trop la classe. J'ai demandé à Maman si je pouvais en avoir pareil, mais elle m'a dit d'attendre les soldes, en ce moment ils sont pas donnés.

Tout le monde fait des bombes au Saut du Moine, on saute de tout en haut du rocher, c'est celui qui fait le plus gros plouf qui gagne. Jean-Jean, il reste à côté sur les cailloux, il donne les notes. Il fait toujours ça, il ne se baigne jamais.

Les Éléments Perturbateurs, ils sont venus me voir en me proposant d'attraper Jean-Jean et de le pousser à l'eau. Je sais pas pourquoi, j'ai répondu oui, je trouvais ça rigolo, ça n'allait pas le tuer, ce bébé Cadum.

J'ai parlé avec lui l'air de rien pour l'occuper pendant que les Éléments Perturbateurs faisaient le tour de la berge. Ils ont réussi à le prendre par les pieds et par les mains, Jean-Jean criait comme un veau, et plouf, ils l'ont jeté à la baille.

Les Éléments Perturbateurs ont plongé après lui en se marrant, et ils se sont laissé porter par le courant. Moi, je suis resté sur la berge pour l'aider à sortir de l'eau. Il était furax, ça ne le faisait pas rire du tout.

« I-ils sont vraiment t-trop cons et t-toi avec. T-tu peux toujours cou-courir pour que je te d-défende la pro-prochaine fois qu'ils te tr-traitent de d-débilou, il rouspétait en sortant de l'eau.

— C'est bon, on rigolait, c'est pas non plus la mort. Mets tes fringues à sécher sur les cailloux, on va faire la serpillière et elles seront sèches dans dix minutes, lui ai-je répondu.

— Va te faire foutre », a balancé Jean-Jean en trébuchant sur les galets, juste avant de disparaître dans les saules. C'était sorti tout seul, il n'avait pas bégayé une seule syllabe.

Je n'ai pas insisté, c'était bien fait pour ma gueule, j'avais qu'à mieux choisir mon camp. Je l'ai laissé se calmer dix minutes, puis je suis allé vers les saules pour faire pouncy-pouncy avec lui. Il était en slip, assis sur un rocher, avec son jean et son survêt en train de sécher au soleil. Et c'est là que j'ai vu les bleus. Sur les cuisses, sur les bras, sur les côtes. Partout. Ça faisait mal rien que de le regarder. J'ai trébuché dans les galets, et il a levé les yeux. Il les a baissés une seconde après, et s'est mis à regarder par terre.

« T-t'es content, m-maintenant tu sais. »

Je n'ai rien répondu, j'ai grimpé sur le rocher et je me suis mis à regarder les galets avec lui.

***

« Si tu lui dis, je raconte à tout le monde ce que j'ai vu au Saut du Moine. »

Ça, franchement, je n'aurais pas dû le dire, c'était petit, c'était minable. Je sais pas pourquoi j'ai balancé ça à Jean-Jean, peut-être parce qu'il allait trop loin, qu'il arrivait trop près. Comme ça, parce que c'était gratuit et que ça ne mangeait pas de pain. Comme ça, juste pour lui faire mal.

Je ne pouvais pas le voir dans le noir de la cabane super secrète, mais j'ai senti ses épaules marquer le coup, son visage reculer de deux centimètres, ses yeux s'agrandir sous l'impact. Je crois même que les moustaches de Kodak ont senti le vent passer. Dans le noir, on n'a plus rien entendu du tout. Au moins cinq ou six secondes, facile.

« J-je voulais te donner le d-dessin d'anniversaire, m-mais tu peux bien aller te faire fou-foutre. »

Ça a coupé le noir pire qu'avec un couteau. Si j'avais été moins bête, je lui aurais répondu : « Excuse-moi, je retire ce que j'ai dit », mais non, j'ai répondu du tac au tac :

« Tu peux le garder, j'en veux pas de ton dessin. Il est trop mal fait, il ressemble pas du tout à une photographie. »

J'ai dit ça mais ce n'était pas vrai : j'aurais bien aimé savoir dessiner comme ça, ça ressemblait trop à la réalité. Même avec du papier calque, je n'aurai pas réussi à faire aussi ressemblant que ça. C'était un très chouette dessin d'anniversaire. On aurait pu croire qu'il sortait de la chambre noire, qu'il avait été effectué par le soleil lui-même.

« J-je sais pas ce que tu lui t-trouves à Poil de Carotte, et pourquoi elle te met la t-tête à l'envers. Elle est m-moche et de toute façon, quand t'es pas là, elle se paie bien ta fiole. »

Là, c'est moi qui n'ai rien dit. Pas à cause de Poil de Carotte (Gwendo est rousse comme un renard), mais parce que je savais pas qu'elle se moquait de moi.

« M-mon père, il trouve que ses p-parents, ce sont des b-bourges qui p-prennent le Lu-Luberon pour Di-Disneyland. Son père, il a bien ni-niqué les gens q-quand il travaillait à la b-banque et avec l'argent ils sont venus se la c-couler douce. P-pour eux on est comme les Indiens dans les r-réserves et ils ne valent pas mieux que les P-Parigots de juillet-août. »

Je n'ai toujours rien dit. Même s'il bégaye, Jean-Jean, il est quand même fortiche pour avoir le dernier mot, surtout avec les Éléments Perturbateurs.

« C-c'est ex-exactement ce q-que tu es pour elle. Un Indien dans sa r-réserve. Elle d-dit que tu es pas Ein-Einstein mais ton c-côté dans la lune la fait b-bien rire, c'est tout. »

Je sais pas ce que c'était, mon côté dans la lune, mais bon ce n'était pas le moment de poser la question. J'ai entendu du bruit : Jean-Jean se levait et sortait du wagon. Il s'est approché de moi et m'a repris le dessin d'anniversaire.

« J-je te prêterais bien la lampe torche de P-Papa pour que tu puisses rentrer à V-Villars, mais t-tu peux bien aller t-te faire foutre. »

Il s'est dirigé vers l'entrée de la cabane super secrète, et au moment de se baisser pour passer à travers le buisson, a rajouté sans se retourner :

« F-fais attention à Kodak, q-qu'il se fasse pas écraser sur la route. »

7. LE JOUR OÙ L'ANNÉE S'EST ARRÊTÉE UNE BONNE FOIS POUR TOUTES

Techniquement ce n'est pas encore la fin des cours : tu peux toujours redoubler, il faut continuer à se tenir à carreau. Ce soir, tous les professeurs se réunissent pour le conseil de classe : Mme Philibert les invite pour discuter de chacun des élèves, l'orientation qu'ils souhaitent et voir si ça va être possible ou pas. Si c'est possible, alors on passe au suivant, mais si c'est pas possible alors les professeurs se demandent s'il faut le faire redoubler. Ça, c'est pas bien du tout : ça veut dire que l'année prochaine, tu auras un an de plus, avec les petits qui auront un an de moins. Tout de suite tu seras un redoublant, et tu rejoindras les Éléments Perturbateurs.

Si je sais tout ça, c'est parce que je suis délégué, et que le délégué va au conseil de classe pour représenter les élèves. Il doit dire aux professeurs si Untel a des soucis à la maison, et le défendre bec et ongles si les professeurs veulent qu'il repique une année. Moi, j'ai un carnet avec une page pour chaque élève : je dois prendre des notes et ne rien oublier. En rentrant à la maison, le soir, j'appelle chaque élève et lui répète ce que les professeurs ont dit, s'il a le droit de continuer sa vie comme prévu ou pas. Je déteste ça, je déteste le téléphone : je me tortille devant comme un Ondamania en me demandant ce que je vais bien pouvoir raconter, mais bon je n'ai pas trop le choix.

Être délégué, ça a des avantages et des inconvénients. Un des avantages, c'est que tu sais avant tout le monde si tu passes ou pas. Un gros inconvénient, c'est que tu es là quand les profs parlent de toi, et qu'il n'y a nulle part ailleurs où aller. Aujourd'hui, c'est exactement ce qui s'est passé : les professeurs ont commencé par moi, eh bien ça n'a pas loupé, ils m'ont regardé droit dans les yeux.

« On sait que ta famille a traversé une épreuve douloureuse l'an passé, on comprend que c'est difficile pour toi. On t'enlève tout de suite un poids de dessus les épaules, tu ne vas pas redoubler, tu restes dans la moyenne. Maintenant je ne te cache pas que tu as un problème d'attention. Tous les professeurs sont d'accord là-dessus : en cours, tu n'es pas là, tu es ailleurs. Personne ne sait où tu es d'ailleurs, mais tu y es à longueur de journée. Heureusement qu'il y a Jean à côté de toi pour te tenir par la main, parce que sans lui ça ferait longtemps que tu aurais décroché. Il faut que tu t'accroches, que tu te concentres pendant les cours. »

Les professeurs m'avaient déjà expliqué ça au dernier trimestre. Moi non plus, je ne sais pas où je suis. Ils commencent à parler, je regarde par la fenêtre, et l'instant d'après, Jean-Jean me tire par la manche, en me soufflant la réponse. C'est plus fort que moi.

« Tu as une idée de ce que tu voudrais faire plus tard ? »

Le problème avec cette question, c'est que moi, je connais la réponse, mais qu'elle est impossible. Je voudrais faire explorateur, ou aventurier, mais ça n'existe pas dans les fiches-métier du CDI. Du coup, je réponds que je ne sais pas ce que je veux faire, c'est plus commode.

« Non, je ne sais pas encore ce que je veux faire. » J'ai appris à glisser « encore », ça rassure les Grandes Personnes.

« Ta maman souhaite que tu continues dans le secondaire sans plus de précision, mais moi je pense que tu devrais t'orienter vers les métiers de l'imaginaire, artistiques, parce que sinon ça va être difficile. »

Mme Philibert avait déjà dit ça à Maman à la réunion parents-profs, mais Maman pense que le cinéma, la bande dessinée, la littérature ou tout ce genre de trucs, ça n'est pas très stable et que de toute façon il faut connaître quelqu'un. Elle veut juste que j'ai une bonne situation et que je ne sois pas au chômage.

On est passés aux autres élèves, j'ai ouvert mon carnet et j'ai commencé à prendre des notes. Je me suis concentré, pour ne rien oublier et pouvoir tout répéter au téléphone.

J'avais aussi un peu la frousse de reparler à Gwendo et à Jean-Jean. Ce n'était pas l'envie de les causer qui me manquait, mais je ne sais pas pourquoi, quand je les voyais, je regardais mes pieds. On ne s'asseyait plus à côté, en cours ou même dans Bateau-Ivre. Gwendo faisait semblant de ne pas me voir, et Jean-Jean regardait ailleurs sans rien moufter.

Mon cahier est organisé par noms de famille, dans l'ordre alphabétique : Gwendo arrivait parmi les premiers, Jean-Jean se retrouvait au milieu. J'aurais bien fait semblant de les oublier mais leurs orientations étaient importantes, je ne voulais pas qu'ils ratent leur vie à cause de moi. Et puis le téléphone fixe étant pile devant le placard à croquettes, Kodak était planté là en ayant l'air de me dire : « Pas d'entourloupe, je t'ai à l'œil. »

Pour Gwendo, les professeurs m'en ont appris une bien bonne. Gwendo, elle est super fortiche en tout, donc je ne me faisais pas de souci pour elle, aucun risque qu'elle redouble. Pourtant, lorsque Mme Philibert a ouvert son dossier, elle a ajusté ses lunettes rouges au bout de son nez et a dit aux autres professeurs : « Gwendolyn, elle ne sera pas avec nous l'année prochaine. Elle continue bien sûr dans le secondaire mais demande le collège franco-britannique de Londres, en internat. »

Je ne m'y attendais pas, je pensais qu'on serait tous dans la même classe jusqu'au baccalauréat, et même après.

« Elle a d'excellents résultats, et c'est une école très réputée, je pense que le conseil de classe peut valider », a repris Mme Philibert. Les autres professeurs ont approuvé et j'ai noté ça dans mon petit carnet.

Théoriquement, ça n'était pas bien difficile à annoncer par téléphone. Quand il faut dire à Trucmuche qu'il redouble, et que son père est en train d'écouter par-derrière, et qu'au moment de raccrocher on sait très bien que Trucmuche va s'en prendre une, ce n'est pas la même histoire. Pourtant, mes doigts bégayaient pire que Jean-Jean sur les touches et j'étais pétrifié quand ça a commencé à sonner.

« Hello ?

— Oui-bonjour-monsieur-madame, c'est-pour-les-résultats-du-conseil-de-classe-c'est-possible-de-parler-à-Gwendolyn-s'il-vous-plaît ? »

Cette phrase-là, je l'ai apprise par cœur, je la ressors à tous les coups. J'ai juste à changer le prénom, et hop.

« Mais oui bien sûr. Pas de souci, les pwofesseurs ont dit oui ?

— Oui, Gwendolyn a d'excellents résultats, elle a une très bonne orientation.

— Bien, je te la donne. »

Des fois, Gwendo, elle fait pareil, elle ne choisit pas les bons mots et du coup ça fait des phrases super rigolotes.

« Hello ?

— Oui. C'est pour le conseil de classe, il est d'accord pour ton orientation, c'est bon.

— Ah ! Super, merci. »

Il y a eu un silence. Je n'ai rien rajouté et elle non plus. Je voulais lui parler de Londres. Je pense qu'elle savait que j'étais au courant, et qu'elle attendait que je lui en touche un mot. Mais c'était un peu trop facile d'aborder sans façon le sujet, comme ça, de s'avouer vaincu. Et en même temps, ça ne servait à rien puisque c'était décidé et qu'il n'y avait rien à rajouter.

Au bout d'un moment, je ne sais pas comment, je me suis jeté à l'eau, j'ai pris mon air désintéressé et lui ai demandé comme ça, comme si c'était une formalité :

« Alors tu vas étudier à Londres l'année prochaine ?

— Ah les pwofesseurs te l'ont dit ? Oui, je vais en internat à Londres. Moi j'ai pas trop envie, mais Papa trouve que le niveau est meilleur là-bas. »

Jean-Jean avait raison, ils prenaient vraiment le Luberon pour Disneyland.

« Ah super, bon, ben, bonne soirée alors. »

Et boum, j'ai raccroché. Je n'étais pas vraiment fâché, c'est juste que je ne savais pas comment lui parler de l'anniversaire, que je n'avais rien à dire de plus, et que je ne savais pas comment lui dire bye-bye.

Kodak me regardait. Il a miaulé comme pour dire : « Allez, au suivant et après, croquettes. » Avant, quand il était plus jeune, je me souviens qu'il dansait la farandole devant Papa pour avoir à manger. Maintenant, ce n'est plus de son âge, il s'assoit devant et trouve que ça suffit pour faire passer le message. D'habitude, je l'aurais un peu taquiné, mais ce soir il fallait que je finisse mon devoir de délégué et que j'aille au bout de mon petit carnet.

La classe a défilé page après page, les passants et les redoublants, et je suis arrivé à Jean-Jean. Lui, il souhaite devenir policier. Il veut arrêter l'école au moment où ce n'est plus obligatoire, et passer l'examen d'entrée de la gendarmerie. Les professeurs trouvent ça dommage, ils disent qu'il a des facilités et qu'il pourrait viser plus haut. Ils lui ont déjà notifié ça l'année dernière, mais lui il s'accroche. Il leur a répondu que son père ne va pas payer pour aller étudier à Avignon, et que de toute façon il y a des places à la police municipale à Apt, que c'est ce qu'il a envie de faire et qu'il n'y a pas de sot métier. Je leur ai répété ça, aux professeurs, Mme Philibert m'a répondu : « Je sais bien, mais c'est dommage, tout de même », et puis elle est passée à l'élève suivant.

Au téléphone, c'est Jean-Jean qui a décroché directement. Je m'y attendais pas, ça m'a coupé dans mon élan.

« A-Allô ?

— Oui, bonjour…

— A-alors, q-qu'est-ce qu'ils ont dit, les p-profs, au con-conseil de classe ?

— Bon, c'est bon, tu redoubles pas, tu passes.

— P-parfait, merci. »

Il y a eu un silence, je ne savais pas quoi rajouter et lui non plus.

« Mme Philibert, elle trouve dommage que tu ailles pas plus loin, elle a dit.

— C-cette vieille b-bique, elle a le d-disque rayé, elle avait d-dit la même chose l'an p-passé. »

C'était pas faux, et ça n'avait pas fait changer Jean-Jean d'avis pour autant.

« Ça te dirait de venir jouer chez moi samedi prochain ? » je lui ai demandé, comme ça, de but en blanc. C'était sorti tout seul, j'aurais voulu le faire exprès, je n'aurais pas réussi.

Il n'a pas tout de suite répondu. Je ne pense pas qu'il réfléchissait vraiment à savoir s'il était disponible ou pas. C'est plutôt qu'il attendait autre chose. À un moment il a compris que ça ne viendrait jamais, et il s'est décidé.

« Ç-ça roule, on se dit q-quatorze heures chez toi ? »

La paix des braves était signée, les grandes vacances pouvaient commencer.

ALB04/COURRIER INTERNE/PDR-1860

De : I. d'A.
À : Madame la Ministre
Objet : Champs additionnels à P.D.R.
– Photos de classe

Afin de renforcer l'exhaustivité de P.D.R., de nouveaux champs complets de photographie ont été identifiés. L'un d'entre eux serait les photos de classe. Quelques éléments de bornage temporel :
– la photo de classe apparaît en France au début des années 1860. Une des plus célèbres, celle où figure l'individu Arthur Rimbaud à l'institution Rossat de Charleville, date de 1864 ;
– plusieurs photographes se spécialisent dans ce domaine, le plus connu étant Jules David. Installé à Levallois, il fonde en 1867 l'enseigne « Photographie des Écoles » puis s'associe avec le portraitiste Edmond Vallois vers 1910. Il est l'interlocuteur privilégié des grands lycées parisiens ;
– en 1898, l'Instruction publique demande aux écoles de prendre des clichés pour les montrer à l'Exposition universelle de 1900 : la France est un des premiers pays à avoir rendu l'école obligatoire. Ces photos n'étaient pas à l'époque proposées à l'achat aux élèves.

Le champ des photographies de classe présente le double intérêt :

– de pouvoir être adossé aux archives de l'Éducation nationale ;
– d'avoir à son origine une production concentrée entre deux ou trois individus.

La société David et Vallois existe toujours et nous a communiqué ses archives. Les carnets de commandes et journaux de vente ont été téléchargés dans P.D.R.

I. d'A.

8. LE JOUR OÙ KODAK N'A PAS VOULU FAIRE HITLER

Hier soir, Maman avait préparé un clafoutis, pour nous récompenser Jean-Jean et moi de passer dans la classe supérieure. Elle m'avait demandé de ranger ma chambre, parce que Jean-Jean est l'invité et qu'il ne faut pas faire mauvaise impression sur les invités.

Il devait arriver à quatorze heures. Il faisait déjà super chaud, on aurait pu aller à la piscine municipale à Saint-Sat mais après l'histoire du Saut du Moine, il valait peut-être mieux éviter. J'avais sorti le Puissance 4, le trampoline et mes deux pistolets à eau. La dernière fois, on avait joué à la guerre mondiale avec les pistolets à eau, on avait dit à Kodak qu'il serait Hitler et nous les Américains. Au début, il était venu voir ce que c'était, ce débarquement dans le jardin, mais rapidement, ça ne lui avait pas plu du tout. Cette fois-ci, il avait dû flairer le coup parce que ça faisait deux jours qu'on ne l'avait pas vu. Maman dit que ça lui arrive souvent, qu'il part en balade pour chasser les minettes.

Le frère de Jean-Jean l'a déposé à mobylette. Jean-Jean lui a rendu son casque, ça voulait dire que Seb allait après chez sa copine et que pour le retour, Jean-Jean rentrerait à pied. On s'est serré la main comme des Grands, et roule ma poule. Sans rancune.

Comme le soleil tapait super fort, on a d'abord joué aux Micromachines, et puis à Worms sur l'ancien PC de Papa. C'est marrant, Worms : on donne des noms à des vers de terre, et ensuite ils doivent s'attaquer avec plein d'armes différentes, comme des grenades ou des bazookas. On a donné aux vers de terre les noms des gens qu'on connaissait, et on s'est bien marrés : à un moment donné, Gwendo a glissé un bâton de dynamite sous Mme Philibert mais n'a pas eu le temps de s'enfuir et toutes les deux ont explosé en petits morceaux.

Quand il a fait moins chaud, on est allés jouer dans le jardin, mais la guerre mondiale sans Hitler à arroser, ce n'est pas très rigolo. J'avais coincé mon diabolo dans le pin la semaine dernière, du coup Jean-Jean a proposé d'aller à la cabane super secrète : ça lui ferait plus court pour rentrer et on pourrait jouer plus longtemps. On a pris nos parts de clafoutis, une bonne bouteille de Tang fait maison, deux Mr Freeze pour la route, et on a filé vers les Ocres.

***

« Les ci-cigales commencent à ch-chanter », a remarqué Jean-Jean, lorsqu'on est passés devant la Femme-Enceinte. J'ai rigolé et lui aussi : avec son bégaiement, sa phrase rappelait leur chant. Les ci-ci, les ci-ci, les cigales. On est arrivés à la cabane.

« Australopithèque », j'ai crié bien fort, et je suis passé en premier, avec Jean-Jean sur mes talons.

On est ressortis aussitôt.

« Bbbaaahhh, ça schlingue là-dedans, ai-je dit en me bouchant le nez.

— Ça-ça pue la mort, t-tu veux dire. Là-là-dedans, y a un ca-ca, ca-ca… », essayait de dire Jean-Jean. Il était tout rouge, tout excité, je l'avais jamais vu comme ça.

« Y a un caca dans la cabane ? » l'ai-je coupé pour arriver à lui faire cracher le morceau. (Avec lui, hein, faut pas être pressé, vous m'avez compris.) C'était dégueulasse, y a vraiment des malpolis partout. Non seulement les gens n'avaient pas le droit de rentrer dans la cabane super secrète, mais ils avaient encore moins le droit d'y faire la grosse commission. Elle est où, hein, la politesse ?!

« N-non, y a un ca-cadavre là-dedans », il a répondu avec des yeux grands ouverts et des étoiles dedans. Quand je vous ai dit qu'il finirait policier, j'ai pas exagéré.

« Le cadavre de quelqu'un qui est mort ? »

Pendant un moment, on s'est regardés sans rien dire. Un mort, c'est pas rien. Dans la classe, on a un copain, son père, il a trouvé il y a longtemps un pendu dans la forêt des Cèdres. Faut pas rigoler avec ça.

« Il faut q-qu'on retourne à la m-maison et q-qu'on appelle la p-police », a dit Jean-Jean au bout d'un moment.

Ni lui ni moi n'avons bougé d'un pouce.

« On p-peut retourner à l'intérieur, m-mais il faut t-toucher à rien à c-cause des empreintes. » Cette idée-là, c'est pas moi qui l'ai eue, et c'est pas moi qui l'ai dite.

On a enlevé nos T-shirts et on les a noués autour de la tête, comme les cow-boys qui attaquent les diligences. On est passés au travers du buisson, j'ai crié « Australopithèque » à travers mon T-shirt et on est entrés.

J'ai cherché du regard où était le pendu, ou alors le mort par balles comme dans les films. Il n'y avait personne, le cadavre devait être tout au fond de la grotte. Jean-Jean s'est avancé vers le wagon et s'est arrêté. Il m'a montré du doigt quelque chose sur ce qui est mon siège d'habitude. Dans la pénombre, une grosse boule de poils ne bougeait plus, ce devait être un lièvre ou un renard qui était venu crever là-dedans. Jean-Jean m'a crié de sortir, de ne pas rester là, qu'il allait chercher son frère. J'ai mieux regardé : la boule avait une oreille, une bouche et un œil. J'ai reculé. Ce n'était ni un lièvre ni un renard, mais Kodak.

Je suis sorti en toussant et crachant tout ce que je pouvais, pire que lorsqu'on avait chouravé les cigarettes du frère de Jean-Jean. J'avais les yeux qui piquaient à cause de l'odeur. Autour de moi, il y avait les Ocres qui dansaient la farandole et les monts de Vaucluse qui leur répondaient.

Quand Papa est parti, la mort sentait le produit chimique, pas la charogne comme aujourd'hui. Pour Papa, je l'avais vue venir, les médecins, le père Barthélemy, tous ils nous avaient prévenus et nous avaient dit qu'il n'y avait plus rien à faire. Là, je croyais que Kodak, il chassait les minettes alors que ça faisait deux jours qu'il ne bougeait déjà plus. C'est pas juste. Les Éléments Perturbateurs m'avaient expliqué pour Papa que c'était comme ça. On grandit, on vieillit et puis on meurt. Moi je ne comprends pas. On n'a qu'à pas grandir, et puis c'est tout.

LES GRÊLONS

GRÊLON. n.m. **1.** Particule de glace, résultant de la rencontre d'eau liquide en surfusion et d'un mouvement d'air ascendant. Leur chute peut occasionner des dégâts importants sur les cultures. **2**. Symbolisé par la lettre grecque delta (Δ) en langage météorologique. (Δ) représente également en mathématiques une différence.

9. LE JOUR OÙ JEAN-JEAN A EU UN VRAI PISTOLET

Le visage de Jacques Mansarde est apparu à l'écran, bleuté au début puis enfin avec des couleurs normales. Ses lèvres ne bougeaient pas, mais se sont mises à faire du bruit : Maman a baissé le son, comme d'habitude, parce que sinon on ne s'entend plus parler.

Le journal télévisé, c'est plus comme avant. Ce qui s'était passé pour les appareils photo a fini par arriver aussi aux postes de télévision, aux vidéos. Les gens n'y apparaissaient plus. Tout simplement. On pouvait voir le plateau télé, ça oui ; mais il était complètement vide, on n'y voyait personne.

Du coup, on avait d'abord pensé que la télé, c'était terminé, que Jacques Mansarde il avait fait son temps. Eh bien trois ans après, Jacques Mansarde, il était toujours là. Attention hein, à la guerre comme à la guerre, il avait dû s'adapter. La caméra filmait son portrait dessiné, et on entendait sa voix par-dessus. Émission après émission, interview après interview, il déroulait son journal chaque soir et des dessins d'actualité se succédaient à l'écran. Un peu comme dans les reportages sur les procès, lorsque les caméras sont interdites dans les salles de tribunal. C'était drôlement bien fait, on se baladait dans le monde entier au gré des sujets. Jacques Mansarde poussait même le vice, d'une saison sur l'autre, jusqu'à faire vieillir son portrait dessiné. Une ride par-ci, une ride par-là. Drôlement bien foutu, je vous dis.

« Allez, mets la table pendant que je fais chauffer le frichti, je suis épuisée », a soupiré Maman en me tendant les verres et les assiettes. Comme tous les jours, elle est fatiguée, mais moins que lorsqu'elle travaillait à Prisunic. Maman fait maintenant des ménages chez les particuliers, elle est à son compte depuis deux ans. Ça lui a changé la vie, elle n'a plus à mettre cette blouse et surtout elle se fait appeler de nouveau Claudette, ça la rajeunit. On a divisé la maison en deux : le rez-de-chaussée où on vit et le premier étage, avec les deux chambres que Maman loue aux vacanciers. C'est mon ancienne chambre là-haut, je voulais pas trop déménager en bas, mais Maman dit qu'on ne peut pas faire les difficiles si on veut joindre les deux bouts. Elle loue à la semaine, de mai jusqu'à septembre, ça met du beurre dans les épinards.

Quand le frichti est prêt, on s'assoit et Maman remonte le son de Jacques Mansarde. Maman trouve que c'est toujours bon pour ma culture générale, on l'écoute au moins jusqu'au fromage.

Pour ma culture Maman a peut-être raison, mais pour l'école, elle s'est plantée sur toute la ligne. Elle aurait dû écouter Mme Philibert plutôt que de me faire continuer le secondaire. Je pense que ça m'aurait plu, l'imaginaire. J'ai déjà redoublé une fois, et à mon avis ce ne sera pas la dernière. Je continue à prendre Bateau-Ivre mais tout seul, sans Jean-Jean ni Gwendo : je suis le dernier des Trois Mousquetaires.

Cet été, j'ai travaillé comme animateur au centre aéré de Bosque. C'était chouette, il fallait inventer des jeux pour les enfants, les faire participer et les occuper toute la journée. Je suis plutôt bon à ça, ils avaient l'air de bien s'amuser. Je leur ai sorti les classiques, le ballon prisonnier, la tomate ou la chasse aux ombres, mais je leur en fais aussi des plus compliqués, je leur ai organisé une vraie chasse au trésor pendant toute une après-midi. À la fin de l'été, le directeur m'a dit que je pouvais revenir l'été prochain, et que si je le souhaitais, je pourrais peut-être avoir un vrai poste, un permanent il avait précisé. Un CDI.

Maman, elle veut que je continue jusqu'au bac. Normalement, ça doit être à la fin de cette année mais ce n'est pas gagné. Ça risque d'être long. Je voudrais bien faire comme Jean-Jean, mais je n'ose pas contrarier Maman, elle a déjà suffisamment de soucis comme ça. Jean-Jean, il a fait ce qu'il avait toujours voulu : il a passé le concours pour être dans la gendarmerie. L'écrit, il l'a eu haut la main. Pour l'oral, il a beaucoup stressé à cause de son bégaiement, il était même allé voir un spécialiste à Avignon, mais au final je crois qu'ils lui ont fait une fleur parce qu'il avait tout déchiré à l'écrit. Il a arrêté l'école l'année dernière, les professeurs étaient verts de rage.

La gendarmerie lui a donné un petit appartement de fonction, il n'habite plus aux Jean-Jean. Pour son premier week-end de libre, il m'a invité à dîner dans son nouveau chez-lui, il avait fait des spaghettis bolognaise avec du gruyère. Jean-Jean ne m'a rien dit, mais je crois qu'il était bien content de ne plus vivre avec son père. On n'en a jamais rediscuté. Il a un vrai pistolet, mais il n'a pas pu me le montrer parce qu'il était sous clef à l'armurerie.

Maman voit des fois la mère de Gwendo le samedi au marché, à Apt. Gwendo étudie toujours à Londres, je n'en sais pas plus. Au début, Maman a fait le ménage chez ses parents, mais plus maintenant. Elle disait qu'il n'y a pas de honte, mais j'étais bien content de ne pas avoir à croiser Gwendo.

Nous n'avons toujours pas repris de chat, Kodak a été le dernier. Au début je ne voulais pas en reprendre un, mais maintenant pourquoi pas. C'est Maman qui refuse, elle dit que les chats lui rappellent Papa et que ça lui fait trop de peine. Du coup, le placard à croquettes est devenu le placard à sacs plastique, et on mange rien que tous les deux devant Jacques Mansarde. Plus de territoire, plus de responsabilité. Zorro ne passe plus sur la trois, Maman trouve que de toute façon, je suis trop grand maintenant. Moi, ça me plairait bien de continuer à le regarder mais bon, c'est comme ça.

Maman a pris la télécommande et a monté le son, comme du temps où Kodak se mettait à ronronner et qu'on n'entendait plus que lui dans le salon. Jacques Mansarde s'est mis à parler un peu plus fort. C'était la fin du journal, il finit toujours sur un truc un peu rigolo : c'est comme le dessert, après l'avalanche de mauvaises nouvelles, il faut finir sur une petite note sucrée. Un Flanby, ou un petit-suisse.

« Et enfin, avant de vous quitter, un joli clin d'œil qui nous vient du bord de la Méditerranée. Une flashmob s'est déroulée grandeur nature ce matin à la gare de La Ciotat : des dizaines de comédiens en costume de la Belle Époque ont débarqué sur le quai, comme s'ils allaient monter dans le train. »

Toute une série de dessins d'actualité est apparue à l'écran, on aurait vraiment dit des gens du début du siècle. Jacques Mansarde les décrivait, on avait l'impression d'y être :

« Ici, deux dames avec de longues robes et de grands chapeaux à plume tiennent par la main un enfant dans un costume tout blanc. Derrière, tout plein de messieurs en chapeau noir, et un tout seul avec son canotier. Là, un vieux chef de gare, avec les moustaches de l'archiduc François-Joseph. Un trentenaire bien habillé en costume clair, et avec une fine moustache à la Dali. Un jeune paysan, avec son galurin et son cabas. Au bout du quai, un ouvrier qui tire une charrette. »

Il y avait ensuite des interviews de voyageurs qui se trouvaient là au bon moment et qui n'en revenaient toujours pas, stupéfaits de l'incroyable conviction avec laquelle ces comédiens restaient immobiles sur le quai, indifférents à l'agitation ambiante.

« Je conduisais le 7 h 55 comme tous les matins et boum, ils étaient tous là, on se serait crus en 1900, c'était pas croyable. Si j'avais pu, j'aurais fait siffler la vapeur », témoignait le conducteur du TER.

« Moi, j'habite à Ceyreste, j'attendais mon train pour aller à La Timone et tout à coup il y en avait partout sur le quai. Je ne comprenais pas ce qui se passait, j'ai cru qu'on tournait un film avant de me rappeler que ce n'était plus possible », disait une étudiante en médecine.

Jacques Mansarde reprenait ensuite la parole : « Eh oui, joli clin d'œil de ces comédiens aux frères Lumière, puisque c'est dans la gare de La Ciotat que fut tourné, durant l'été 1895, l'un des premiers films de l'Histoire. Les premiers pas de ce septième art qui nous manque si cruellement aujourd'hui. »

10. LE JOUR OÙ LE TRAIN A SIFFLÉ À LA CIOTAT

Jacques Mansarde, il aurait mieux fait de tourner sa langue sept fois dans sa bouche avant de dire que c'étaient des comédiens. À la nuit tombée, ils étaient toujours là, sur les quais, muets. Une employée de la SNCF, excédée, a dû appeler la gendarmerie au moment de fermer la gare. Ça va cinq minutes la flashmob, mais bon à la fin elle n'était plus si flash que ça.

Les gendarmes les ont tous embarqués au poste, et c'est à ce moment-là qu'ils ont compris que ces gens n'avaient pas la moindre idée de ce qu'ils faisaient là. Leurs noms et prénoms, quand ils arrivaient à les dire, ne donnaient rien à l'état civil, leurs empreintes digitales non plus. Les gendarmes ont commencé à douter : si c'était une flashmob, elle était drôlement bien faite et elle durait drôlement longtemps. Les gens répondaient à côté des questions, et il est finalement devenu évident qu'ils ne le faisaient pas exprès, qu'ils étaient juste totalement égarés.

Un gendarme a eu alors la bonne idée d'aller sur Internet pour voir le film des frères Lumière. Le film est vieux, donc il n'est pas de super qualité, mais des informaticiens l'avaient restauré, avec plein de détails et à la bonne vitesse, et même avec des couleurs.

Si je sais tout ça, c'est parce que Jean-Jean, il me l'a dit après coup, lorsque toute cette histoire a fait un pataquès. Il m'a expliqué que les gendarmes, ils se parlent entre eux, et son colonel, il les connaît tous à La Ciotat, parce que c'était sa précédente affectation. Ils lui ont tout raconté. Jean-Jean m'a dit que tout ça, c'est protégé par le secret de l'instruction, alors il faut que je ne le répète à personne.

Les gendarmes ont mis le film des frères Lumière en pause, ils l'ont regardé image après image, ils ont fait des impressions d'écran, ils ont zoomé sur les visages. Ils ont comparé avec ceux qui dormaient dans les cellules à côté. Pas de doute, il y avait un sacré air de ressemblance : les costumes et l'allure à la rigueur, c'était fastoche, mais le visage, tout de même, c'était quelque chose. Les organisateurs de la flashmob avaient dû faire un casting vachement poussé.

Les gendarmes ont commencé par le jeune paysan, celui au galurin et au cabas : c'était celui qu'on voyait le mieux sur le film. Il apparaît en gros plan devant la caméra, il passe tout près. Au début, dans la salle d'interrogatoire, le gars, on l'avait pris pour un dur à cuire. Il n'ouvrait pas la bouche à part pour dire son prénom, et encore, au bout d'une éternité.

« Baudru, Désiré. »

Les gendarmes l'ont cuisiné, qui était le petit malin qui avait organisé tout ça, que c'était rigolo cinq minutes mais que bon maintenant il fallait arrêter de se payer de la tête des honnêtes gens et que la plaisanterie avait assez duré. Le paysan, il lâchait pas un mot, à part son nom et son prénom.

« Baudru, Désiré. »

Ils ont décidé de changer de tactique, ils lui ont mis sous le nez un téléphone avec le film des frères Lumière dessus.

« Alors, Désiré Baudru, c'est toi ou c'est pas toi là-dessus ? »

Jean-Jean, il m'a raconté que le gars avait bloqué sur l'image pendant dix secondes, puis qu'il s'était mis dans une colère noire, il avait tout défoncé, les tables, les chaises, il avait fallu quatre paires de bras super costauds pour le mettre à terre.

Les gendarmes ne se sont pas avoués vaincus, ils ont fait venir le chef de gare, celui avec les moustaches de l'archiduc François-Joseph. Ils lui ont reposé les mêmes questions, par qui il avait été embauché pour faire tout ce trouble à l'ordre public, qui il était vraiment et tutti quanti. Eh bien, le chef de gare, il était complètement paumé, il n'arrêtait pas de triturer sa montre-gousset et dire que ça n'allait pas du tout, qu'on allait être en retard pour Saint-Charles, qu'il s'inquiétait pour ses voyageurs.

À un moment, les gendarmes lui ont montré le film sur Internet, et lui ont demandé : « C'est vous ? C'est vraiment vous ? » Ils voulaient avoir le fin mot de l'histoire, une bonne fois pour toutes. Genre ça passe ou ça casse. Le chef de gare, il disait plus rien, il bloquait complètement : il regardait le film, le téléphone, les gendarmes comme s'ils étaient tombés direct de la lune, et à la fin il s'est mis à pleurer dans ses moustaches. Les enquêteurs n'ont pas réussi à lui faire cracher le morceau, à lui ou à aucun autre. Tous les comédiens ont encore passé une nuit en cabane, même le chef de gare malgré ses beaux airs de Papi Gâteau.

Le lendemain, les gendarmes n'ont pas voulu que ce soit dit, et ils ont continué à creuser, Jean-Jean m'a raconté. Un travail de limier, il a appelé ça. Ils avaient recherché la veille le Désiré Baudru dans leurs fichiers, et malheureusement ça n'avait rien donné. Mais l'un d'entre eux a eu un éclair de génie : il a étendu la recherche aux années passées, genre vraiment-vraiment passées. Apparemment, il a appelé un service spécial, le service des Archives à Paris, et malin comme un singe, il leur a demandé de se concentrer sur le début du siècle. Jean-Jean m'a dit que la hiérarchie, elle l'avait pris pour un fou. Les gars des Archives, ils ont remué la poussière comme c'est pas permis. Ils sont partis de la Seconde Guerre mondiale, ils n'ont rien trouvé. Même pas un homonyme, rien. Rien de rien. Entre-deux-guerres, que dalle. Première Guerre mondiale, pareil. Ils sont remontés jusqu'en 1910, et toujours rien. Et puis poum, en 1905, ils sont tombés sur un certain Désiré Baudru. Il avait été mis au dépôt pour vagabondage, ivresse sur la voie publique, tapage nocturne. Le dossier disait qu'il était né à Cassis, puis qu'à la quarantaine, il était monté en région parisienne. Il habitait avec les chiffonniers. Un Élément Perturbateur de la Belle Époque.

Jean-Jean m'a expliqué que le gendarme, il avait vraiment eu du bol dans sa recherche, parce que le Désiré Baudru était un habitué de la bouteille et en tant que multirécidiviste, il avait eu droit à un dossier anthropomorphique complet. La police commençait juste à les faire à cette époque. Il y avait bien une vieille photo en noir et blanc : on pouvait plus ou moins reconnaître le comédien de La Ciotat, avec quelques années au compteur en plus. Mais bon, ça n'était pas très folichon non plus. Toujours pas convaincus, les collègues. Tu nous prends pour des lampions ou quoi ?

Mais, dans le vieux dossier anthropomorphique, il y avait aussi et surtout les empreintes digitales de Désiré Baudru. Merci qui, hein, merci Bertillon. Le gendarme les a comparées avec celles du comédien de La Ciotat.

Et bingo, elles étaient identiques.

11. LE JOUR OÙ IL Y A EU DES GRÊLONS EN CALIFORNIE

Tout ça, évidemment, on ne l'a pas su du jour au lendemain, à l'époque. Nous, on vivait comme si de rien n'était, au petit matin, on avait complètement oublié cette histoire de tchou-tchou et de comédiens à La Ciotat. Les petites gens que nous sommes, on est toujours informés après coup, dit Maman.

Mais pas Jacques Mansarde. Lui, il a des yeux et des oreilles partout, parce que rien ne lui échappe. Apparemment, les empreintes du Désiré Baudru avaient dû faire remuer au plus haut niveau, parce que Jacques Mansarde, il en a entendu parler et il a mis ses journalistes sur le coup. Pendant une semaine, on n'a rien su du tout, on n'avait pas la moindre idée qu'il se passait quelque chose, qu'il y avait mérou sous caillou à La Ciotat. Et puis Jacques Mansarde a fait une émission spéciale, avec roulement de tambours et trompettes. Et tout le monde a su, ou du moins a commencé à savoir.

Le portrait dessiné de Jacques Mansarde est apparu à la télévision. D'habitude, c'est toujours le même, mais là, il était différent, les dessinateurs en avaient fait un spécial pour l'occasion. Il avait vraiment l'air sérieux dessus, avec derrière lui, écrit en gros « ÉDITION SPÉCIALE ». Maman a monté le son, même s'il n'y en avait pas vraiment besoin parce que dans la cuisine, on n'entendait pas un chat.

« Madame, monsieur, bonsoir. Lorsque j'ai commencé ma carrière de journaliste, je n'aurais jamais imaginé qu'un jour j'aurais à annoncer une nouvelle aussi incroyable, aussi ahurissante.

« Ahurissant est le mot juste : lorsque nous avons commencé à enquêter, ici à la salle de rédaction, personne n'y croyait, tout le monde pensait à un canular. Un peu comme il y a trois ans, lorsque les appareils photo se sont arrêtés de marcher. Et pourtant, nous avons vérifié, contre-vérifié, sur-vérifié.

« Il y a une semaine, je vous annonçais en fin de journal qu'une flashmob avait eu lieu à La Ciotat : des comédiens en costume d'époque rejouaient l'arrivée du train en gare, filmée par les frères Lumière en 1895. »

Apparurent à l'écran les dessins de la semaine dernière : les dames aux beaux chapeaux, le chef de gare avec les moustaches de François-Joseph, et puis tous les autres. Maman et moi, on mangeait notre Floraline en se demandant ce qu'il pouvait bien y avoir d'exceptionnel, ce que Jacques Mansarde avait pu dénicher. C'était rigolo, mais bon il n'y avait pas non plus de quoi fouetter un chat.

« Eh bien, cette information était inexacte. Il ne s'agissait pas de flashmob ou de comédiens. Le soir venu, les autorités ont procédé à leur interpellation et à des vérifications d'identité. Aussi invraisemblable que cela puisse paraître, il s'agit bel et bien des gens qu'ont filmés les frères Lumière il y a plus de cent ans. De nombreuses vérifications ont eu lieu. Leurs témoignages ont été recoupés avec les archives de l'état civil, leurs photographies comparées au film des Lumière, leurs empreintes digitales vérifiées lorsque c'était possible : ce sont bel et bien les mêmes personnes. Elles sont toujours vivantes, même si d'après l'état civil, elles sont mortes depuis longtemps. »

L'écran s'est divisé en deux : à gauche on a vu les portraits extraits du film des frères Lumière, à droite les dessins d'identité qu'avaient fait faire les gendarmes, comme ceux des passeports. Ils étaient identiques. Il n'y avait pas photo, c'étaient bien eux.

On sentait que Jacques Mansarde, il avait drôlement bien préparé son coup, parce que juste après avoir comparé les portraits, il avait avec lui en direct le ministre de l'Intérieur sur le plateau. Pour éviter que l'on croie à un canular, que tout ça ne soit qu'un gros poisson d'avril. Le portrait dessiné du ministre est apparu à l'écran, et Jacques Mansarde a commencé à lui poser des questions.

« Monsieur le ministre de l'Intérieur, merci d'avoir répondu à notre invitation. Monsieur le ministre, est-ce que vous confirmez nos informations ?

— Monsieur Mansarde, on parle de beaucoup de choses dans cette affaire. On parle de La Ciotat, des frères Lumière, de comédiens... C'est beaucoup et peu à la fois. Que me demandez-vous exactement de confirmer ?

— Pouvez-vous confirmer que les gens apparus à La Ciotat la semaine dernière sont ceux que les frères Lumière ont filmés il y a plus de cent ans ?

— Il est établi que ce ne sont pas des comédiens. Il est établi aussi que certains d'entre eux présentent des similitudes au niveau de leurs empreintes digitales avec des homonymes nés au début du siècle.

— Donc il s'agit bien des mêmes individus ?

— Ne me faites pas dire ce que je n'ai pas dit. J'ai reconnu qu'ils présentaient des similitudes. C'est tout. Il ne faut pas en tirer de conclusions hâtives et sensationnelles. Savez-vous, monsieur Mansarde, que par exemple les jumeaux ont des empreintes digitales identiques ? Nous avons peut-être simplement affaire à des descendants. L'enquête ne fait que commencer. Le matériel du début du siècle est très incomplet, très parcellaire, et il nous reste beaucoup de recoupements à faire. Aujourd'hui, on considère des empreintes comme identiques seulement si on comptabilise plus de cent points de convergence. Bertillon n'en présentait pas la moitié. Il reste encore beaucoup de zones d'ombre que l'enquête va devoir éclairer progressivement.

— Mais alors pourquoi ne les relâchez-vous pas ? Cela fait plus d'une semaine qu'ils sont entendus par la gendarmerie !

— Ils sont entendus en tant que témoins assistés, et ne sont nullement en garde à vue. Ils sont entièrement libres de leurs mouvements et c'est de leur plein gré qu'ils coopèrent avec les forces de l'ordre. »

Le ministre, il a continué à blablater, mais en un mot comme en cent, on a bien vu qu'il se passait un truc louche et que Jacques Mansarde n'avait pas complètement tort. Au bout d'un moment, le présentateur a dû comprendre qu'il n'arriverait pas à lui tirer les vers du nez, ou alors que le ministre ne savait pas grand-chose au final.

Résultat des courses, il a fait venir un journaliste, un spécialiste, un qu'on voit à chaque grande découverte scientifique et que je ne comprends jamais. Il a toujours un nœud papillon rouge sur son portrait dessiné. Ça n'a pas loupé, comme d'habitude, je n'ai pas saisi un traître mot de ce qu'il a raconté. Par contre, ça se voyait bien qu'il n'avait pas la moindre idée de comment tout cela était possible, comment ces gens pouvaient être toujours vivants après tout ce temps. Jacques Mansarde devait être aussi perdu que moi, parce que, à un moment, il l'a coupé au milieu de ses phrases compliquées et lui a demandé :

« Est-ce que vous pensez que ce serait lié à l'arrêt brutal des appareils photo il y a trois ans ? »

Le journaliste scientifique a balbutié que oui, peut-être,

enfin ce n'était pas sûr, ce n'était pas prouvé, ce n'était pas à exclure, il fallait y réfléchir.

« Eh bien, mesdames, messieurs, puisque nous ne trouvons pas en France de réponses satisfaisantes, nous avons interrogé celui qui, il y a trois ans, nous avait donné, sinon une raison, du moins une explication à l'arrêt des photographies. Aujourd'hui, comme il y a trois ans, nous sommes allés poser nos questions en Californie. »

J'ai levé un sourcil : avec le journaliste au nœud papillon rouge ou les ministres, je ne comprends jamais rien de ce qu'ils disent. Avec l'Homme le Plus Riche du Monde, c'est différent. Il est devenu super riche super jeune, il n'a jamais été obligé de grandir pour paraître intelligent ou trouver du travail. Il a de la chance, moi je résiste mais à un moment donné, je ne pourrai plus faire autrement.

Son portrait dessiné est apparu à l'écran. Même si c'était un portrait différent, pas celui d'il y a trois ans, il n'avait pas vieilli, il avait l'air aussi puceau que moi, comme diraient les Éléments Perturbateurs.

« Comment expliquez-vous ce qui s'est passé la semaine dernière à La Ciotat ? Pensez-vous qu'il y ait un lien entre ces événements et ceux d'il y a trois ans ?

— Tout d'abord je n'ai pas tout de suite entendu parler de La Ciotat, ce n'est qu'hier que je l'ai appris par vous et que depuis la nouvelle a pris de l'importance. On a donc commencé à regarder ce qui se passait dans la data, on a étudié comment ça interagissait au niveau du Nuage. Lorsque les appareils photo se sont arrêtés, c'est de ce côté-là qu'on avait creusé pour trouver une explication. On a regardé à nouveau, on a renvoyé de la data pour voir.

« Le Nuage est toujours là, et il joue toujours avec la data. Impossible de lui faire avaler ou cracher ce qu'on veut, ça n'a pas changé. En revanche, ce qui est nouveau, c'est qu'il a en plus commencé à lâcher de l'information sans qu'on le lui demande. On ne s'en est même pas aperçu, au début, il a vraiment fallu regarder à deux fois avant d'arriver à voir quelque chose. C'est infinitésimal, presque rien par rapport aux flux qui opèrent encore normalement. Mais le plus curieux, c'est que ce n'est même pas de la data, ou du moins pas la même structure que celle avec laquelle on a l'habitude de traiter.

« Là, ce que le Nuage relâche, ce n'est pas des 0 et des 1, du binaire. C'est autre chose, un langage qui n'a ni queue ni tête, de la data d'un nouveau type, qui s'échappe du Nuage au milieu du reste en petits paquets. Des micro-averses qui tombent, comme ça, alors qu'on n'a rien demandé. Il ne s'agit pas de flux, qui sont vectorisés ; non, le Nuage nous crache dessus des micro-averses de data sauvage. »

L'Homme le Plus Riche du Monde a fait une pause. On sentait qu'il voulait nous laisser le temps de digérer.

« Un peu comme si le Nuage était plein à ras bord, qu'il était trop lourd et qu'il n'arrivait plus à se contenir un jour de plus de façon normale. Imaginez des grêlons qui tombent du Nuage : de la data a congelé à l'intérieur et maintenant elle est trop lourde pour y rester, alors elle chute.

« À mon avis, c'est à peu près ça qui s'est passé à La Ciotat : ces gens sur le quai de la gare, ce ne sont pas des comédiens, ce ne sont pas non plus les gens qu'ont filmés vos frères Lumière il y a un siècle. Ce ne sont pas non plus leurs descendants. Non, rien de tout ça. Ils sont quelque chose d'autre, de nouveau, qu'on n'a jamais vu. Quelque chose qui est né au moment de leur prise de vue, et qui revient aujourd'hui. À mon avis, ce sont leurs Grêlons qui viennent de tomber du Nuage. »

Là, il y a eu un blanc. On a senti que Jacques Mansarde, il n'avait pas prévu cette réponse, car il n'a rien trouvé à redire, pas de question à poser. En Californie, comme sur le plateau de Jacques Mansarde, on n'entendait plus un bruit, il n'y avait plus une mouche qui volait. À Villars, ce n'était pas mieux : d'habitude, Maman elle fait ses petits commentaires, genre « ils nous prennent carrément pour des idiots » ou « payer la redevance pour ce genre de bêtises, vraiment c'est trop fort », mais là, non, elle n'a pas ouvert la bouche, la Floraline et moi non plus.

L'Homme le Plus Riche du Monde a dû comprendre qu'il ne pouvait pas s'arrêter comme ça, il en avait trop dit ou pas assez, il n'avait pas le droit de nous laisser le bec dans l'eau.

« Mais encore, ce n'est pas ça, le plus incroyable. On a regardé l'historique des flux de cette nouvelle data : tout cela n'a pas commencé il y a seulement une semaine. Les gens de La Ciotat ne sont pas les premiers Grêlons à tomber du Nuage. Cela commence à faire quelques semaines que des Grêlons arrivent chez vous. Chez vous, en France, je veux dire. »

12. LE JOUR OÙ L'ON A RETROUVÉ UN FOSSILE AU MUSÉUM D'HISTOIRE NATURELLE

Dès le lendemain, ça a été le monde sens dessus dessous. Au lycée, on ne parlait plus que des Grêlons, on disait que c'était pas croyable, que c'était pas possible et pourtant, si la télé en parlait, c'est bien que ça devait être vrai. Nos profs évitaient soigneusement le sujet, genre l'air de rien. Il paraît que dans une classe, les élèves ont demandé le pourquoi du comment au prof de physique et qu'ils se sont pris une interro surprise dans les dents.

Cette année, je suis avec tous les Éléments Perturbateurs, et comme Jean-Jean a arrêté, je me suis retrouvé seul face à eux. C'est pas facile, ils n'en loupent pas une pour me flanquer la misère. Avec toute cette histoire, c'était du pain bénit en plus, ça n'a pas loupé : les « avec ta tête de Grêlon » et les « ils ont pas besoin de chercher loin, y en a un gros, de Grêlon, juste là » ont fleuri en moins de deux. Un jour, quand on est rentrés en cours après la récré, il y avait un gros glaçon posé en plein sur mes feuilles. Quand Jean-Jean était encore en cours, ça n'était pas pareil, il leur répondait au quart de tour même s'il bégayait. Moi je suis pas comme lui et maintenant qu'il n'est plus là, je ne trouve rien à répondre, ou juste des phrases moins bien. « Tu n'as qu'à faire le gros dos », me conseille Maman.

Mais il n'y avait pas que les Éléments Perturbateurs qui parlaient ou cherchaient les Grêlons. La France entière s'était donné le mot, la police, le gouvernement, les journaux, tous les cherchaient. Le moindre gus qui était un peu fada, un peu tête en l'air avec des habits un tant soit peu loufoques était signalé aux autorités en moins de temps qu'il ne faut pour l'écrire. Jean-Jean m'a dit qu'à la gendarmerie, ils recevaient par centaines des lettres, des emails, des coups de téléphone, tous anonymes bien sûr. À croire qu'après le bac, une fois qu'ils ont grandi, les Éléments Perturbateurs restent des Éléments Perturbateurs. À chaque fois, ça faisait chou blanc, les gendarmes rangeaient l'information comme une fausse piste : le gars, ça faisait bien longtemps qu'il était un sacré énergumène connu de tous, et ça ne datait pas de la veille qu'il s'amusait à se mettre des costumes sur le dos. On lui posait quelques questions, vérifiait son identité, voyait bien qu'il ne venait pas de débarquer du Nuage et on le remettait en liberté en lui conseillant de ranger son chapeau à plume.

Jean-Jean me racontait tout ça, car il passait souvent à Villars : ça ne lui plaisait pas de manger tout seul dans son appartement, il disait qu'un tête-à-tête avec son four micro-ondes le faisait bégayer encore plus. Il venait manger chez nous, Maman rajoutait une poignée de spaghettis à la carbonara.

« Ça-ça n'arrête pas, d-du matin jusqu'au soir. Le p-préfet nous met la p-pression, il faut tout v-vérifier. Le hi-hippie qui fume trop les herbes de Pro-Provence à Bonnieux, le p-papi qui s'habille comme P-Pagnol à Gargas, la P-Parisienne qui se dévergonde à G-Gordes, t-tout le monde. »

Les gens commençaient à se poser des questions. Les Grêlons, quand même, c'était une explication bien farfelue. Si ça se trouve, on avait eu affaire à des illuminés à La Ciotat, et puis voilà tout. L'Homme le Plus Riche du Monde s'était simplement emballé. Ça arrive à tout le monde.

Et puis un beau jour, environ deux mois après, un policier a pris le problème à l'envers. Ça n'était pas Jean-Jean, mais ça aurait pu, avec un peu plus d'expérience, vu qu'il est malin comme un singe. Le policier, il a arrêté de chercher des Grêlons avec des chapeaux à plume ou des grandes robes. Il a eu une idée biscornue, il a cherché la première fois, la toute première fois que quelqu'un s'était fait prendre en photo. Le premier portrait photographique. « La première image véridique d'un homme », comme ils disaient à l'époque d'après Jacques Mansarde. En quelle année, par qui, où c'était, qui c'était sur la photo.

Le Colombo de la pellicule a trouvé sur Internet que c'était M. Daguerre, l'inventeur de l'appareil photo, qui avait fait le premier portrait en 1837. Le Géo Trouvetou n'était pas sûr de son coup, il avait besoin de faire des essais pour être certain de son appareil, des réglages et du processus. Il était allé au Muséum d'histoire naturelle, à Paris : il y avait là une collection de fossiles qui valait le coup paraît-il, et sur place, il a demandé à un des graveurs du musée de prendre la pose, pour régler la lumière, etc. Le graveur, c'était un certain M. Constant Huet. Ne bougez pas, le petit oiseau va sortir, et clic, ça y est, c'était dans la boîte pour la toute-toute première fois. Le portrait avait refait surface cent soixante ans après, aux puces de Vanves, déniché par un collectionneur. Il y avait plein de débats, de disputes, pour savoir si c'était vraiment-vraiment la toute première fois que quelqu'un se faisait prendre en photo, mais l'inspecteur dut se dire qu'au point où il en était, hein, cela n'avait pas vraiment d'importance.

Le policier a pensé que ça pouvait valoir le coup de creuser de ce côté-là, au lieu de déclencher Vigipirate à chaque chapeau à plume. Ratisser, c'est bien, cibler, c'est mieux, comme dirait Jean-Jean. Ou plutôt r-ratisser, c'est b-bien, c-cibler, c'est m-mieux. Il est allé au Muséum d'histoire naturelle, et il a demandé au directeur si des visiteurs avaient fait récemment un scandale, dans les salles d'exposition. Non, on n'avait rien vu, rien entendu. Il est allé au guichet et a passé la journée à éplucher le journal des entrées et des sorties, à la recherche d'un Constant Huet. Non, il n'y avait personne de ce nom-là. Chou blanc.

Le soir venu, à la fermeture, il s'est dit qu'il était bredouille, que son idée ne valait rien, et qu'il avait perdu sa journée. Il a pris son pardessus, et il a passé le petit portillon. Il remontait les allées du Jardin des Plantes quand il a entendu quelqu'un l'appeler. Il s'est retourné et il a vu le concierge qui courait derrière lui comme un dératé.

« Monsieur l'inspecteur, monsieur l'inspecteur ! »

Le concierge, il avait complètement oublié, mais ça lui était revenu d'un coup : deux mois plus tôt, bien avant que toute cette histoire de Grêlons ne fasse parler d'elle, un SDF s'était introduit dans la réserve, parmi les stocks et les inventaires. On ne savait pas comment il avait réussi à rentrer : mais un matin, les manutentionnaires l'avaient trouvé là, à errer entre les rayonnages. Il avait dû rentrer par les serres du jardin d'acclimatation. Le SAMU était venu le chercher, et puis on l'avait complètement oublié. Le policier a levé les yeux au ciel, en se disant que décidément c'était dur d'être de ce bas-monde.

Il a appelé le central, qui a appelé le SAMU. On lui a donné une adresse. Le bonhomme était toujours en leurs quatre murs, bien que libre de ses mouvements. À chaque fois qu'on le mettait dehors, il restait sur le pas de la porte. Il semblait n'avoir nulle part où dormir, pas de famille à contacter. Comme le mistral, pas d'abri, pas d'amis. On n'avait même pas réussi à lui faire sortir son nom. Ce n'est pas qu'il était fou, alcoolique ou quoi que ce soit d'autre : non, c'est juste qu'il n'avait pas l'air d'être là, pas dans sa tête, en tout cas.

En ouvrant la porte de la chambre, l'inspecteur s'est demandé pour la première fois de sa carrière ce qu'il allait bien pouvoir dire. « Où étiez-vous le jour où M. Daguerre a essayé pour la première fois son appareil photo il y a plus d'un siècle ? », ça sonnait bizarre. Il n'avait rien à reprocher à ce SDF, ni de dossier sur ce Constant Huet, encore moins d'empreintes digitales.

L'homme était assis, il regardait par la fenêtre. Il ne s'était même pas retourné au bruit de la porte. L'inspecteur a fait le tour de la chaise et a scruté son visage. Il était complètement couvert de barbe, les cheveux dans tous les sens, les yeux hagards, à fixer on ne sait trop quoi. La ressemblance avec le portrait de 1837 ne sautait pas aux yeux. L'inspecteur s'est décidé pour la méthode classique, ça ne mange pas de pain.

« Monsieur, Police nationale. Pouvez-vous me décliner votre identité ? »

Aucune réaction.

« Monsieur, Police nationale. Pouvez-vous me décliner votre identité ? »

Rien. L'inspecteur a décidé de jouer le tout pour le tout.

« Êtes-vous M. Huet ? M. Constant Huet, graveur de profession ? »

Les yeux regardaient toujours dans le vide.

« Êtes-vous Constant Huet, ami de Louis Daguerre et qui lui a servi de modèle en 1837 au Muséum d'histoire naturelle ? »

Parler à un mur, c'était du pareil au même. La bonne idée n'en était pas une : encore une fois, pas de Grêlon, juste chou blanc, juste un cas social avec des retards à l'allumage. L'inspecteur s'est avoué vaincu. Il a sorti son téléphone et, poussé par la conscience professionnelle, a affiché à l'écran le portrait de Constant Huet. Une dernière vérification avant de rentrer au poste, comme ça, juste pour être sûr.

« C'est… c'est un daguerréotype ? La petite machine qui fait les dessins parfaits ? » articula le SDF.

13. LE JOUR OÙ JACQUES MANSARDE S'EST RETROUVÉ PRÉSENTATEUR MÉTÉO

Ils l'avaient enfin trouvé. Le Premier Grêlon. Le Premier Grêlon à être tombé du Nuage. En fait, il n'y avait pas à chercher midi à quatorze heures, c'était simple comme bonjour, bêtement logique. Lorsque le monde a appris l'existence de Constant Huet, ça a été vraiment bizarre. Bizarre, parce qu'on n'y croyait plus trop. Et badaboum, voilà, c'était confirmé, une bonne fois pour toutes. C'est le président de la République qui l'a annoncé officiellement à la télé. C'était à l'heure de la Floraline, mais pour être honnête, je n'ai pas trop compris ce qu'il a raconté. C'était compliqué, ça parlait de tournant et d'inconnu.

Moi, j'étais en plein dans le bac blanc : une grosse semaine, tout est comme si c'était le bac sauf que c'est pas encore le bac. On est un par table, interdiction de pomper, de copier ou de parler, si tu te fais choper, tu vas en prison. Il y a quelqu'un qui vient avec toi si tu dois aller aux toilettes. Chaque jour, il y a une matière différente, et il faut plancher dessus avec présence obligatoire. Lundi, c'était la philo et on a eu un sujet pas facile : le temps. Maman m'a dit que ce n'était pas la peine de rentrer à la maison si je n'avais pas fait au moins une double page. J'ai écrit gros en espérant que ça passe et j'ai rendu ma copie en dernier : il vaut mieux être toujours sur le dessus de la pile, le prof n'est pas encore fatigué, il n'en a pas encore marre.

Maman a changé de chaîne et a mis Jacques Mansarde à la place. On sentait que lui aussi, il avait compris que le président n'avait pas grand-chose à dire. Il en a parlé un peu, histoire d'être poli, mais a rapidement embrayé sur autre chose, direction la Californie. Il avait une nouvelle interview avec l'Homme le Plus Riche du Monde. Les deux portraits dessinés se sont partagé l'écran, et on a entendu la liaison téléphonique.

« Bonsoir, et merci d'avoir accepté de répondre à nos questions. Vous aviez vu juste avec votre hypothèse de Grêlons, mais avez-vous été surpris par la découverte de Constant Huet ?

— Je n'ai pas été surpris par la découverte en tant que telle, elle valide ma théorie. Là où je suis surpris, c'est plutôt par le silence de votre Constant Huet. Cela fait deux mois qu'il est arrivé dans votre Muséum d'histoire naturelle, deux mois qu'il est sorti du Nuage, et si je comprends bien cela fait deux mois qu'il n'a pas ouvert la bouche, qu'il n'a pas prononcé un mot, que ce soit à l'hôpital ou avec la police.

— Que devrait-il dire selon vous ?

— Je ne sais pas, moi... Ce qu'il a vu dans le Nuage ? Le Nuage est-il vraiment plein comme je le pense, ou bien y a-t-il eu un élément déclencheur dont nous n'avons pas connaissance ? Et puis pour nous, lorsque l'on regarde les flux, la data qui constitue les Grêlons est très surprenante : on est habitués au binaire, et là il s'agit d'un tout autre langage ! Le parle-t-il, peut-il nous aider à le décoder ? »

Jacques Mansarde a commencé un début de réponse, mais on sentait que lui-même n'était pas très convaincu par ce qu'il disait :

« Les autorités ont mis en place une cellule d'aide psychologique tout autour de lui, comme pour les Grêlons de La Ciotat. Aucun d'entre eux ne se livre vraiment pour le moment. Les psychologues pensent que leur descente du Nuage les a mis en état de choc, mais ils ont bon espoir d'arriver à les faire parler à nouveau avec le temps.

— On verra ça…

— Le président de la République française vient de faire une allocution officielle, dans laquelle il soulignait que les Grêlons étaient une découverte physique majeure, un tournant pour notre époque, un saut dans l'inconnu qui ne doit pas nous faire céder à la panique et tourner le dos à nos valeurs. Vous êtes d'accord avec lui ? »

Là, il y a eu un moment de silence, un instant de flottement. On ne savait pas si c'était la ligne téléphonique qui était coupée, ou bien si c'était l'Homme le Plus Riche du Monde qui pour une fois n'avait plus réponse à tout. Son portrait dessiné ne disait plus rien du tout.

« Pour ce qui est d'un tournant et de ne pas céder à la panique, je suis d'accord. Chaque invention technologique produit son lot de destruction créatrice : la destruction d'un ancien dogme, reposant sur d'anciennes certitudes, suivie de la création d'un ordre nouveau, plus large, qui se base sur le socle de nouvelles vérités. Cela peut s'accompagner de peurs, d'angoisses qui ne sont pas forcément rationnelles et qui peuvent être évitées : à nous simplement d'accepter le changement, de vivre avec son temps et de ne pas le nier, ou de le refuser. »

L'Homme le Plus Riche du Monde a fait une longue pause, puis a repris :

« Pour le saut dans l'inconnu, je ne sais pas. Je serai moins catégorique, il y a certaines tendances qui me semblent mesurables, et donc qui pourraient servir de projections.

— À quoi pensez-vous par exemple ? »

La réponse n'est pas venue tout de suite : soit il réfléchissait, soit il savait que ce qu'il allait dire allait encore mettre le monde un peu plus sens dessus dessous.

« Pouvez-vous nous détailler ce à quoi vous pensez ? l'a relancé Jacques Mansarde.

— Je vous ai dit que le Nuage laissait échapper de la data : j'avais tort, ou du moins je n'avais pas complètement raison. Prenons le Muséum d'histoire naturelle et La Ciotat, votre Constant Huet et le film des frères Lumière. Leurs dates de réalisation nous sont connues, ou du moins approximativement : 1837 pour le premier, janvier 1896 pour les seconds. Donc cinquante-neuf ans entre les deux. Je suis d'accord que ce ne sont pas les mêmes techniques, que photographie et cinéma ne créent pas forcément les mêmes Grêlons, mais je réfléchis à voix haute, OK ? Cinquante-neuf ans séparent donc les deux prises de vue. Si on revient à notre époque, on voit que le Muséum d'histoire naturelle a trouvé Constant Huet dans la réserve en novembre de l'année dernière, et que les gens de La Ciotat ont débarqué sur leur quai à la fin janvier de cette année. Donc trois mois entre les deux arrivées. Cela nous apprend quoi ? Que les lieux sont respectés. Que les dates, elles, se rapprochent. Que les images filmées reviennent plus vite que celles photographiées, peut-être parce qu'elles sont plus lourdes. Peu importe : elles sont appelées à toutes revenir. On ne peut pas considérer comme un hasard que les premiers Grêlons trouvés soient liés à la première photographie, au premier film que le monde ait connus. Il semblerait que le Nuage joue un rôle de compresseur, d'accélérateur, entre les flux entrants et les flux sortants, entre la date de prise du portrait et la date de formation du Grêlon. Est-ce que ça fait sens ? »

Il y a eu un nouveau silence : je pense que Jacques Mansarde, il était en train de digérer l'information, comme Maman et moi d'ailleurs.

« En clair, dans les jours ou semaines qui vont suivre, on

devrait découvrir les Grêlons issus des portraits suivants réalisés par Louis Daguerre au début du daguerréotype. Et si la chronologie est respectée, les intervalles risquent de l'être aussi. Il faudra affiner mon raisonnement avec les dates exactes, construire un algorithme, mais bon, tout est là. Toutes les prises de vue qui ont été capturées depuis l'invention de la photographie sont en train de revenir. En connaissant les dates exactes des clichés, on devrait être capable de prédire les arrivées des prochains Grêlons. Les futurs lieux et jours d'atterrissage. »

14. LE JOUR OÙ LA FRANCE TOUT ENTIÈRE A ATTENDU LA MÉTÉO

Suite au journal de Jacques Mansarde, les policiers se sont rués chez les archivistes, les spécialistes de la photographie, les historiens. Ils ont épluché la vie de Louis Daguerre comme si c'était l'ennemi public numéro un. Ils voulaient tout savoir : qui avait été pris en photo après Constant Huet, où et quand Daguerre avait pris d'autres portraits. Il n'y avait pas que les policiers : tout le monde s'y est mis sur Internet.

Et tout le monde a appris que Louis Daguerre n'était pas allé photographier bien loin après Constant Huet : il avait fait un portrait de son neveu, et de sa femme, et aussi de son chien, tous dans sa maison à Bry-sur-Marne. Du jour au lendemain, ça a été le débarquement : la ville a été bouclée, interdite aux touristes et aux journalistes. Les habitants ne pouvaient circuler qu'avec des laissez-passer, et encore c'était tout juste. Des CRS étaient à tous les coins de rue, surveillant le moindre chapeau à plume ou le moindre moustachu à rouflaquettes qui pointerait le bout de son nez. Bry-sur-Marne, c'était devenu Fort Alamo. Tous les soirs, on regardait le journal télévisé de Jacques Mansarde, en se demandant si le neveu ou si Mme Daguerre étaient enfin descendus du Nuage. Tous les soirs, Jacques Mansarde interviewait les habitants de Bry-sur-Marne pour savoir s'ils les avaient vus. Mais tous les soirs, le petit vieux qui sortait promener son chien, tous les matins la petite jeune qui allait acheter sa baguette, ils n'avaient vu personne, les CRS n'avaient pas bougé de leurs camions.

Et puis un beau jour, le neveu est rentré au bercail. On n'a pas eu trop le temps de s'intéresser à ses conditions d'arrivée, ou même d'en savoir plus, parce que la femme de Louis Daguerre est arrivée juste après. Puis son cousin. Tous les trois dans la maison familiale de Bry-sur-Marne, coup sur coup. Poum, poum, poum, des Grêlons comme s'il en pleuvait. Pour le chien, on n'a jamais su.

Les scientifiques ont fait des calculs complexes et, entre les trois dates de prises de vue et les horaires d'arrivée des Grêlons de Daguerre, ils ont produit ce qui est devenu la fameuse Courbe de Retour des Grêlons. Tout de suite, il y a eu des détracteurs, des gens pour dire qu'on se moquait du monde, que c'était du grand n'importe quoi, que ça n'avait aucune fiabilité. Il n'y avait qu'à comparer La Ciotat et la famille Daguerre : pourquoi les Grêlons de La Ciotat étaient arrivés avant ceux de Bry-sur-Marne ?

Pour une fois, l'Homme le Plus Riche du Monde n'avait pas vu tout à fait juste. Ce n'est pas qu'il avait tout faux, non, mais il n'avait pas complètement saisi toute la différence entre les Grêlons photographiques et les Grêlons cinématographiques. Si les premiers tombent linéairement du Nuage, les seconds, plus lourds, tombent de manière plus accidentelle, plus concentrée, en averses. Les premiers suivent point par point la Courbe de Retour, les seconds par à-coups.

Lorsque la chute de Mme Daguerre a montré que la Courbe de Retour des Grêlons n'était pas complètement du flan, ça a été la fascination. Tous les gens ne parlaient plus que de ça. Le monde s'est rué dans les archives photographiques pour savoir qui de célèbre avait été pris en photo, où et quand son Grêlon allait bientôt chuter. Les peintres, les compositeurs, les hommes politiques, ils étaient tous passés au crible pour savoir s'il y avait une chance qu'ils tombent du Nuage bientôt, où et quand s'il vous plaît. Des applications ont fleuri dans les téléphones : en fonction de là où vous habitiez, quels étaient les Grêlons célèbres que vous seriez susceptible d'accueillir. À Villars, il n'y avait jamais eu personne de connu, pas de risque que quelque chose nous tombe sur le coin de la tête.

Pendant un moment, tout cela est resté un plan sur la comète, un doux rêve. Les gens regardaient leurs applications, la Courbe de Retour qui avait été communiquée, et commençaient à trouver le temps long. Jacques Mansarde a expliqué que Louis Daguerre n'avait pas commercialisé son invention du jour au lendemain. Il lui était arrivé bien des misères avant que la lumière ne se mette à faire des dessins pour lui à tour de bras.

Il devait bien y avoir des Grêlons qui tombaient du Nuage, mais sans indication de lieu précis ou d'heure exacte pour la prise de photographie, allez différencier un Grêlon d'un fou, ou d'un SDF. Les policiers surveillaient les entrées dans les asiles, les fous trouvés en état de choc sur la voie publique, mais pour l'instant ils faisaient chou blanc. Tout le monde attendait.

Et, enfin, quand on ne les attendait plus, sont arrivées les premières Éclipses Grêlonnes. Éclipse Grêlonne, ça veut bien dire ce que ça veut dire. Comme lorsque le soleil a rendez-vous avec la lune, tout est prévu dans le calendrier : le jour, l'heure, le lieu d'observation et tout le monde qui veut en être. Sauf que c'est pas pour voir le soleil et la lune, mais une célébrité.

Tout le monde s'est excité autour de moi quand on a réussi à attraper un certain Victor Hugo, à partir d'un portrait de 1853, ou encore quand ça a été le tour de la photo de 1857 de Napoléon III. Il y a eu malgré tout des petits loupés dans l'organisation. Le jour, l'heure et le lieu, ça n'a l'air de rien comme ça mais il y avait toujours une des trois informations qui était inexacte et qui faisait capoter le direct de Jacques Mansarde.

Et puis est arrivé le tour d'Arthur Rimbaud, un jeune poète. Le 6 octobre 1871, il s'était fait photographier chez un portraitiste pour artistes, Étienne Carjat, au 10, rue Notre-Dame-de-Lorette, dans le IXe arrondissement à Paris. Les archivistes avaient vérifié et revérifié, ils étaient sûrs comme c'est pas permis : d'après la Courbe de Retour, la chute du Nuage de cet Arthur Rimbaud devait être pour la semaine suivante.

La France entière a rivé ses yeux sur le 10 de la rue Notre-Dame-de-Lorette. Si je peux vous dire qu'avant, je n'en avais jamais entendu parler, de l'Arthur Rimbaud, je me suis mis à le connaître sur le bout des doigts à ce moment-là. Les profs n'arrêtaient pas : des poèmes en veux-tu en voilà, « un moment historique », « un cadeau du ciel », « le plus grand des poètes », « nous allons découvrir d'autres de ses chefs-d'œuvre ». « Écoute bien, me disait Maman, ça va tomber à ton bac. » Jacques Mansarde lui a consacré trois jours d'affilée une émission spéciale : sa vie, son œuvre, son influence. On les a regardées, et en plus, Maman les a enregistrées, pour que je puisse plus tard réviser.

Le jour J, Jacques Mansarde était sur le pied de guerre, comme tous les autres journalistes et les policiers. Des historiens avaient établi que l'atelier d'Étienne Carjat était au rez-de-chaussée, il n'y avait donc plus qu'à attendre. La Courbe de Retour était précise, mais comme on ne savait pas l'heure à laquelle le portrait avait été pris, les spécialistes n'avaient pas pu déterminer l'heure exacte de l'atterrissage. Ça va, faut pas pousser non plus.

Jacques Mansarde était sur place depuis les aurores, et avec lui un cameraman et un dessinateur d'actualité. Ces gars-là, ils sont trop forts, ils peuvent vous croquer un visage, une expression en moins de deux minutes. Jacques Mansarde, il pouvait reprendre l'antenne quand il voulait. Depuis deux semaines, le portrait de 1871 tournait en boucle, et tout le monde se demandait si son Grêlon aurait toujours cet air d'adolescent rêveur et surtout si lui, le révolté, allait réussir à parler : il faut bien l'avouer, avec le Victor Hugo ou le Napoléon III, ça n'avait pas été folichon.

Au lycée, on a attendu toute la journée. Les professeurs n'arrêtaient pas d'écouter les nouvelles pour voir si Arthur Rimbaud était descendu ou non du Nuage. Même en philo, on a fait une pause alors que d'habitude on n'en fait jamais. La sonnerie de dix-sept heures a retenti, et je suis allé prendre le bus. Il a démarré et roule ma poule nous voilà sur la route. Je n'aurai pas cru que Bateau-Ivre écoute ce genre de nouvelles, eh bien j'avais tort : il avait mis la radio, et guettait lui aussi la descente du poète. Comme quoi, les Éléments Perturbateurs peuvent bien se payer sa tête, on ne connaît jamais vraiment les gens.

On venait de dépasser la Femme-Enceinte lorsque la nouvelle et le Grêlon sont enfin tombés : Arthur Rimbaud venait d'atterrir au 10, rue Notre-Dame-de-Lorette. C'était la furie là-bas, ça criait dans tous les sens, les groupies, les jeunes qui montaient sur les barrières, les journalistes, les policiers.

Bateau-Ivre m'a déposé comme d'habitude à l'entrée de Villars, et j'ai couru jusqu'à la maison. Je ne voulais rien manquer, des fois qu'ils disent quelque chose d'important à la télévision que je puisse ressortir à mon baccalauréat. J'ai pas l'air comme ça, mais je suis pas complètement neuneu.

J'ai allumé la télévision, et la voix de Jacques Mansarde a retenti dans le salon, entrecoupée de cris hystériques.

« Dépêche-toi, dépêche-toi, on est trop loin, on va le louper. »

Il parlait à son dessinateur. On entendait des bruits de bousculade, une cohue pas croyable, c'était à se demander pourquoi les flics n'avaient pas sécurisé la rue comme à Bry-sur-Marne. Ils avaient dû être dépassés.

« Il est là il est là, c'est lui. Mesdames et messieurs, Arthur Rimbaud vient d'arriver du Nuage. Tu l'as, tu l'as ? Croque-le, vite, croque-le, nom de Dieu. »

À l'écran est apparu un épi, puis deux : des cheveux en bataille. Le dessinateur a esquissé un visage mi-rond, mi-fin, qui hésitait entre l'enfance et l'adolescence. Un nez et une bouche fugaces, et enfin, il a attaqué les yeux. On a senti qu'il s'appliquait. Pas le moment de se louper, hein, avec toute la France qui regardait. Après coup, les professeurs nous ont dit qu'Arthur Rimbaud avait les mêmes yeux qui l'avaient rendu célèbre : des yeux qui regardaient dans les nuages.

ALB04/COURRIER INTERNE/PDR-1876

De : I. d'A.
À : Madame la Ministre
Objet : P.R.E. à forte visibilité

Suite à votre demande de plan d'action pour les Grêlons de célébrités, veuillez trouver ci-dessous de nouvelles Bornes Temporelles identifiées :

– Ludovic Baschet, installé au 126, boulevard de Magenta, commence en 1876 la parution de la *Galerie contemporaine*. La publication se compose d'un portrait accompagné d'une notice biographique ;
– à partir de 1880, ces portraits sont l'œuvre d'une vingtaine de photographes qui travaillaient en studio à Paris. Parmi les plus connus, on retrouve Nadar et Carjat. La publication passe d'un rythme hebdomadaire à annuel ;
– vers 1885, Paul de Lacroix en publiera une rétrospective en huit volumes, qu'il intitulera *Galerie contemporaine des illustrations françaises*. La série est composée de 241 portraits d'hommes célèbres, issus des milieux politiques, artistiques et littéraires.

Nous vous proposons de projeter ces 241 selon la Courbe de Retour. Les dates et lieux obtenus seront mis sous surveillance par une équipe dédiée.

I. d'A.

15. LE JOUR OÙ ON A DONNÉ LE BAC À TOUT LE MONDE

La France entière était suspendue à ses lèvres. Elle attendait en retenant son souffle, sans faire de bruit, qu'Arthur Rimbaud s'exprime. En se faufilant, Jacques Mansarde était arrivé à l'interpeller, à lui poser une question du bout du micro. Le soir, le président de la République et le ministre de la Culture étaient allés en personne lui parler. Peine perdue : Arthur Rimbaud n'avait rien dit.

On avait mis ça une nouvelle fois sur le compte du stress de la descente, pourquoi pas. De toute façon, ça avait été assez rapide : aussitôt que son Grêlon était apparu, les policiers l'avaient entouré pour l'emmener au Ritz. « La France saura se montrer généreuse pour l'un de ses enfants les plus talentueux », avait déclaré le président de la République. Des éditeurs parisiens se sont battus à coup de millions pour lui proposer l'exclusivité : un petit poème, un sonnet, peu importe du moment que c'était signé par lui.

Le lendemain, notre professeur de français, M. Clément, il n'en pouvait plus : Rimbaud par-ci, Rimbaud par-là, de nouveaux chefs-d'œuvre qui n'attendaient que d'être produits. « Vous allez passer votre bac l'année où Arthur Rimbaud se sera remis à écrire ! Si c'est pas formidable, ça ! » C'était pareil en philo, en histoire, en anglais : si seulement Diogène avait fait un selfie dans son tonneau, si au moins Shakespeare avait été pris en photo sur scène ! Pensez donc.

Le moins que l'on puisse dire, c'est que tout ce petit monde a été bien déçu. Les semaines passaient et les Grêlons, celui d'Arthur Rimbaud comme les autres, non seulement ne faisaient toujours pas de vers, n'ajoutaient aucune rime à leur œuvre, mais restaient farouchement hébétés, ne disaient rien, ne savaient rien. Les yeux ailleurs, ils étaient là sans être là. Ils ne faisaient que nous regarder, fixement.

La déception a été grande, la moitié des profs de lettres et d'histoire se sont mis en dépression jusqu'à la fin de l'année. On y avait cru, pourtant, aux Grêlons des grands hommes. Après, il y a eu encore quelques Éclipses Grêlonnes, deux ou trois personnes célèbres pour lesquelles, dans un dernier espoir, on a dérangé tout le toutim mais il a fallu se rendre à l'évidence : leurs têtes étaient ailleurs, quelque part entre le Nuage et le plancher des vaches.

***

C'est sur ces entrefaites que le baccalauréat est arrivé. Pour chacune des matières, j'ai fait de mon mieux : en philo, j'ai même réussi à faire une copie double. Complète et sans écrire trop gros, c'est vous dire. Quand je l'ai dit à Maman, elle avait l'air très contente. Pour l'anglais, j'ai galéré : il y avait un mot qui revenait à tout bout de champ dans le texte et dont je n'avais pas la moindre idée : *witness*. *Witness* par-ci, *witness* par-là. J'ai pensé aller aux toilettes et regarder rapidement sur Internet, mais il y a un pion qui vient avec vous et s'il vous chope, vous allez en prison pour au moins dix ans. Je me suis dégonflé. Du coup, j'ai tourné autour du pot comme j'ai pu, j'ai louvoyé comme pas croyable pour arriver à faire une page. En arrivant à la maison, j'ai regardé ce que ça voulait dire : « témoin ». Ça ne collait pas trop avec l'explication de texte que je donnais, mais bon ça ne partait pas en sens inverse non plus. J'ai croisé les doigts.

Pour les résultats, il fallait aller à Avignon, au rectorat. Ils ne sont affichés à Apt ou sur Internet qu'une heure après, donc tout le monde va à Avignon, histoire d'être sûr de les avoir le plus tôt possible. Maman avait pris sa demi-journée, et on est allés au rectorat ensemble. Ça faisait bizarre, de la voir là avec le reste de la terminale. Il y avait d'autres parents ; certains élèves avaient déjà le permis et étaient venus seuls avec leur voiture.

À quatorze heures, les grilles se sont ouvertes et, affichés au mur, il y avait les résultats. Tout le monde s'est rué dessus, je crois que Maman courait même plus vite que moi. Elle m'a trouvé la première, et m'a regardé avec un sourire mi-figue, mi-raisin.

« Tu es au rattrapage, ce n'est pas si mal pour un premier coup. »

Elle ne croyait pas si bien dire, j'étais le premier à penser que je repiquerais.

« Tu as une semaine pour repasser l'épreuve de littérature, il te faut juste un douze sur vingt, on ne te demande pas non plus de décrocher le prix Goncourt. On va mettre les bouchées doubles, il n'y a pas de raison pour que tu ne l'aies pas », elle a continué.

Il y en avait mille, des raisons, mais bon, les bouchées doubles, je les ai mises. J'ai réétudié tous les textes qu'on avait vus pendant l'année, relu toutes les biographies des auteurs sur Internet : le prof nous avait expliqué que ça faisait toujours bien de connaître un peu la vie de l'auteur et d'en parler comme ça, l'air de rien. Maman a ressorti les enregistrements de Jacques Mansarde qu'elle avait faits au moment de la descente du Nuage d'Arthur Rimbaud, et on les a regardés trois fois ensemble pour être sûrs que ça rentre. Tout ça pour un gars qui n'arrivait plus à mettre un mot devant l'autre, bref.

Le jour J, je suis allé au lycée à Apt : il était vide, il n'y avait pas un chat. Tout le monde était déjà en vacances. Je passais à quinze heures. Dans la cour, il faisait une chaleur à crever, les cigales s'en donnaient à cœur joie. Dans les couloirs, il faisait plus frais, on entendait celui d'avant qui était en train de passer sous la torture. Ça avait l'air d'aller, il ne criait pas trop.

La porte s'est ouverte, la victime est sortie avec le sourire et derrière lui, mon futur tortionnaire. C'était un petit gros, je ne le connaissais pas, mais c'est normal : pour les oraux, ils font appel à d'autres profs des lycées voisins, genre L'Isle-sur-la-Sorgue, pour éviter les pistons et le copinage. Il y avait un bureau au milieu de la pièce, et sur le bureau une page, une seule.

« Voilà, je vous ai mis ce texte à expliquer, vous avez dix minutes de préparation, et après vingt minutes de passage, plus questions s'il y a lieu. »

Je me suis avancé et j'ai regardé le texte.

Si les temps revenaient, les temps qui sont venus !
– Car l'Homme a fini ! l'Homme a joué tous les rôles !
Au grand jour, fatigué de briser des idoles
Il ressuscitera, libre de tous ses Dieux,
Et, comme il est du ciel, il scrutera les cieux !

Extrait de *Soleil et Chair*
Arthur Rimbaud, 24 mai 1870

Bingo, j'en étais sûr, c'était du Rimbaud. Je le savais, c'était évident, j'en étais certain, tout le monde l'avait dit et redit. Je me suis assis et j'ai écrit tout ce que je savais, tout ce dont Jacques Mansarde avait parlé dans ses émissions spéciales, tout ce qu'on avait révisé avec Maman.

Je n'avais pas fini de tout rebalancer mais le professeur m'a demandé de venir et de commencer. Là, je lui ai tout déballé, tout et un peu plus que tout sur Arthur Rimbaud : sa vie, ses poèmes, Charleville, Londres, Verlaine, le coup de pistolet, je connaissais tout sur tout, sa vie, ses autres poèmes et tutti quanti. En face, l'examinateur ne disait rien, il regardait son carnet, il devait être impressionné par tout ce que je lui sortais. Au bout de vingt minutes, je n'avais plus rien à dire, donc je n'ai plus rien dit du tout. Silence.

Silence, puis il a levé les yeux.

« Vous avez fini ? il m'a demandé.

— Euh… Oui. Ce n'était pas assez ?

— Si, si, c'était même beaucoup. On sent que vous avez beaucoup travaillé et étudié la vie d'Arthur Rimbaud, c'est bien. Sur le texte lui-même, qu'est-ce que ce poème vous a inspiré ? »

Je lui ai répondu que je l'aimais beaucoup, je l'adorais ce poème, c'était son meilleur, il avait changé ma vie, on n'en fait plus des comme ça.

« Vis-à-vis de l'actualité, de ce qui se passe dans le monde, ça vous parle, ou pas plus que ça ? »

Là, j'ai un peu séché, parce que je n'avais pas préparé cette question. Au bout d'un moment, je lui ai répondu que ça me faisait penser au Grêlon d'Arthur Rimbaud qui venait de descendre du Nuage, évidemment. Il n'avait pas l'air méga-convaincu.

« Les idoles, à quoi cela fait-il référence ? Les rôles, les dieux ? »

Puisque je vous l'ai dit : de la torture.

« "Si les temps revenaient, les temps qui sont venus !" Quelle signification donnez-vous à ce vers ? »

J'ai commencé à blablater mais le professeur a dû

comprendre que c'était au-dessus de mes forces parce qu'il a changé de sujet, il a arrêté de me cuisiner :

« Il vous faut combien pour l'avoir, ce bac ?

— Douze. »

Il y a eu un petit silence, et puis au bout d'un moment :

« Merci, vous pouvez y aller, les résultats seront affichés ce soir à dix-sept heures sur le portail du lycée. »

J'ai ramassé mes affaires, je me suis levé, et je me suis dirigé vers la porte. Dans mon dos, j'ai entendu comme un soupir.

16. LE JOUR OÙ LES VOYAGEURS ONT FORMÉ LA JEUNESSE

Incroyable mais vrai, c'est comme ça que j'ai eu mon bac. À dix-sept heures, j'arrivais pas à y croire, les Éléments Perturbateurs non plus. J'étais le premier étonné : le bac du premier coup, qui l'eût cru. J'ai appelé Maman, elle était très fière de moi, je pense même que je l'ai entendue écraser une larme de l'autre côté du fil. Elle m'a dit que je le méritais bien. Ensuite j'ai appelé Jean-Jean : il devait être en service, mais comme Apt ce n'est pas non plus Chicago, il peut prendre les appels perso durant la journée. Il a répondu à la deuxième sonnerie et c'est marrant, il n'a pas eu l'air surpris du tout.

« J-je te félicite, c'est-c'est formidable.

— Je crois qu'ils me l'ont donné parce qu'ils ont compris que si je repique, l'année prochaine, ça ne sera pas mieux.

— C'est-c'est pas vrai, t-tu l'as eu parce que t-tu as travaillé et p-puis c'est tout. »

C'est un chic type, ce Jean-Jean. Lui, il aurait eu la mention les doigts dans le nez. On ne s'est rien dit pendant un moment.

« J-je finis mon s-service dans une heure, s-si t'es dispo, je t-t'offre une bière pour f-fêter dignement t-ton succès. »

L'alcool, Maman ne veut pas, elle trouve que je ne suis pas encore assez grand. Mais bon, là, je ne voulais pas passer pour une poule mouillée, et puis zut, pour une fois, une petite entorse au règlement, une fois, ça ne va pas faire de moi un alcoolique. C'était quand même le jour où j'ai eu mon bac.

« Oui, tu veux qu'on se retrouve où ? »

Sur le cours, il y avait la fête foraine pour le Corso, ça allait brailler dans tous les sens, donc on s'est dit banco pour le bar des Voyageurs à dix-huit heures, sur la place de la Bouquerie, de l'autre côté de la ville. Moi je n'y étais jamais allé, je ne vais pas dans les bars d'ailleurs : Maman pense que c'est comme ça que la mauvaise graine, elle se met à pousser. Il faut une première fois à tout, je sais que Jean-Jean, il y va déjà depuis un petit bout de temps avec ses collègues.

On s'est mis en terrasse, le soleil avait commencé à descendre, il faisait bon sous les platanes. Jean-Jean m'a demandé sur quel auteur j'étais tombé, et il a eu un grand sourire quand je lui ai répondu.

« A-allez, à Arthur Rimbaud, aux G-Grêlons et à ton b-baccalauréat ! »

Il a levé son verre et on a trinqué. Il s'est marré :

« D-décidément, y a pas à dire, on sait sortir des s-sentiers battus à l'Éducation n-nationale. »

Il n'avait pas tort, mais en même temps, le Rimbaud, je pouvais lui dire merci.

« T-tu veux faire q-quoi après, m-maintenant que t-t'as eu ce p-putain de b-bac ? »

J'en étais sûr : Jean-Jean s'était mis à dire des Gros Mots. Décidément, il avait grandi vitesse grand V, le pauvre. Mais il avait raison : après le bac, c'était la grosse question. Je n'en avais aucune idée. Je m'attendais tellement à repiquer que je n'y avais pas réfléchi. Pas sérieusement en tout cas.

« Ben, la semaine prochaine je reprends mon boulot de l'été dernier, tu sais, au centre aéré de Bosque. Ça s'était bien passé.

— Ça, c'est-c'est pour l'été, mais t-tu vas pas c-continuer après le bac ? L-la fac à Avignon ou à Aix ? »

Non, ça ne m'avait même pas effleuré l'esprit. Maman n'allait pas me payer un appart, et Avignon ou Aix, ça restait quand même à une heure d'ici, à se cogner tous les matins en voiture.

« Au centre aéré, ils m'avaient bien aimé, ils m'avaient dit l'an dernier qu'ils pourraient me prendre à temps plein, toute l'année. Bon c'est pas sûr, mais on verra au mois d'août s'ils tiennent parole. Travailler avec les gosses, ça me plairait bien.

— C'est-c'est dommage, t-tu devrais con-continuer. Dans l'i-imaginaire, comme d-disait la vieille bique. »

Ça lui allait bien de me balancer ça, lui qui avait arrêté le lycée il y a deux ans. J'avais pas forcément envie de lui dire que Maman n'avait pas les moyens pour que je continue, alors j'ai enchaîné sur le centre aéré.

« Non, le centre aéré, ça m'avait vraiment plu. J'aime bien jouer avec les enfants, leur inventer des jeux et des activités, ce genre de trucs. Je serais content si je pouvais continuer là-dedans. »

Jean-Jean n'a pas parlé pendant un moment. Ça ne voulait pas dire qu'il dégustait sa bière. Non, ça voulait dire qu'il réfléchissait et que le prochain truc qu'il allait sortir, eh bien il allait falloir s'accrocher parce que ça allait tout retourner. Columbo, je vous dis.

« T-tu sais, il y a le g-gouvernement qui réfléchit à là où il p-peut mettre tous les Grêlons q-qui sont en train de tomber du Nuage. O-on ne peut pas les mettre en p-prison, vu qu'ils n'ont rien fait d-de mal. P-pour l'instant, on les met d-dans les hôpitaux, d-dans les maisons de repos, m-mais on va pas p-pouvoir continuer comme ça ju-jusqu'à la Saint-Glinglin. »

J'en avais entendu parler, Jacques Mansarde avait fait un reportage là-dessus il n'y a pas longtemps. Rapidement, l'invention de Louis Daguerre avait fait des petits, tous les riches s'étaient mis à se faire tirer le portrait, les journalistes à couvrir les guerres ou la politique avec des photographies. La plupart des gens photographiés restaient des anonymes, et si on ne connaissait pas la date précise de leur retour, on savait pourtant que leurs Grêlons allaient atterrir un jour ou l'autre, ça n'allait pas tarder.

« À-à ce qui paraît, i-ils sont en train de r-réfléchir à accueillir des G-Grêlons sur le plateau d'Albion, a-avec les légionnaires. C'est-c'est pas la place qui manque, là-haut. »

Le plateau d'Albion, c'est complètement paumé au milieu des lavandes, au-dessus d'Apt en allant vers la montagne de Lure. Il y avait une base de missiles atomiques, sauf que Jacques Chirac l'avait fermée et l'avait remplacée par un régiment de légionnaires.

« Ils v-vont ouvrir un g-gros centre d'accueil, et ça m'étonnerait pas q-qu'ils se mettent à chercher des gens. Ils v-vont ouvrir des p-positions.

— Tu crois qu'ils vont chercher des animateurs pour les Grêlons ? »

Jean-Jean allait répondre lorsqu'un moteur s'est mis à toussoter devant la terrasse du bar des Voyageurs. On a levé les yeux : de l'autre côté du quai se garait péniblement Bateau-Ivre, bon pied bon œil. Il finissait sa bonne vieille liaison du vendredi : Avignon-TGV, Avignon-Centre, Cavaillon, Coustellet, Lumières, et Apt pour finir. Il n'avait pas changé : ses deux bandes bleues tout du long n'avaient pas pris une ride. À l'intérieur, c'était le branle-bas de combat : les gens se levaient, prenaient leurs bagages et terminus, tout le monde descend.

Au bar des Voyageurs, le patron a quitté son comptoir et est venu sur le pas de la porte, juste à côté de notre table : ça devait être sa distraction de la journée. Une minute plus tard, Bateau-Ivre faisait demi-tour, direction l'entrepôt à côté du tennis-club. Le patron du bar a fait de même, direction l'arrière-boutique.

De l'autre côté du quai, il n'y avait plus personne, à part une étudiante avec des lunettes de soleil et un énorme sac à dos à ses pieds. Elle avait dû se planter, elle n'était pas descendue au bon arrêt, ou alors sa famille était en retard pour venir la chercher. Lorsqu'elle nous a vus, elle a pris son attirail, et a traversé la route en notre direction. Jean-Jean et moi, on s'est recroquevillés sur nos sièges, on avait dû se faire capter.

« Bon alors les voyageurs immobiles, ça débowde toujours d'activité, à ce que je vois. »

Gwendo était de retour au pays.

17. LE JOUR OÙ BATEAU-IVRE S'EST PRIS POUR LE CARDINAL DE RICHELIEU

Elle n'avait pas perdu son accent. Au contraire, elle parlait moins bien français, je pense : elle cherchait ses mots, elle mettait tout plein de faux amis. Jean-Jean lui a proposé de s'asseoir avec nous, je sais pas comment il a fait, moi j'aurais jamais osé. C'est la gendarmerie qui a déteint sur lui : lorsqu'il parle, vous avez pas envie de rebéquer. Elle a dit oui, et a demandé une bière. J'ai fait l'air de rien, mais je me suis senti un peu stupide, ils avaient tous l'air de boire de l'alcool depuis longtemps.

Au coup suivant, ça a été encore plus dur de garder mon air de rien. Gwendo a sorti de son sac un briquet et un paquet de cigarettes, et en a allumé une. Elle n'a pas toussé, ça se voyait que c'était pas sa première. C'était officiel, Gwendo était devenue une Grande.

On s'est mis à discuter, mais ça n'était pas comme avant, pas comme avec Mme Philibert, lorsqu'elle nous faisait les gros yeux et nous demandait de nous taire. Aujourd'hui il fallait se forcer pour trouver quelque chose à dire. Entre moi qui n'arrivais pas à aligner un mot et Jean-Jean qui bégayait tout ce qu'il pouvait, ça n'allait pas bien loin.

Elle avait eu son bac, elle aussi. Elle avait dû l'avoir haut la main, même si elle ne disait rien pour éviter de nous mettre trop la honte. L'année prochaine, elle continuait ses études à Londres, elle avait choisi l'ethnographie. Je n'ai pas trop compris sur quoi ça débouchait comme métier, mais bon ça avait l'air très coté, elle allait avoir une bonne situation, c'est sûr.

« C'est incroyable ce qui se passe, avec les Grêlons, on se croirait dans un film de science-fiction.

— C-c'est clair, quand tu penses à t-tout ce qu'ils avaient i-imaginé à Hollywood, les p-petits hommes verts, les sou-soucoupes volantes, les v-voyages dans le temps, et au final r-rien de tout ça, juste nos p-propres photos qui nous t-tombent dessus. » Jean-Jean bégayait encore plus que d'habitude, à cause de Gwendo sans doute. Il faisait quand même moins le fier, tout gen-gendarme qu'il était.

« Vous avez de la chance. En Angleterre, l'arrivée de la photogwaphie et sa… euh… démocratisation ont pris plus de temps, on a moins de retours pour l'instant. Comment vous appelez ça déjà ? Hmm… Ah ! Oui, les Éclipses Grêlonnes… C'est toujours plus joli en fwançais qu'en anglais, plus poétique. À Londres, on appelle ça un P.R.E., un Photonics Retro Event. »

Les P.R.E., c'est vrai que ça sonnait moche. Tu m'étonnes que je me sois planté à l'épreuve d'anglais.

« Oui, ben n-ne soyez pas trop p-pressés, parce que bientôt des G-Grêlons il y en aura t-tant qu'on ne saura plus où les mettre, a dit Jean-Jean en buvant sa bière.

— Tu n'as pas changé, tu vois toujours le mauvais côté des choses. Je suis sûre que nous allons réussir à communiquer avec eux, ils ont tant de choses à nous appwendre, en histoire, en sociologie, en ethnographie. Vous vous rendez compte, tous les… euh… Amérindiens qui ont disparu aujourd'hui et dont nous ne savons pwesque rien, leurs Grêlons vont pouvoir nous donner des témoignages uniques.

— Ben, des Grêlons d'Indiens, y en aura pas beaucoup, ils aimaient pas se faire prendre en photo, ils pensaient que ça volait leur âme», ai-je ajouté en me rappelant le cours de Mme Philibert. J'étais fier de moi, j'avais placé une belle référence.

« Les rares qu'il y a, il faut les trouver et les pwotéger. C'est pour cette raison que j'ai choisi l'ethnogwaphie. Vous avez pensé à l'Afrique, à l'Océanie, tous ces peuples que nous avons photogwaphiés et détruits juste après ? Ils ont des millions de choses à nous apprendre. »

Je l'écoutais et je me disais que décidément, il n'y a de la chance que pour la canaille : j'aurais payé cher pour avoir eu cette conversation la veille et pouvoir la ressortir à mon tortionnaire quelques heures plus tôt. Les idoles d'hier et les cieux de demain, les voilà. Je n'ai rien retrouvé à répondre, et pour ne pas avoir l'air idiot, j'ai bu ma bière.

« V-vous v-voulez aller faire un t-tour au Corso ? » a lancé Jean-Jean.

Le Corso, c'est la kermesse pour les bigarreaux, la fête foraine. En journée, il y a des chars en papier mâché avec Miss PACA dessus qui se baladent dans les rues de la ville. Le soir, il y a les manèges sur le cours Lauze-de-Perret, la pêche aux canards pour les petits, le twister et le marteau pour les grands. Pour ceux entre les deux, y a la chenille et les autos-tampons.

« Je voudrai bien mais j'ai mon sac à dos qui pèse une tonne. Je devais appeler mon père lorsque j'arrivais pour qu'il vienne me chercher, mais je n'ai plus de batterie.

— Je suis g-garé sur le p-parking du Calavon, on n'a qu'à le m-mettre dans mon coffre. Et puis je te d-déposerai après avoir livré le premier colis à Villars. T-tu habites toujours à Saint-Sat ? »

Oui, elle y habitait toujours. Et c'est comme ça que nous sommes partis tous les trois pour le Corso en remontant la rue des Marchands. Comme au bon vieux temps, quand on allait prendre Bateau-Ivre après avoir acheté des bonbecs.

Jean-Jean voulait faire le marteau, et Gwendo aussi. Le problème, c'est que ça coûtait bonbon, qu'il n'y avait que des rangées de deux, et que je n'étais pas très chaud pour avoir la tête en bas. Je leur ai dit d'y aller tous les deux, mais ils ont été chics, ils n'ont pas voulu me laisser tout seul comme un glandu. Du coup, on est allés faire des autos-tamponneuses : ça ne coûte pas cher, on peut se mettre à deux dans une voiture ou tout seul, et pour quatre jetons achetés, le cinquième est offert.

Jean-Jean a conseillé à Gwendo de monter avec moi : « T-tous ceux à qui j'ai f-foutu des prunes vont se lâcher et je vais m'en p-prendre plein la gueule. »

Il y a eu une grande sonnerie, et hop, le courant est reparti. Jean-Jean n'avait pas eu complètement tort : la moitié des voitures lui couraient après et cherchaient à le percuter. Avec Gwendo, on a changé de stratégie, et au lieu de vouloir faire boum-boum avec lui, on a essayé de faire boum-boum avec les fauteurs de troubles. Gwendo était tellement excitée qu'elle parlait complètement en anglais, et au lieu de me dire « à gauche » ou « à droite » elle criait je ne sais quoi. Résultat des courses, on n'a pas beaucoup aidé Jean-Jean et la maréchaussée a dû se débrouiller toute seule.

Au deuxième tour, Gwendo a dû comprendre que je ne serai jamais Alain Prost et a pris le volant. Je ne sais pas si c'est parce qu'elle avait appris à rouler à gauche et qu'elle bénéficiait d'un effet de surprise, mais elle était imbattable. Tango Charlie, les preneurs de prunes ont vu que les beaux jours étaient finis et que les forces de l'ordre avaient reçu du renfort. Jean-Jean avait un sourire de bienheureux sur les lèvres.

Au tour suivant, quelqu'un que nous n'attendions pas est monté dans une auto-tamponneuse. C'était Bateau-Ivre, il avait remisé l'autobus au dépôt, et était venu passer la soirée à la kermesse. C'était marrant de le voir assis ailleurs que dans son fauteuil de chauffeur, sous les néons électriques et avec l'odeur de la barbe à papa. Le volant paraissait tout petit dans ses grosses paluches. Pareil pour l'auto-tamponneuse. On aurait dit Donkey Kong dans son kart, il ne lui manquait plus que la banane.

Il nous a vus tous les trois en train de rigoler et a grommelé : « Allez, les Trois Mousquetaires, après tout ce temps que je vous balade dans tout le pays d'Apt, toujours intriqués comme cul et chemise, je vais vous claquer la bise à la manière Crash Dummies, moi, vous allez m'en dire des nouvelles. »

Il y a eu la sonnerie, et le courant est reparti. Avec la musique, je n'ai pas pu entendre s'il a fredonné « Oh mon bateau oh-oh-oh », mais ça ne m'aurait pas étonné.

« Conduis, s'il te plaît, je vais faire un selfie », m'a demandé Gwendo en me donnant le volant.

Sa bière avait dû lui monter à la tête, elle avait oublié que les appareils photo ne marchaient plus. Elle a pris son téléphone, a approché son visage du mien pour qu'on rentre tous les deux dans l'écran. Je n'ai pas eu le temps de sourire parce que Jean-Jean est arrivé par-derrière et boum ! Coup de Jojo Lapin. Jean-Jean faisait bien le malin mais la gendarmerie n'avait pas des yeux derrière la tête : sinon, elle aurait vu arriver Bateau-Ivre à toute berzingue et boum ! Les Trois Mousquetaires se sont dits bonjour façon coup de boule.

Je me suis dépêché de nous dégager, sans savoir que c'était le dernier jour où les Trois Mousquetaires chevauchaient ensemble, avant que les Grêlons ne les séparent pour de bon.

18. LE JOUR OÙ J'AI DÛ RACONTER MA VIE EN DIX MINUTES

« Je vous laisse vous présenter en quelques minutes, et puis je vous décrirai le poste dans les grandes lignes. » Moi, je voudrais bien, mais je n'arrive pas à décrocher mes yeux de son bras mécanique. Impossible de me concentrer, sa prothèse me remplit le cerveau, je me mets à bégayer, c'est pire que Jean-Jean. Je regarde ailleurs, mais il n'y a rien à faire, avec son bras mécanique qui pavane devant moi. On n'entend rien à part l'horloge de son bureau, le tic-tac des aiguilles ne fait que rendre mon silence plus assourdissant. Je me mets à paniquer, il faut pourtant bien que j'arrive à sortir un mot, c'est ma seule chance pour ne pas finir SDF.

Au centre aéré, à Bosque, ils m'ont bien attrapé. Les gamins, je leur ai fait des super jeux pendant tout l'été, ils se sont éclatés comme jamais, j'étais le premier arrivé-dernier parti, des heures sup en veux-tu en voilà. Et puis à la fin, on devait voir ce qu'on ferait pour le poste, eh bien on n'a rien vu du tout. C'était dix-sept heures, la dernière maman est venue chercher son enfant, et avec le directeur on a fait la fermeture. Il m'a remercié pour la saison, et puis voilà tout.

J'ai pris mon courage à deux mains, et je lui ai demandé pour le poste à temps plein, le CDI. Il est tombé des nues. J'aurais pissé sur les chaussures du pape, c'était pareil.

« Je suis désolé, c'est la première fois que j'entends parler de cette histoire de poste, personne ne m'en a touché mot. »

Il a continué comme ça pendant dix minutes, sur le même

registre. Avec des mots différents mais bon le résultat était le même : au 1er septembre, j'étais Gros-Jean comme devant. Il m'a dit qu'il allait voir ce qui était possible, qu'il allait me rappeler mais cause toujours tu m'intéresses. Personne ne m'a jamais rappelé. Maman était déçue, et moi aussi. J'avais rien, j'étais au chômage. J'avais tellement honte que je suis resté à la maison tout seul pendant trois jours, sans parler à personne et surtout pas à Jean-Jean.

Mais on ne la lui fait pas, à lui, il est rusé comme un renard. En plein milieu d'après-midi, on a sonné à la porte. « FBI, ouvrez, on a un mandat. » J'ai ouvert, et sur le paillasson il y avait Jean-Jean en uniforme. Il était en patrouille et avait fait un petit détour.

Il a été chic, il aurait pu dire : « Je te l'avais dit que Bosque, c'était du flan » comme un gros lourdaud, mais non, il a évité le sujet.

« B-bon, je suis en service, d-donc j'ai pas t-toute la j-journée. À Albion, ils sont en t-train de monter leur b-base d'accueil pour G-Grêlons, et ils vont r-recruter à t-tour de bras. Un c-collègue m'a tuyauté, ils cherchent un a-animateur pour s'occuper des G-Grêlons, v-vu qu'ils n'ont t-tous que deux de tension. T-tout ça payé avec l'argent d-de nos impôts. Un p-peu comme pour une m-maison de r-retraite mais p-pas pour vieux : des jeux, des a-activités, ce genre de trucs. »

Je l'ai remercié, j'allais pas cracher dans la soupe de toute façon.

« Le g-gars qui dirige le centre, c'est un certain Houques. Mon c-collègue m'a indiqué q-qu'il faut y aller s-sur la pointe des pieds avec lui : c'est un ancien l-légionnaire, une g-grenade lui a fait p-péter un bras, il est m-manchot. Donc m-mieux vaut éviter les b-blagounettes là-dessus. »

J'étais allé le lendemain chez le dessinateur de la place du Septier, pour faire un portrait d'identité pour mon CV. Il faut bien s'habiller, et avoir l'air sérieux : ne pas rire et ne pas faire la gueule non plus, trouver un juste milieu. Le dessinateur vous fait asseoir sur un tabouret, règle la lumière et croque une première ébauche. Il ne faut pas bouger, ça le déconcentre. Il vous montre la première esquisse : vous avez le droit de lui demander de recommencer, une fois mais pas deux. Si vous confirmez que c'est bon, il vous croque en cinq, dix minutes. Avant, c'était Papa qui faisait ça : il ne voulait pas acheter de Photomaton. Il disait qu'une machine qui fait des photos, c'est triste et en plus vu qu'elle rend les gens moches, alors merci bien. Les photos, ce ne sont pas des images qui se font toutes seules, il faut quelque chose de plus derrière, il disait aux clients.

Bref, le dessinateur, il a tout de suite fait du super boulot : l'esquisse me ressemblait trait pour trait, et à la fin, le portrait d'identité faisait très professionnel. J'avais presque du mal à me reconnaître. Avec le reste de mon CV qui était vide comme le Calavon au mois de juillet, ça faisait une bonne moyenne. Je suis passé à la gendarmerie, et je l'ai laissé à Jean-Jean pour qu'il le file à son collègue qui connaissait ce M. Houques.

Trois jours après, une secrétaire m'appelait en me demandant de venir à Albion pour un entretien le mercredi suivant. Maman était tellement contente qu'elle a sauté au plafond. « Bon, bon, c'est pas encore dans la poche, elle a aussitôt ajouté, on ne va pas vendre la peau de l'ours avant de l'avoir tué. »

J'étais tellement stressé que je n'ai pas dormi de la nuit, j'ai fait tourne et retourne jusqu'au petit matin. Maman m'a emmené au centre, elle a insisté pour conduire : « Tu as la tête ailleurs, il manquerait plus que tu te plantes, va. » On est partis drôlement tôt, parce que Albion ce n'est pas non plus la porte à côté. On est arrivés trente minutes en avance, on a attendu sur le parking, dans la voiture, et puis à un moment, quand faut y aller, faut y aller, je me suis présenté devant la barrière.

« Je vous laisse vous présenter en quelques minutes, et puis je vous décrirai le poste dans les grandes lignes. » C'était pire que ce que j'avais imaginé. Ce M. Houques, c'était un petit nerveux, on sentait qu'il ne fallait pas le chatouiller : la taille, je pouvais faire avec, mais son bras mécanique, j'arrivais pas à me le décoller des yeux. Il était en chemisette, donc au-dessus du coude c'était normal, mais après, l'avant-bras, le poignet, c'était du métal, avec des boulons et des écrous. La main, ça n'en était pas une : ils n'avaient même pas fait l'effort de lui mettre une prothèse en plastique, c'était une pince, et puis c'est tout. Les Grêlons, ils allaient filer droit avec lui.

« Je vous laisse vous présenter en quelques minutes », il a répété. Là, j'ai pris une grande respiration avec le ventre et je me suis lâché. Tic-tac, top départ. Comme à l'oral de français, j'ai tout balancé, je lui ai dit tout ce que j'avais fait dans ma vie, le baccalauréat, le centre aéré, tout ça. Je ne sais pas si ma réponse lui a plu ou pas, il prenait des notes sur son carnet et à la fin il a relevé la tête.

« Bon, le poste à pourvoir est un poste d'animateur culturel. J'imagine que cela doit vous surprendre, non, que la Légion étrangère recherche un animateur culturel ? »

J'ai répondu oui, pour être poli. Je n'y avais pas trop réfléchi à vrai dire.

« La Légion étrangère, c'est avant tout une famille d'accueil. Lorsqu'elle vous prend en son sein, vous intégrez une fratrie. Nous proposons aux candidats de rompre avec leur passé, de leur offrir la protection d'une nouvelle identité, en échange d'une totale disponibilité pour leur nouvelle famille.

« Nous avons un code du légionnaire, et il y est écrit : “Chaque légionnaire est ton frère d’armes, quelles que soient sa nationalité, sa race, sa religion. Tu lui manifestes toujours la solidarité étroite qui doit unir les membres d’une famille. Nous n’abandonnons jamais nos morts, nos blessés, quelle que soit la difficulté de la situation.” »

J’ai hoché la tête, mais je me suis demandé si je ne m’étais pas trompé de salle, et s’il croyait que je voulais rentrer dans la Légion. C’était mal barré. M. Houques a dû le voir dans mes yeux parce qu’il a ajouté :

« Si je vous raconte tout ça, c’est pour que vous compreniez bien que la Légion n’abandonne jamais ses enfants. Sébastopol, ça vous dit quelque chose ? Mis à part la station de métro ? »

Là, je lui ai répondu non, que je ne le connaissais ni d’Ève ni d’Adam son Sébastien Paul, et que d’ailleurs je n’avais jamais pris le métro de ma vie, je ne vois pas comment j’aurais pu l’y rencontrer.

« Non, Sébastopol, la bataille de Sébastopol en 1854. C’est la première fois où la Légion étrangère fut engagée en opération, et c’est aussi la première fois que des légionnaires furent photographiés. »

Il a fait une longue pause à ce moment-là, comme s’il était allé lui aussi à Sébastopol et qu’il y avait perdu des copains.

« Vous devez voir où je veux en venir : des légionnaires pris en photo au moment des combats de Sébastopol sont revenus, ou plutôt leurs Grêlons sont tombés du Nuage. Ils restent mutiques, comme les autres, mais nous avons pu les identifier grâce à leur uniforme. Ces hommes ou ce qu’il en reste considéraient la Légion comme leur famille, et de fait elle l’est toujours : nous les accueillerons et protégerons leur identité le temps qu’il faudra. »

Jean-Jean ne m'avait pas dit que les Grêlons seraient des légionnaires. Ça ne changeait pas grand-chose de toute façon, je n'allais pas faire la fine bouche.

« Nous montons donc un centre d'accueil pour les Grêlons de Sébastopol et, au fur et à mesure que nous avancerons dans la Courbe de Retour, pour tous les Grêlons légionnaires qui seront identifiés. Nous recherchons un animateur pour les occuper, tant sur le plan physique que mental, et accroître leurs capacités motrices. Un redéploiement sur le terrain n'est pour l'instant pas à l'ordre du jour, mais qui sait, ce pourrait être une option. »

M. Houques a fait une pause, sans doute pour me laisser le temps de digérer tout ça, puis a repris :

« Je suis moi-même un ancien de la Légion étrangère. J'y ai fait carrière pendant quinze ans jusqu'au grade de capitaine. À la suite de l'accident qui m'a coûté un bras, j'ai été déclassé et dirige maintenant ce projet à Albion. »

M. Houques m'a ensuite demandé quels étaient mes exercices d'animation préférés et pourquoi. Lorsque je lui ai répondu la tomate, le ballon prisonnier et la chasse aux ombres, j'ai vu ses petits yeux rétrécir encore plus, et une petite voix m'a murmuré qu'il valait peut-être mieux ne pas continuer sur ce chemin. M. Houques m'a alors posé tout un tas d'autres questions pêle-mêle : la taille des groupes que j'avais pu encadrer, comment je me faisais obéir des enfants, ce genre de trucs.

Sa dernière question a été sur mes prétentions salariales. J'ai paniqué : je n'y avais pas pensé, je n'avais aucun chiffre en tête. J'aurais dû demander avant à Maman, c'est dommage, j'allais me faire arnaquer. J'ai balbutié dans tous les sens, pire que Jean-Jean, si bien qu'il a compris que j'étais prêt à accepter n'importe quel salaire.

Il m'a dit au revoir, qu'on me rappellerait et m'a raccompagné jusqu'à la porte. Quand je suis rentré dans la voiture, Maman m'a demandé comment ça s'était passé : je me suis mis à pleurer comme une madeleine en disant que j'étais passé pour un idiot avec mon histoire de ballon prisonnier, que je n'allais rien faire de ma vie et que c'était fini. Le gars, il m'avait reçu parce que j'étais pistonné par la gendarmerie, mais quand il avait vu le nullard à qui il avait affaire, il avait vite déchanté. Mon CV avec mon beau portrait d'identité devait être déjà roulé en boule dans la corbeille. Maman me disait que non, ça s'était peut-être bien passé, on ne sait jamais, et que de toute façon il y aurait d'autres opportunités, mais je savais bien qu'elle disait ça pour me consoler.

On est arrivés à Villars et Maman a garé la voiture devant le jardin. En ouvrant la porte, mon portable a sonné : c'était la secrétaire de M. Houques, et incroyable mais vrai, je suis devenu animateur pour Grêlons.

ALB04/COURRIER INTERNE/PDR-1889

De : I. d'A.
À : Madame la Ministre
Objet : Intégration du fonds Photomaton dans P.D.R.

Suite à votre demande, je vous confirme les Bornes Temporelles suivantes :
– en 1889, T.E. Enjalbert fabrique un appareil automatique à déclenchement par monnayeur.
Il peut être considéré comme l'ancêtre du Photomaton ;
– en 1928, les premiers Photomatons sont installés à Paris (Galeries Lafayette, Petit Journal, Jardin d'acclimatation…), ainsi qu'à Berlin ;
– en 1941, la société Photomaton offre ses services à l'occupant allemand en lui proposant de photographier un millier de personnes par jour et de lui remettre par la suite les fichiers correspondants.

Le fonds documentaire ayant pu être rassemblé depuis la création de cette compagnie a été chargé dans P.D.R.

I. d'A.

19. LE JOUR OÙ LA VIE LA VRAIE A COMMENCÉ

Pour mon premier jour, Maman m'avait fait mettre de beaux habits. Pas ceux du dimanche non plus, mais des habits qui marquent bien, histoire d'être pris au sérieux. Ce n'était pas une embauche définitive, seulement à l'essai : trois mois et puis après on voit. Donc, il fallait continuer à faire bonne impression. Je n'ai pas été le seul à être surpris par mon embauche : à vrai dire, tout le monde est un peu tombé de sa chaise. Un BAFA et un bac au rattrapage, ça ne pèse pas bien lourd sur un CV. Je crois que M. Houques n'a simplement pas voulu prendre le risque de se mettre la gendarmerie à dos, et il s'est dit : « À l'essai, qu'est-ce que ça me coûte ? »

J'étais arrivé quinze minutes en avance, et la secrétaire m'a demandé de m'asseoir en disant que M. Houques allait me recevoir. À neuf heures pétantes, il a ouvert la porte de son bureau : « Bonjour et bienvenue au sein de l'équipe ! » Il ne m'a pas tendu la main, et pour cause.

« Allez, histoire de partir du bon pied, on passe par la machine à café, et après je vous fais faire le tour du centre. »

Je n'avais encore jamais pris de café : je bois du Banania le matin, Maman dit que le café met les nerfs en pelote. Mais bon, je n'allais pas faire le difficile, inutile de se faire remarquer dès le premier jour. Les Éléments Perturbateurs, on les reconnaît vite. Il m'a demandé si je sucrais, je n'en avais aucune idée, j'ai répondu non pour éviter les complications.

« Bon, on commence par ceux que vous avez déjà rencontrés. Là-bas, à l'entrée, à la barrière, c'est M. Mouhissault, qui gère les entrées et les sorties. Il donne les badges aux visiteurs pour éviter qu'on rentre ici comme dans un moulin. Passez une tête dans sa guérite à la fin de la journée pour vous présenter, comme ça il vous connaîtra.

« Et puis ici, il y a Sabine, mon assistante, qui gère mon agenda et fait aussi le standard téléphonique. Si vous avez un souci ou quoi que ce soit, vous vous adressez à elle : c'est une mine de solutions. »

Il marchait en tendant son bras valide dans une direction puis dans une autre. Fallait le suivre, ça n'était pas particulièrement au ralenti.

« Allez, et maintenant on rentre dans le vif du sujet : la cour d'appel. Bon, même si techniquement le centre ne fait pas partie de la Légion étrangère, nous lui sommes rattachés et j'ai mis en place une organisation identique. On ne change pas une recette qui marche. Donc tous les matins à huit heures, je fais l'appel : les Grêlons, mais aussi l'équipe du centre. Présence obligatoire. Nous ne sommes pas très nombreux, donc ça dure une quinzaine de minutes, guère plus.

« Une fois que tout le monde a répondu, vous avez la cour pour vous. Je souhaite que chaque matin, les Grêlons fassent de l'exercice. Vous me transmettrez d'une semaine sur l'autre le programme d'activités pour approbation. J'ai bien conscience que les Grêlons sont un peu… perdus après leur descente du Nuage, mais j'ai bon espoir que ces exercices réactivent rapidement leurs fonctions motrices.

« Si vous souhaitez organiser une activité à plus grande échelle qui demanderait de sortir du périmètre du centre, je n'y suis pas opposé : il faudra cependant demander l'autorisation une semaine à l'avance.

« Vous serez responsable des Grêlons ayant répondu présents à l'appel, de neuf heures à midi. À midi, vous devrez les emmener devant cette porte : c'est l'entrée du réfectoire. »

Il a ouvert la porte d'un bâtiment rectangulaire tout blanc : le centre était logé dans d'anciens baraquements de la Légion, qui les avait quittés pour des locaux plus modernes. À l'intérieur, il y avait de longues tables, et sur les murs des grandes fresques avec des déserts et des cactus. M. Houques a dû surprendre mon regard car il a ajouté :

« Ça, c'est Camerone, au Mexique, en 1863, l'un des faits d'armes les plus glorieux de la Légion étrangère. Il est prévu que nous accueillions aussi des Grêlons de légionnaires qui y ont combattu. Quand je vous ai dit que nous étions une grande famille, ce n'étaient pas des mots en l'air. Bref, chaque Grêlon recevra ici son plateau-repas, voici Jacques et Anne, qui constituent l'équipe cuisine. »

Un petit gros avec une moustache et une grande brune m'ont fait coucou de la main.

« La petite pièce d'à côté est réservée à l'équipe du centre. Si vous le souhaitez, vous pouvez manger au réfectoire le midi. Il suffit de vous inscrire la veille. Chaque repas coûte quatre euros et cinquante centimes, qui seront prélevés sur votre salaire à la fin du mois. »

Questions sous, Houques ne perdait jamais le nord. Lorsque j'avais dit à Jean-Jean le salaire pour lequel j'avais signé, il s'était mis à rire comme une baleine.

« Eh-eh bien, on p-peut dire que tu t'es vraiment fait a-avoir comme un b-bleu. Il t'a b-bien attrapé, B-bandit Manchot. »

Le surnom était resté : hier soir, Jean-Jean m'avait appelé pour me souhaiter bonne chance, et Bandit Manchot était revenu dans la conversation. Et voilà, maintenant que j'y avais pensé, impossible de me le sortir de la tête, « Bandit Manchot » me brûlait les lèvres, ça allait sortir au milieu d'une phrase sans faire attention. On est ressortis et Bandit Manchot m'a conduit dans un bâtiment perpendiculaire au réfectoire. C'était rempli de bouquins, des étagères partout, il y avait une télé aussi.

« Et voici la salle de documentation. C'est ici que les Grêlons reçoivent tous les après-midi des cours de langue. Je vous présente Micheline, une orthophoniste que nous avons recrutée pour cela. Nous avons bon espoir que les Grêlons se remettent à parler, et soient capables d'avoir une conversation courante d'ici moins d'un an. »

Une dame blonde assise à un bureau m'a dit bonjour. Bandit Manchot a fait une pause en s'arrêtant devant la télévision. Il a dégluti puis a repris :

« Voilà, c'est à peu près tout, pour l'essentiel de la vie de tous les jours. Tous les soirs, il y a l'équipe de ménage, vous les rencontrerez à l'occasion. Pour la sécurité, nous sommes inclus dans le périmètre de la Légion étrangère, la police militaire fera parfois des rondes la nuit. Elle file un coup de main à M. Mouhissault, à la barrière, lorsque le besoin s'en fait sentir. En fonction de nos premiers résultats, je voudrais aussi développer un atelier menuiserie, pour favoriser la réintégration professionnelle des Grêlons, que ce soit dans la Légion, ou dans la vie civile. Des questions ? »

Je lui ai répondu que non, pas de questions.

« Bon, alors, puisque le théâtre des opérations est dégagé, il est temps de vous présenter aux troupes. »

Bandit Manchot a traversé la cour en direction du dernier bâtiment. Il a ouvert la porte et est passé en premier. C'était le dortoir. Il y avait une dizaine de lits faits au carré : ils auraient fait l'envie de Maman, elle qui me dit toujours de ranger ma chambre et de faire mon lit. Des hommes se sont levés et se sont mis lentement en rang. Ils portaient tous des treillis kaki. Ils étaient un peu plus âgés que moi, ils devaient avoir entre vingt et trente ans.

C'est comme ça que j'ai rencontré mes tout premiers légionnaires, et mes tout premiers Grêlons.

ALB04/COURRIER INTERNE/PDR-1854

De : I. d'A.
À : Madame la Ministre
Objet : Champs additionnels à P.D.R.
– Photographie militaire

En vue d'inclure à P.D.R. de nouveaux champs de photographie, nous vous proposons d'intégrer les archives du ministère de la Défense, qui constituent une ressource de premier plan par leur exhaustivité et leur précision. La Borne Temporelle se ferait à partir de Carol Szathmari, considéré comme le premier photographe de guerre au monde :
– en 1853, il se rend sur les rives du Danube où il photographie le front de la guerre de Crimée ;
– en 1854, il photographie le siège de Sébastopol, où s'illustre la toute jeune Légion étrangère, envoyée par la France ;
– en 1855, il expose ses photographies à l'Exposition universelle de Paris. Il y rencontre l'empereur Napoléon III, comme le décrit la revue *Lumière*, publiée par la Société française de photographie :
« M. de Szathmari a eu l'honneur d'être reçu par l'Empereur mercredi soir. Sa Majesté voulait voir toutes les photos liées dans son magnifique album.

En tant que témoin oculaire de tant d'événements liés à la guerre d'Orient, et étant en relation étroite avec la plupart de ceux qui se sont distingués dans ce grand combat, M. de Szathmari a pu donner des détails intéressants à Sa Majesté. »

I. d'A.

20. LE JOUR OÙ J'AI RENCONTRÉ MES PREMIERS GRÊLONS

Je ne m'attendais pas à voir des archiducs François-Joseph, des Pompadour et j'en passe. Évidemment, puisque c'étaient d'anciens légionnaires. Mais tout de même, je n'avais pas prévu que sans leurs habits Belle Époque et après un rendez-vous chez le coiffeur, les Grêlons, c'étaient des gens comme vous et moi, ni plus ni moins. Bandit Manchot les a passés en revue l'un après l'autre, avec moi sur ses talons. C'étaient tous de sacrés costauds, mais on ne voyait pas dans leurs yeux l'envie d'en découdre. À vrai dire, on n'y voyait rien du tout. Ils n'étaient pas vraiment là, ils avaient encore l'air là-haut, dans le Nuage.

Sur leur treillis était brodé leur nom : on devinait des Espagnols, des Portugais, des Allemands. Dans les films de guerre, ça aurait été la scène parfaite, où le sergent-chef se met à gueuler comme un veau et les recrues doivent gueuler aussi fort que lui. Mais Albion, ce n'était pas Fort Alamo : les Grêlons semblaient incapables d'aligner plus de deux mots d'affilée.

« Nom et prénom ? a demandé Bandit Manchot à l'un d'entre eux.

— … Da Silva, a dit le Grêlon avec difficulté. Carlos », a-t-il rajouté après un moment qui a semblé une éternité.

Bandit Manchot a fait trois pas de plus, et le même manège a recommencé. Ils avaient du mal à parler. Comme si les mots restaient coincés dans leur bouche.

« Bon, vous voyez, y a un petit peu de boulot, hein », m'a glissé Bandit Manchot. Il a continué en marmonnant entre ses dents :

« Je ne vous cache pas que les faire répondre présent à l'appel tous les matins est un exploit en soi. À force de persévérance, on arrive à tout, me direz-vous. Certains parviennent à dire leurs nom et prénom, mais pas toujours. La plupart du temps, ils ont été identifiés grâce aux archives du ministère. Avant que l'on comprenne vraiment toute cette histoire de Grêlons et que l'on réussisse à démêler cette bobine de nœuds, ça faisait bien cinq-six mois qu'ils étaient dans des hôpitaux psychiatriques, dans des institutions ou même en prison, pour troubles à l'ordre public.

« Maintenant, le circuit commence à se roder tout doucement : l'adresse du centre a été diffusée à tous les commissariats de France et de Navarre, aux hôpitaux, aux asiles aussi. On nous appelle pour tout individu suspecté d'être un Grêlon avec un passé militaire. Si son rattachement à la Légion est avéré, ils nous l'envoient ici. »

Bandit Manchot a fait une pause, puis a repris :

« Ah oui ! Pendant que j'y pense, sur notre demande, le département vient d'ajouter une étape au bus du vendredi qui faisait la liaison Avignon TGV-Apt : maintenant, le terminus, c'est Albion. Ce sera votre dernière tâche : le vendredi, je vous donnerai la liste des Grêlons que le bus doit déposer sur notre parking, vous les accueillerez et les conduirez jusqu'ici. Des questions ? »

Non, je n'en avais pas. Nous étions arrivés au bout de la ligne des Grêlons. Bandit Manchot a jaugé celui qu'il avait en face de lui, un grand large d'épaules :

« Ah ! Je l'oubliais, lui, la pièce rapportée. Nom et prénom ? »

Le Grêlon a eu l'air de faire un effort surhumain avant de pouvoir enfin articuler :

« Baudru, Désiré. »

Bandit Manchot l'a toisé du regard puis m'a dit :

« Lui, il est bien tombé du Nuage, mais ce n'est pas un légionnaire. Il faisait la forte tête là où il l'était, alors ils nous l'ont envoyé pour le faire marcher droit. Si je vous dis ça, ce n'est pas que votre responsabilité soit de faire la police, mais soyez sur vos gardes. S'il moufte, vous appelez illico M. Mouhissault qui fera le lien avec la police militaire. »

J'ai bien enregistré : moi et les Éléments Perturbateurs, ça fait deux. Bandit Manchot l'a regardé encore une fois, puis a fait demi-tour en disant :

« Parce que bon, hein, Albion n'est pas là non plus pour accueillir toute la misère du monde. »

Il ne croyait pas si bien dire.

21. LE JOUR OÙ KODAK A ROUVERT UN ŒIL, ET LE BON

Pour mon premier jour au centre aéré de Bosque, j'y étais allé les mains dans les poches, mais là pour Albion, j'avais un trac pas croyable. Le centre d'Albion, il est tout sauf aéré. Allez faire jouer au ballon prisonnier des types qui ne sont pas capables d'aligner trois mots. Lorsque j'en avais parlé à Jean-Jean, il s'était fendu la poire en disant : « Quand t-tu arriveras à en tirer quoi que ce soit de t-tes Grêlons, les poules au-auront des dents. »

J'y avais réfléchi avec Maman, et on avait passé en revue tous les jeux possibles et imaginables. Un ballon prisonnier ou une balle assise ? Les Grêlons ne m'avaient pas fait l'effet de foudres de guerre, ça allait être un début un peu abrupt. Une tomate ? Pourquoi pas, mais à plus d'une dizaine, ça commence à faire beaucoup. Un loup glacé, ou même un loup tout court ? Classique, mais qui a fait ses preuves. J'allais partir là-dessus lorsque Maman a eu une idée du tonnerre :

« Et pourquoi tu ne les fais pas jouer à un, deux, trois, soleil ? Y a pas besoin d'être Einstein ou de dire quoi que ce soit, la moitié du temps il ne faut pas bouger, et ils feront ça très bien. »

Je crois que Maman, elle avait autant le trac que moi, même si elle me disait qu'il n'y avait pas de raison que ça se passe mal. Elle m'a fait vérifier trente fois mon sac d'animateur. C'est là où je mets tous les trucs qu'on m'a appris au BAFA, et que je prenais tous les matins pour le centre aéré, juste au cas où. On y trouve de tout et de rien : un ballon en mousse (au cas où le ballon du centre soit crevé), un sifflet (ou cas où tu aurais une extinction de voix), une boîte de craies (pour tous les marquages au sol), des élastiques, un sac de billes (au cas où il pleuvrait et où il faudrait jouer à l'intérieur).

Un, deux, trois, soleil : ça m'avait eu l'air d'être une excellente idée sur le coup, mais maintenant que j'étais seul dans la cour devant mes dix Grêlons, elle me semblait beaucoup moins bonne. Je sentais que Bandit Manchot me regardait derrière les rideaux de son bureau, il devrait être en train de marmonner : « Mais qu'est-ce qui m'a pris d'embaucher ce guignol ? » ou bien : « Tu vas voir à la fin de la journée, toi, je vais te renvoyer chez ton ami Gnafron. »

Par rapport aux enfants, les Grêlons, c'est vachement moins le bazar. Cela faisait dix minutes que l'appel était terminé, et ils étaient toujours là, bien en ligne, sans bouger. Je leur ai expliqué les règles bien calmement, en long en large et en travers, les leur ai toutes répétées deux fois. J'ai tracé à la craie la ligne de départ sur le goudron. Ils m'observaient, le regard vide, complètement paumés, j'étais incapable de dire s'ils avaient pigé ou pas.

Je me suis retourné contre le mur, comme ça, en mettant un cierge à la Sainte Vierge, et en comptant lentement : un, deux, trois, soleil. Puis j'ai fait doucement demi-tour, pour bien leur donner le temps d'avancer et de s'immobiliser. Volte-face à la vitesse d'un escargot.

Mes Grêlons n'avaient pas bougé d'un pouce. J'avais dû être trop rapide, j'ai refait une fois encore plus doucement : même topo, aucun n'avait avancé d'un centimètre. Même ce bougre de Désiré Baudru qui avait envoyé trois gendarmes à l'hôpital le mois dernier était resté derrière la ligne de départ.

Je les ai tous regardés dans les yeux, en cherchant ce qu'ils n'avaient pas compris, où est-ce que ça bloquait, où est-ce qu'ils pouvaient bien être. Je ne sais pas où ils étaient, mais ils y étaient : leurs yeux me voyaient mais ne me regardaient pas, tout était transparent autour d'eux. Ils flottaient.

J'ai recommencé à taper : un, deux, trois, soleil. Il n'y avait rien à faire. Un qui ne devait pas en perdre une, c'était Bandit Manchot. Je sentais bien son petit regard en train de me scruter depuis sa fenêtre : « Est-ce qu'il va y arriver, est-ce qu'il va pas y arriver, ce bourricot ? » D'ici on entendait presque le tic-tac de son horloge qui s'amusait à chronométrer ma période d'essai. Pas besoin d'attendre trois mois, va : premier et dernier jour, c'était sûr, à quoi sert un animateur qui n'est pas capable d'animer, je vous le demande. Il fallait changer de stratégie : un, deux, trois, soleil, à la baille.

Je me suis décollé du mur, j'ai pris mon sac d'animateur et je me suis rapproché des Grêlons. En allant vers eux, je me suis demandé ce qui pourrait marcher, quel jeu pourrait arriver à les faire tomber du Nuage une bonne fois pour toutes, à quoi ils pouvaient bien jouer quand ils étaient gosses. On jouait à quoi au siècle dernier, avant de tout plaquer et de devenir légionnaire ?

En arrivant près d'eux, j'ai vu leurs ombres se dessiner sur le goudron et ça m'a fait penser à mon jeu préféré, la chasse aux ombres. Si on marche sur ton ombre, alors tu deviens loup. Ce n'est pas très compliqué à comprendre quand même, ça devrait être à leur niveau. Je leur ai expliqué les règles, en surveillant la fenêtre de Bandit Manchot. Il avait relevé un coin de rideau. Ambiance. Ça allait finir en Fort Boyard, tous au cachot.

« Allez, je commence, on dit que c'est moi le loup, on fait une partie pour du beurre. »

J'ai reculé. Ils ne bougeaient pas, leurs ombres non plus. Bien alignés, bien immobiles sur le goudron. J'ai pris mon élan, et le tout pour le tout, la dernière chance avant d'aller pointer au chômage, j'ai sauté à pieds joints sur l'ombre de Désiré Baudru : au hasard, toujours les mêmes.

À la réception, jamais le goudron ne m'a semblé aussi dur. Pas un n'avait bougé. Désiré Baudru n'avait même pas cillé. J'en aurais presque pleuré. Je n'ai pas eu besoin de regarder en direction du bureau de Bandit Manchot : il était sorti et faisait les cent pas au bout de la cour. Aïe.

Je sentais son regard qui me remontait le long du dos. L'essai n'allait pas durer bien longtemps, je l'entendais déjà me donner l'adresse de Pôle Emploi et les aiguilles de l'horloge en train de bien se marrer.

Je me suis dit que, quand ça veut pas, ça veut pas et que décidément ça ne servait à rien de s'acharner. J'ai pris la boîte de craies que j'avais laissée par terre et l'ai rangée dans mon sac d'animateur. Pas assez bon pour Bosque, trop mauvais pour Albion : ça allait faire bien, ça, sur le CV.

Mon sac m'a semblé peser une tonne mais je n'en avais plus rien à foutre. Une bille s'en est échappée et a roulé à mes pieds. Je me suis baissé pour la récupérer : c'était un œil-de-chat, mon modèle de bille préféré. Les Éléments Perturbateurs voulaient les plus belles, les voies lactées, les torpilles d'acier ou les météorites, mais moi je préfère les œils-de-chat. Quand j'étais petit, Papa me faisait croire qu'elles venaient de l'œil manquant de Kodak : tous les matins, Kodak s'enlevait un œil pour que les petits garçons puissent jouer aux billes, et ça repoussait pendant la nuit.

J'ai regardé l'œil-de-chat dans le creux de ma main et j'ai pensé à Papa, à Kodak. Je me suis demandé s'ils me voyaient, de là où ils étaient. Un jour le père Barthélemy m'avait dit qu'ils étaient tous les deux ensemble, au ciel, qu'ils me voyaient mais que moi, je ne pouvais pas les voir. S'ils étaient toujours là, qu'est-ce qui aurait changé dans ma vie, est-ce que je serais en train de me ridiculiser à Albion, est-ce que je serais sur le point de me faire virer ?

À ce moment-là, des doigts ont pris l'œil-de-chat dans ma main. J'ai levé la tête. C'était Alejandro, un Grêlon espagnol. Il a pris l'œil-de-chat et l'a mis devant le soleil, pour faire passer la lumière au travers. L'œil de Kodak a commencé à briller comme c'était pas croyable. Alejandro s'est mis à sourire puis il m'a fixé droit dans les yeux. Il ne regardait plus nulle part, on voyait que ses yeux n'étaient plus perdus dans le Nuage ou Dieu sait où. Non, il me voyait, et il me regardait. Aussi simple que cela.

Je n'arrivais pas à en croire mes yeux. J'ai pensé que maintenant c'était ma chance ou jamais. Il y avait une plaque d'égout au milieu de la cour, une vraie de vraie avec un gros « Pont-à-Mousson » écrit dessus. Je suis allé à côté, et j'ai fait deux petits tas de billes, un à gauche, un à droite.

Je me suis accroupi, j'ai pris une galaxie et j'ai fait une pichenette avec. Drill, drill, drill, la galaxie a remonté tout du long de Pont-à-Mousson et s'est arrêtée au N de Mousson, à tout juste un coup du Trou. J'ai attendu, je n'osais pas regarder autour de moi, histoire que ça me porte la poisse. J'ai vu deux souliers se poser à côté du sac de billes, et puis les doigts d'Alejandro prendre une météorite, caler et pam ! La météorite a traversé Pont-à-Mousson à la vitesse de la lumière et s'est engouffrée dans le trou noir. Je n'avais jamais été aussi content de me faire mettre d'équerre aux billes.

J'ai avancé la main pour donner une seconde pichenette à ma galaxie mais je me suis arrêté tout net : tout autour de la plaque d'égout venaient d'apparaître des bouts de souliers en veux-tu en voilà. J'ai levé la tête : mes dix Grêlons étaient tous là en train de regarder la partie, avec des yeux qui pétillaient comme jamais.

22. LE JOUR OÙ MES MÉTHODES ONT POSÉ QUESTION

C'est comme ça que la mayonnaise a pris, tout doucement, sans trop savoir pourquoi ni comment. On ne peut pas dire que c'était exactement ce à quoi Bandit Manchot s'attendait, mais bon les billes ont tout décoincé. Alejandro a été le vainqueur de la première partie : j'aimerais pouvoir dire que je l'ai laissé gagner, mais non, il m'a eu à la loyale. Après, tous les autres Grêlons ont voulu participer : Pont-à-Mousson est devenue trop petite pour tout le monde, je n'avais pas assez de billes. On s'est débrouillés, pas de chichis, pas de jaloux.

Le lendemain (parce que oui, il y a eu un lendemain, et un surlendemain !), je suis revenu avec des billes pour tout le monde, et on a joué à l'enclos : tu gagnes les billes que tu arrives à faire sortir du cercle.

C'était incroyable de les regarder jouer : ils n'en perdaient pas une miette, on n'aurait pas cru que la veille encore, leurs yeux ne voyaient que du Nuage. D'ailleurs, ça ne s'est pas limité à leurs yeux : rapidement se sont mis à fuser des « Attention », des « Tu triches » ou des « C'est pas du jeu ». La bille partait, et Alejandro et le Désiré Baudru, on ne les arrêtait plus. Il n'était pas si méchant qu'il en avait l'air, le Désiré : il fallait savoir le prendre, le décoincer, c'est tout. Et après, roule ma poule.

Avec le recul, je ne comprends toujours pas pourquoi ils ne parlaient pas auparavant : ce n'est pas qu'ils avaient oublié comment parler, ou qu'ils ne comprenaient pas lorsqu'on leur adressait la parole. Non, je pense que c'était juste un décalage. Ils étaient encore bien au chaud là-haut, il fallait juste un flash, une petite pichenette pour les faire descendre du Nuage pour de bon.

Mes Grêlons n'étaient pas si différents des enfants du centre aéré au final : le matin du premier jour, ils pleurent toutes les larmes de leurs corps parce qu'ils veulent rester avec leur mère, ils ne parlent pas parce qu'ils ont peur des autres enfants, et le soir ils sont tous copains comme cochons à brailler dans tous les sens et ne veulent pas rentrer chez eux.

Quand mes Grêlons ont vraiment commencé à parler, j'ai enchaîné sur un Jacques-a-dit. Il faut faire attention, parce que c'est beaucoup plus difficile que ça en a l'air. Il faut faire exactement ce qui est demandé seulement (et je dis bien seulement), lorsque « Jacques a dit » est prononcé correctement. Par exemple, si c'est « Jacques-Jacques a dit », eh bien il ne faut rien faire. Bref, c'est le genre de jeu impossible à jouer avec Jean-Jean. Au début, c'est moi qui faisais Jacques : « Jacques a dit : ouvrez bien grand les yeux » ou alors « Jacques a dit : sautez et atterrissez à pieds joints », mais dès la deuxième partie, des Grêlons ont voulu faire Jacques.

Il y a eu des petits ratés de-ci de-là, mais aussi incroyable que cela puisse paraître, Jacques-a-dit après Jacques-a-dit, tomate après tomate, c'est comme ça qu'on a pu arriver à des jeux plus compliqués. Deux mois plus tard, croyez-le ou pas, certains Grêlons étaient devenus des pros du ballon prisonnier : Alejandro et Désiré Baudru étaient imbattables, ils parlaient comme vous et moi, couraient et visaient comme des joueurs de foot. Des vrais attaquants de première division.

Certes, ce n'était pas le cas pour tous les Grêlons, loin s'en faut. Il y en avait qui étaient encore un peu sur le Nuage, qui avaient des difficultés pour parler et marcher. Et puis il y avait ceux qui étaient arrivés plus tard que les autres, au fil de l'eau, débarqués par Bateau-Ivre un vendredi après-midi. On en avait bien eu une dizaine comme ça, des légionnaires photographiés avant leur départ pour la Crimée, l'Algérie ou le Mexique. Le mieux aurait été de faire des groupes de niveau, mais les journées n'ont que vingt-quatre heures, et du coup je me débrouillais comme je pouvais avec mes trente Grêlons. Trente : eh oui, ça commence à faire beaucoup.

***

J'étais en train de faire l'arbitre d'un ballon prisonnier lorsque Bandit Manchot a ouvert la fenêtre de son bureau et m'a demandé de venir le voir. Ça n'avait rien de très surprenant : il faisait souvent ça lorsqu'un Grêlon devait arriver le vendredi suivant par Bateau-Ivre, et qu'il fallait organiser sa prise en charge. Je devais récupérer le Grêlon à l'abribus, puis lui faire visiter Albion en long, en large et en travers. Pour finir, c'était direction le dortoir et terminus sa couchette.

Le bureau de Bandit Manchot, c'est quelque chose : les murs sont couverts de photos encadrées. Djibouti, Guyane, Côte d'Ivoire, Mali : toute la planète y passe. À chaque fois, ce sont des photos de régiments, des képis blancs en veux-tu en voilà. Je me dis que le jour où tout ce petit monde va descendre du Nuage, Albion ne sera pas suffisamment grand pour accueillir tous leurs Grêlons. Mais bon, apparemment, il ne faut pas parler de ce qui fâche. Bandit Manchot était assis derrière son bureau, il m'a demandé de m'asseoir.

« Bon, si je vous ai fait venir, c'est pour vous parler de Désiré Baudru et d'Alejandro Diaz. Ils ont fait des progrès spectaculaires ces dernières semaines et j'ai indiqué au ministère que je les considérais comme aptes. J'avoue que je n'étais pas convaincu par vos méthodes mais je dois dire que c'est un beau premier succès. Donc, bravo. »

J'ai bombé le torse, c'était la première fois de ma vie que je faisais quelque chose de bien avec mes dix doigts.

« Nous avons fait part à chacun des possibilités qui s'offrent à eux. Pour Alejandro, nous avons contacté sa famille, ou plutôt ses descendants. Ça n'a rien donné, ils ne veulent pas entendre parler de lui. Nous lui avons proposé de réintégrer la Légion étrangère, et il a accepté. Il entre dans leur programme d'entraînement lundi prochain.

« Pour Désiré, ça a été plus compliqué. Il n'a plus de famille. Le ministère de l'Intérieur nous a communiqué son casier : après le film des frères Lumière, il a mené une vie de vagabondage et de rapine. Il avait son abonnement à la Santé. Juridiquement, son Grêlon n'a pas encore mené cette vie, et donc la loi n'a rien à lui reprocher, mais bon… Je peux vous dire que la Légion étrangère n'était pas d'humeur folichonne à l'idée de le mettre avec les prochaines recrues, mais bref, il est sur les listes. Vous pouvez lui dire qu'il a intérêt à se tenir à carreau, parce qu'ils l'ont à l'œil et vont lui en faire baver. »

Je suis un peu tombé des nues. Ça peut paraître idiot mais je n'avais jamais vraiment réfléchi à l'après-Albion. Pour moi, les Grêlons arrivaient à Albion, voilà tout.

« Donc à compter de la semaine prochaine, ça nous fait deux places de disponibles supplémentaires. Je peux vous dire que c'est pas du luxe, parce que vu ce qui arrive dans le pipeline, il va falloir s'accrocher. »

J'ai cru que c'était le mot de la fin, je me suis levé.

« Rasseyez-vous, je n'ai pas terminé. Bon, il y a quelqu'un dans le bureau d'à côté qui veut vous voir. On est très content à Paris des progrès qui sont faits à Albion, et ils nous ont envoyé un inspecteur. Il veut vous poser quelques questions, étudier vos méthodes. Maintenant, vous pouvez y aller. »

Je suis sorti de chez Bandit Manchot avec une boule au ventre, je me suis demandé ce que j'allais pouvoir dire. Un inspecteur, ça inspecte. Allez faire comprendre à quelqu'un quelque chose que vous-même, vous ne comprenez pas…

Dans le bureau d'à côté, il y avait une dame toute maigrichonne avec des cheveux frisés et des petites lunettes. Ça m'a surpris. Je m'attendais à voir un militaire en uniforme, un colonel Moutarde avec qui il ne faut pas rigoler, mais non, c'était une inspectrice. Elle s'est excusée de m'interrompre dans mon travail. La boule a diminué.

« Merci d'avoir accepté de répondre à mes questions, j'imagine que votre temps doit être bien occupé avec tous ces Grêlons. »

Elle parlait d'une voix douce et calme, avec un grand sourire, c'était incroyable : il devait y avoir un coup fourré, impossible qu'un inspecteur inspecte comme ça.

« Je ne vous cache pas qu'à Paris, on est très impressionné par les résultats du centre d'Albion. Le ministre a eu vent des progrès des dénommés Alejandro et Désiré, c'est tout bonnement remarquable. Nous les suivons avec attention. »

Elle a fait une longue pause, en me regardant dans les yeux. On avait dû la prévenir que je n'étais pas Einstein, et qu'il valait mieux y aller tout doucement avec moi.

« Vous vous en doutez, Albion n'est pas la seule structure d'accueil pour Grêlons en France. Il faisait partie d'un premier dispositif monté dans l'urgence, mais suite aux résultats obtenus, nous le surveillons aujourd'hui avec beaucoup d'attention. L'objectif maintenant est d'obtenir ce même succès partout en France. »

Je n'avais pas imaginé qu'il y avait d'autres centres d'accueil pour Grêlons en France, et je me doutais encore moins que quelqu'un à Paris suivait leurs progrès. Pourquoi

Jacques Mansarde n'en avait-il jamais parlé ? Peu importe, l'inspectrice a continué :

« Au jour d'aujourd'hui, sur les vingt-sept centres d'accueil que nous avons ouverts il y a six mois, Albion est le seul où des Grêlons ont retrouvé des capacités locutrices et psychomotrices à peu près complètes. Deux autres centres ont réussi à leur faire dire une phrase entière, sans toutefois leur faire tenir une conversation. Pour les autres, les Grêlons ne sont pas sortis de leur état "hébété", c'est ainsi que nous appelons leur comportement à leur descente du Nuage. »

Elle a fait une pause puis a ajouté avec de la lassitude dans la voix :

« Il n'y a rien à faire, nous n'arrivons pas à déclencher leur illumination. »

Elle m'a regardé et a vu l'incompréhension dans mes yeux.

« Oui, "illumination", c'est le terme officiel qui a été retenu au niveau national pour désigner la sortie de l'état hébété des Grêlons. »

Là, elle a dû voir qu'elle m'avait complètement largué, parce qu'elle a repris avec des mots plus simples :

« Il n'y a qu'ici que les Grêlons se sont remis à parler et à marcher. »

Ça, ça ne m'a pas vraiment surpris. « Illuminer » un Grêlon, comme elle dit, c'est une vocation, c'est inné, ça ne s'apprend pas dans les manuels. L'inspectrice a repris avec la même voix douce et calme :

« Bref, si je suis ici aujourd'hui, c'est pour étudier vos méthodes, comprendre comment vous avez pu déclencher et accompagner l'illumination de ces Grêlons. Racontez-moi, comment vous y êtes-vous pris avec Désiré et Alejandro ? »

Elle m'a regardé avec un grand sourire et des yeux interrogateurs qui disaient que c'était à moi de parler. Je n'avais aucune idée de quoi lui répondre : on ne m'avait pas prévenu, on ne m'avait pas demandé de préparer quoi que ce soit.

« Ben, je ne sais pas, moi, ça s'est fait tout naturellement. Je n'ai pas vraiment de méthode pour mes Grêlons…

— Qu'est-ce que vous avez fait avec eux pour votre premier jour ?

— Euh… Eh bien, on a joué aux billes. »

L'inspectrice a marqué un temps d'arrêt. Je voyais bien qu'elle ne me croyait pas. Elle était prête pour des taches d'encre, de l'hypnose, tout, mais pas des billes. Elle a dû croire que je ne voulais pas lui révéler mes méthodes, et que je la prenais pour une idiote.

« Il est important que vous me disiez la vérité. Je ne suis pas là pour vous piquer vos méthodes, ou pour faire la police, dire qui fait bien ou pas bien. Il faut me dire la vérité, parce que les Français voient jusqu'à présent les Grêlons comme une curiosité métaphysique, une nouveauté liée au progrès technologique. Mais si nous n'arrivons pas à communiquer avec eux, à les intégrer dans la société civile, bientôt les Grêlons apparaîtront aux yeux des gens comme un poids, comme un danger, comme une menace, qu'ils rejetteront d'autant plus que leur nombre va se multiplier à une vitesse exponentielle. Je suis là pour comprendre vos méthodes, pour bâtir une passerelle entre les Grêlons et nous.

— Je vous jure, c'est la vérité, on a joué aux billes et c'est comme ça que tout a démarré.

— Vous êtes en train de me dire que vos Grêlons ont eu leur illumination simplement parce que vous les avez fait jouer aux billes ?

— Non, y a eu du Jacques-a-dit aussi, beaucoup de Jacques-a-dit. Et pas mal de tomates aussi, et un peu de ballon prisonnier sur la fin. »

Gros silence.

« Et si c'est simple, comment expliquez-vous que les autres centres n'arrivent à rien, alors ?

— Ben, je sais pas, moi. Ils s'y prennent peut-être mal. Ou alors j'ai eu simplement un coup de bol ? »

Il y a eu un nouveau silence. L'inspectrice s'est levée et s'est approchée de la fenêtre.

« Je ne crois pas. Je suis physicienne de formation, et je peux vous dire que Dieu ne joue pas aux dés », elle a répondu en regardant les nuages au-dehors.

D'accord, ai-je pensé, mais peut-être que le petit Jésus jouait aux billes.

ALB04/TÉLÉGRAMME DIPLOMATIQUE/PDR-1951

De : PRE-liaison@us
À : I. d'A.
Objet : Application des accords de Bry-sur-Marne II – P.R.E. à forte visibilité

Suite à votre courrier listant les 8000 P.R.E. à forte visibilité relevant de notre juridiction, nous vous confirmons la programmation d'interventions sur les sites et aux dates prévues par la Courbe de Retour. Vous voudrez bien trouver en pièce jointe votre liste complétée des dates et lieux d'intervention.

Concernant le second point de votre courrier, le P.R.E. d'Albert Einstein, vous voudrez bien trouver ci-après les détails demandés :
– son cliché le plus connu, où il tire la langue, a été pris à l'université de Princeton le 14 mars 1951, jour de ses 72 ans ;
– il sort de sa soirée d'anniversaire et se fait harceler par une horde de journalistes. Il se réfugie dans la voiture de son collègue Aydelotte et demande aux photographes d'arrêter ;
– en désespoir de cause, il leur tire la langue et leur tourne le dos. Le photographe Arthur Sasse de l'agence UPI est suffisamment rapide pour immortaliser l'événement.

Nous vous confirmons que ces données ont été intégrées dans P.D.R. et qu'une intervention a bien été programmée à Princeton.

P.R.E. Liaison USA

23. LE JOUR OÙ BATEAU-IVRE A EU UN PASSAGER MYSTÈRE

Il faisait un froid de canard, la faute à un mistral qui vous transperçait jusqu'aux os. On sentait qu'il avait pris tout son élan dans la vallée du Rhône, qu'il s'en donnait à cœur joie une fois arrivé sur le plateau d'Albion et que vlan ! il frappait aussi fort qu'il pouvait ce pauvre abribus.

J'avais la bouche gercée comme pas possible : ce n'étaient plus des lèvres, c'étaient des pâtés en croûte. Je faisais de mon mieux pour les laisser tranquilles, mais il n'y avait rien à faire, c'était plus fort que moi, je les asticotais jusqu'à les faire saigner.

À chaque rafale, c'était comme si l'abribus allait s'écrouler. Ça m'a rappelé les matins où j'attendais Bateau-Ivre complètement frigorifié pour aller au collège : c'était il n'y a pas si longtemps, et pourtant Dieu que ça semblait loin. Depuis que j'avais commencé à travailler pour Bandit Manchot, on s'était un peu éloignés, avec Jean-Jean. Rien de bien méchant, c'est juste que le soir, quand vous rentrez, vous êtes crevé. Les Grêlons, tant qu'ils sont hébétés, ça va, mais une fois qu'ils ont été illuminés, ils sont plus forts que les gosses pour vous mettre la tête comme un compteur. Il aurait fallu que j'appelle Jean-Jean pour l'inviter à venir manger un dimanche à Villars. Maman aime bien quand il vient dîner à la maison, elle dit que la table du salon fait moins vide.

Maman avait croisé la mère de Gwendo au marché samedi dernier. Gwendo étudiait toujours à Londres, mais elle devait bientôt en partir pour faire un stage au bout du monde, je ne sais plus trop où. Sur les Grêlons qui commençaient à atterrir là-bas, je crois.

Le mistral en a remis une couche et je crois bien qu'il a réussi à me congeler l'estomac. C'était officiel, j'avais un bloc de glace au bout de mon œsophage. Même pour l'appel de lundi dernier, au petit matin, il n'avait pas fait aussi froid. Ce n'était pas un appel comme les autres pourtant : c'était la cérémonie de passage pour Alejandro et Désiré.

« Cérémonie de passage » : l'expression venait bien sûr de Bandit Manchot. Il disait que c'est important d'officialiser la sortie d'un Grêlon du centre, car ça fixe un objectif aussi bien à nous qu'aux autres Grêlons. Ça veut dire que le Grêlon est définitivement descendu du Nuage, qu'il est parfaitement illuminé et qu'il est apte à reprendre une vie normale.

Lundi donc, tous les Grêlons étaient dans la cour, bien alignés en face de Bandit Manchot, de M. Mouhissault, et de deux gradés que je ne connaissais pas. Bandit Manchot les a appelés un par un, et quand tout le monde a répondu, il a demandé à Alejandro et à Désiré de faire un pas en avant. Il a rappelé à tout le monde quand ils étaient arrivés, les progrès qu'ils avaient faits, et enfin les vœux qu'ils avaient formulés pour leur sortie du centre. Il a souligné pour les cinq Grêlons qui venaient d'arriver la semaine d'avant qu'Alejandro et Désiré étaient des exemples à suivre, qu'ils devaient prendre le même chemin pour bien réussir dans la vie. J'ai bombé le torse : tout ça, c'était un peu grâce à moi, quand même, et il faut bien l'avouer, ça fait plaisir de voir le résultat de son travail. Bandit Manchot ayant fini, les deux gradés aux képis blancs sont allés devant Alejandro et Désiré et les ont félicités. Puis ils sont montés tous les quatre dans une jeep et hop, c'était terminé.

Dès que la jeep a franchi le portail, Bandit Manchot m'a appelé dans son bureau :

« Les Grêlons, repos. Vous, là, j'ai deux mots à vous dire ! »

Je me suis demandé ce que j'avais bien pu faire, et si tout cela n'était pas lié à la visite de madame l'inspectrice. Pour une fois, je n'avais pas tort.

« Bon, je sais pas ce que vous lui avez raconté, à votre inspectrice, mais vous vous êtes débrouillé pour nous donner du boulot en plus. »

Il s'est versé du café dans sa tasse, celle avec un gros dessin de parachute, et s'est assis à son bureau sans m'en proposer. Peut-être savait-il que je ne buvais en fait que du Banania, mais peut-être pas non plus. Il n'avait pas l'air très content.

« Après sa visite, la madame est retournée dans son bureau à Paris, où elle a écrit un beau rapport. Je m'attendais à ce qu'il finisse au fond d'un tiroir comme tous les rapports, mais on n'a vraiment pas de bol, le ministre est tombé dessus et il paraît qu'il ne jure plus que par vous. Qu'est-ce que vous avez bien pu lui raconter, à l'inspectrice ? »

Là, j'ai bredouillé : non seulement je ne me souvenais plus de ce que je lui avais dit, à l'inspectrice, mais en plus je croyais bien ne rien lui avoir dit de spécial. Bandit Manchot a fait la moue et n'a pas eu l'air convaincu par ma réponse.

« Bref, quoi qu'il en soit, le cabinet du ministre m'a appelé vendredi dernier. Ils veulent nous envoyer un Grêlon qui n'est pas un légionnaire, un Grêlon un peu spécial. Un Grêlon Stratosphérique, comme ils disent. Ils veulent que vous vous en occupiez tout particulièrement.

— Qu'est-ce qu'il a de stratosphérique, ce Grêlon ? ai-je demandé.

— Je ne sais pas, ils n'ont pas voulu me dire de qui il s'agissait. Ils m'ont juste informé que c'était le Grêlon de quelqu'un de connu, qu'il venait du haut du Nuage, du gratin. Que si vous arriviez à le faire parler, cela ferait une bonne publicité pour le programme, vis-à-vis des médias et de l'opinion publique. Vous ne vous en rendez peut-être pas compte, mais Paris nous fout une pression tous les mois sur les coûts, on nous demande de faire des miracles avec des bouts de ficelle et comme si cela ne suffisait pas, on nous en rajoute sur le paletot. Ils ont insisté sur le fait que vous deviez arriver à le faire parler à tout prix. Ce Grêlon devait être un politicard ou une huile de ce type. »

Il s'est arrêté et a fait une pause, comme s'il regrettait d'en avoir trop dit devant la troupe.

« Bref, là n'est pas la question. Vous dégagerez du temps pour vous occuper de ce Grêlon Stratosphérique en tête à tête. Il faudra que vous mettiez le paquet, le bonhomme a déjà passé plus de six mois chez nos collègues de Fontainebleau et apparemment ils n'ont toujours pas réussi à lui faire prononcer son nom. Il arrive ce vendredi par le bus de dix-sept heures, vous le réceptionnerez. Des questions ? »

***

J'avais répondu non, histoire d'être poli, mais trois jours après, des questions, j'en avais plein et il n'y avait que le mistral pour y répondre. Il était déjà dix-sept heures passées de dix minutes, et je commençais à me demander ce que faisait Bateau-Ivre. J'étais arrivé un quart d'heure en avance pour être sûr de ne pas le faire attendre, le Grêlon Stratosphérique, et du coup j'étais congelé. J'ai tapé du pied et comme par magie Bateau-Ivre est apparu à l'horizon. On le voyait venir de loin, lui et ses bandes bleues, seul au milieu des champs de lavandins. Le mistral faisait son possible pour le faire tanguer, mais rien à faire, il continuait à tracer son bout de chemin.

Bateau-Ivre est enfin arrivé sur le parking du centre, et il s'est arrêté devant l'abribus. Les portes se sont ouvertes, et la bonne bouille de Bateau-Ivre est apparue, accompagnée de sa petite odeur de vinasse. On ne change pas une équipe qui gagne.

Tout au fond du bus, une silhouette s'est levée : elle était frêle, presque fantomatique, une pichenette l'aurait renvoyée sur son siège. J'avais passé les jours précédents à me triturer les méninges en me demandant qui ça pouvait bien être, j'avais regardé sur Internet. J'en avais parlé à Maman, même si Bandit Manchot m'avait dit de n'en parler à personne. Maman, ça ne compte pas. Ça avait rapidement pris un air de « à qui je pense ? », avec comme critères « homme politique » et « seconde moitié du xixe siècle », pour combiner les informations de Bandit Manchot avec la Courbe de Retour des Grêlons. Internet nous avait sorti du Jules Ferry, du Georges Clemenceau et tout plein d'autres noms que je ne connaissais pas. Ça n'avait pas l'air d'être des gros rigolos.

De toute façon, Internet avait tout faux. Le Grêlon Stratosphérique est descendu de Bateau-Ivre : c'était juste un adolescent comme vous et moi. Peut-être qu'il avait été pris en photo avant de commencer sa carrière politique. Je l'ai regardé et j'ai tout de suite vu qu'il y avait un sacré boulot. Ses yeux n'étaient pas dans le Nuage, ils étaient du Nuage pur et dur. Si vous voulez mon avis, celui qui était capable d'illuminer un Grêlon hébété à ce niveau-là n'était pas encore né. Pour Alejandro, ou même Désiré, OK, ils étaient hébétés, mais ça restait jouable. Lui, c'était cause toujours tu m'intéresses, ses yeux broyaient du Nuage en pagaille. Du coton puissance quatre, du cumulo-nimbus puissance dix.

Je me suis approché de lui pour prendre son sac et c'est à ce moment-là que ça m'est revenu. Ce visage, c'était le visage pour lequel Jacques Mansarde s'était battu d'arrache-pied en juin. Ces cheveux en pétard. Ces yeux rêveurs. Le Grêlon Stratosphérique, c'était le gars sur lequel j'étais passé au rattrapage. L'Arthur Rimbaud de mon baccalauréat.

LES FRELONS

Frelon. n.m. **1.** De l'espèce *Vespa crabro* (du latin *vespa* : guêpe, et *crabro*, *crabronis* : frelon). **2.** Mentionné pour la première fois chez l'auteur latin Plaute : *Irritare crabrones*, irriter les frelons, jeter de l'huile sur le feu. **3.** Prédateur redoutable, bien souvent mis en cause dans la destruction des ruches apicoles. Une quinzaine de frelons peut exterminer 20000 abeilles en quelques heures.

24. LE JOUR OÙ IL A GRÊLÉ EN AFRIQUE

Dans le salon, Maman finissait de servir la Floraline. La lumière bleue a inondé le salon et Jacques Mansarde avec elle. Son portrait dessiné ne changeait plus, il ne prenait plus une ride. Ça en devenait ridicule : ils auraient pu le changer au moins une fois par an, histoire de sauver les apparences. Mais non, chaque soir, il était toujours le même, bon pied bon œil.

Il a commencé à égrener l'actualité : rien de neuf, que du vieux. Des problèmes avec les Grêlons, pour changer.

Chaque soir, c'était la même histoire, et le pire c'est que cela ne nous surprenait plus. En trois ans, c'était devenu la routine. Cet après-midi, des Grêlons étaient descendus du Nuage pile sur une autoroute : ils avaient provoqué un carambolage monstre, quinze morts dont huit Grêlons. Ironie du sort, c'étaient des Grêlons de cantonniers. Ils s'étaient pris en photo au moment d'une pause casse-croûte. La semaine dernière, un atterrissage de Grêlons de maraîchers au cœur de Châtelet-Les Halles avait déclenché un mouvement de foule : vingt personnes écrasées dans les escalators. Le mois d'avant, ça avait été tout un régiment de Grêlons en partance pour la colonisation de l'Algérie à Toulon, au beau milieu de la base navale, entre deux sous-marins et une frégate. La police militaire avait dû appeler des renforts pour garder la situation sous contrôle.

La Courbe de Retour des Grêlons suivait son cours, on en était maintenant au début du siècle, juste avant la guerre de 14-18. Des bourgeois Belle Époque. Des soldats, aussi, beaucoup de soldats. Ça s'accélérait, et même si le gouvernement disait qu'il n'y avait pas de raison de paniquer, que la politique de gestion des Grêlons était la bonne, toute la France se demandait comment cela allait bien pouvoir finir.

Tout ce petit monde me donnait du boulot par-dessus la tête. Albion tournait comme jamais. On avait embauché d'autres animateurs, mais ils n'avaient pas un aussi bon coup de main que moi pour déclencher les illuminations. D'autres centres similaires avaient ouvert pour essayer d'endiguer le flux. Des Grêlons arrivaient, chaque semaine, par petits groupes d'une dizaine. Parfois, lorsque tout un bataillon avait été pris en photo et déboulait en Orage de Grêle, la Légion organisait un convoi spécial, elle allait les chercher directement là où ils avaient atterri. Des fois, mais c'était plus rare, on savait où et quand la photographie avait été prise. C'était marqué d'une pierre blanche sur le calendrier des Éclipses Grêlonnes.

Avec le temps, on avait appris que les jours qui suivaient l'atterrissage étaient particulièrement importants. C'est à ce moment-là que vous aviez le plus de chances d'accrocher le regard d'un Grêlon, et de provoquer son illumination. Plus vous attendiez, plus le Grêlon avait de risques de se perdre entre le Nuage et vous, de rester complètement coincé dans les limbes. J'avais eu du bol avec Alejandro : il avait atterri seulement quelques jours auparavant, et l'œil de Kodak avait tout déclenché. C'était lui qui avait ouvert la voie. Depuis, j'arrivais grosso modo à déclencher l'illumination de trois Grêlons sur quatre. Ça dépendait des conditions d'atterrissage bien sûr, mais si vous m'apportiez le Grêlon quarante-huit heures maximum après son atterrissage, et qu'il n'avait pas eu d'expérience traumatisante entre-temps, genre une voiture qui lui fonce dessus, une foule qui le lynche ou la police qui le met en cabane avec les fous, j'avais de bonnes chances pour le refaire parler un mois plus tard. Comptez un mois de plus pour arriver à le faire marcher et courir, et au bout du trimestre, il était capable de repartir dans la vie de tous les jours.

Pour Arthur (l'Arthur Rimbaud de mon baccalauréat ; oui, maintenant, on se connaît bien, je l'appelle Arthur), ça avait été différent. Trop tard. Trop de temps. Trop de spécialistes. Trop de pression. Arrivé à Albion, il avait la tête comme un cumulo-nimbus, le pauvre.

Ça avait mal commencé, avec l'atterrissage en lui-même, rue Notre-Dame-de-Lorette : des groupies qui hurlaient dans tous les sens, qui s'arrachaient leurs fringues pour pouvoir le toucher, des journalistes qui jouaient des coudes pour recueillir ses premiers mots, croquer son premier portrait, des CRS qui matraquaient à tour de bras, on a quand même connu plus tranquille.

Le lendemain, des docteurs lui sont tous tombés dessus, le pauvre Arthur. Mais pourquoi est-ce qu'il ne parle pas le poète, mais pourquoi est-ce qu'il bloque ? Les psychologues lui ont donné du papier pour qu'il écrive ce qu'il n'arrivait pas à dire : les pages sont restées blanches. Ils lui ont mis sous le nez ses poèmes avec des mots manquants, seulement des bouts de phrases, dans l'espoir de déclencher une réaction en chaîne. Rien. Ils lui ont montré des taches d'encre, pour tenter de comprendre ce qui lui était arrivé dans le Nuage : peine perdue, les taches d'encre sont restées des taches d'encre. En désespoir de cause, ils lui ont fait de l'hypnose : ils n'ont réussi qu'à lui faire piquer une bonne petite sieste. Lorsque j'ai vu son dossier, ça ressemblait plus à un lavage de cerveau qu'à autre chose. *Le Dormeur du val*, ils lui avaient lu et relu en boucle, même à un cancre de CP, on ne lui fait pas ça. À son arrivée à Albion, Arthur était complètement dans les limbes.

J'ai mis les bouchées doubles, mais franchement, il n'y avait plus rien à faire. Je suis parti au feeling : puisque c'était un si grand poète et qu'il avait une connexion spéciale avec l'écriture, autant commencer par le plus simple : l'alphabet. La bonne vieille méthode. J'ai piqué un Scrabble au foyer et j'ai montré à Arthur la lettre A. J'ai ouvert grand la bouche et j'ai prononcé : « AAAAHHHHHH », comme chez le docteur.

Arthur m'a regardé. On sentait de la tristesse dans ses yeux. On sentait qu'il était complètement perdu, qu'il cherchait son illumination mais qu'il ne la trouvait pas, rien à faire, le Nuage était trop dense, il s'était épaissi avec le temps. J'ai continué comme ça, avec toutes les lettres de son prénom. A. R. T. H. U. R. Il avait bien dû les apprendre à un moment donné ou à un autre, il fallait arriver à amarrer la passerelle à ce moment-là de son histoire. Si le ministre avait commencé par là le jour de son atterrissage au lieu de lui demander des poèmes, on n'en serait pas là, hein. Suivez mon regard.

Au bout d'un mois, je lui tenais le T comme ça sous le nez, lorsque c'est sorti tout seul. « TTTTTTTTTTT », il a dit dans un murmure.

J'ai cru que ça y était, que j'avais réussi à l'illuminer, qu'il n'y avait plus qu'à dérouler la pelote. J'avais tort. Six mois après, c'est tout juste si Arthur arrivait à dire son prénom. Les lettres, il les reconnaissait ; les phrases, il les comprenait ; mais d'ici à parler et à écrire, il y a un monde dans lequel il refusait d'entrer. Il restait hébété.

De toute façon, les appels du cabinet du ministre se sont faits plus rares, et au bout de six mois, plus personne n'appelait au sujet du Grêlon Stratosphérique. Lorsque j'avais demandé à Bandit Manchot si on pouvait racheter un Scrabble (j'avais perdu tous les U, impossible de remettre la main dessus), il avait hurlé devant la dépense : « Si vous croyez que la poésie, c'est le problème en ce moment ! »

C'était la vérité : Arthur, tout le monde s'en tamponnait le coquillard, surtout qu'on avait vu surgir d'autres Grêlons d'Arthur Rimbaud, sans plus de résultats. Il n'était qu'un parmi tant d'autres. Pire, on se demandait comment prendre en charge ses coûts. Bandit Manchot avait fini par appeler Paris pour essayer de s'en débarrasser : il n'avait jamais été un légionnaire, il ne faisait plus de progrès, Albion croulait sous les Grêlons… Paris avait dit qu'on comprenait, qu'on allait étudier le dossier, qu'on le rappellerait.

Tu parles, Charles, personne n'avait jamais rappelé. Bandit Manchot avait fini par intégrer Arthur aux équipes de ménage, histoire d'absorber les coûts. Tous les matins et tous les soirs, on le voyait se trimballer avec son seau et son balai.

***

La voix de Jacques Mansarde a pris une autre tonalité et m'a sorti de mes rêveries. Ma Floraline était devenue du béton armé. C'était un ton plus léger qui coupait avec la litanie des mauvaises nouvelles. Ça voulait dire qu'il allait attaquer la conclusion : il essayait toujours de finir sur un sujet léger, une petite touche positive. Tout juste, Auguste :

« Et maintenant nous vous emmenons en Afrique, plus précisément en Éthiopie, où des Grêlons commencent là aussi à se multiplier. Les atterrissages de Grêlons, c'est souvent synonyme de catastrophes, je suis bien placé pour le savoir, moi qui vous présente les titres chaque soir. Mais là justement, pas du tout : grâce à eux, une jeune ethnologue franco-britannique a fait dans la vallée de l'Omo des découvertes étonnantes. »

Un portait dessiné est apparu à côté de celui de Jacques Mansarde et ma cuillère est restée plantée dans la Floraline. Le portrait, c'était celui de Gwendo.

25. LE JOUR OÙ GWENDO A FAIT PARLER D'ELLE

« Mais c'est ta copine ! Mais si, tu sais bien, elle était avec toi au collège ! » s'est mise à crier Maman. Évidemment, que je m'en rappelais, pas besoin de le crier sur tous les toits. Elle n'avait pas tant changé que ça. Avec les portraits dessinés, on ne sait jamais s'ils vont être ressemblants ou pas, si l'artiste va réussir son coup. Là, il n'y avait pas de doute : c'était bien elle, avec quelques années de plus par rapport à la Gwendo que je connaissais, mais sa tignasse rousse et ses yeux verts n'avaient pas changé. Elle avait l'air plus sérieuse, on sentait qu'elle avait essayé de se donner un air « je sais de quoi je parle », mais moi, je savais bien qu'il aurait suffi de se retrouver dans Bateau-Ivre pour que tout reparte comme avant.

« Cette jeune chercheuse, franco-britannique donc, est en poste à Addis-Abeba, où notre envoyé spécial l'a rencontrée. Elle y étudie les Grêlons des peuples de la vallée de l'Omo, issus des photographies de la fin du xixe siècle qu'ont pu y réaliser les premiers Européens. »

L'accent de Gwendo a retenti à Villars. Ses années à Londres n'avaient pas arrangé les choses.

« Oui, lowsque je suis arrivée ici, ce n'était vraiment pas sûr du tout, c'était juste une théorie parmi d'autres. Nous savions que les premières expéditions autour de 1900 avaient donné lieu à des photogwaphies, mais il n'y avait qu'une chance infime pour que leurs Gwêlons soient retrouvés et puissent être identifiés.

« Cela nous a pris du temps, beaucoup de recueil d'informations aupwès des populations locales et de recoupements pour être tout à fait sûrs. Mais aujourd'hui nous pouvons affirmer avoir retrouvé une dizaine de Gwêlons-Omo, issus des expéditions de Vittorio Bottego en 1895 et de Herbert Henry Austin, en 1898. »

La caméra a zoomé sur de beaux dessins d'actualité, qui montraient à quoi ressemblait l'Éthiopie, hier et aujourd'hui. Ça faisait envie, on s'y croyait. L'envoyé spécial a posé une question à Gwendo, moins parce que c'était nécessaire que pour rappeler au téléspectateur que c'était son reportage. Maman m'a regardé avec de grands yeux en disant : « Mais c'est la Gwendolyn avec qui tu étais en cours au collège » ; je lui ai répondu : « Chut, chut » parce que Gwendo recommençait à parler.

« Oui, du point de vue d'un ethnologue, ces Gwêlons-Omo sont absolument une mine d'or : ils nous renseignent sur leurs langues, leurs coutumes, leurs stwuctures sociétales avant qu'elles n'aient été duwablement polluées par le contact avec les Européens. Des savoirs que nous pensions définitivement perdus, des modes de vie que nous considérions comme disparus sont revenus par l'intermédiaire du Nuage. »

J'ai repensé à ce qu'elle nous avait dit, le soir du Corso, à Jean-Jean et à moi. Elle, au moins, elle avait réalisé ses rêves. Des portraits dessinés de Grêlons-Omo sont apparus à l'écran, des femmes avec des énormes ronds dans les lèvres, des enfants peints en blanc, des hommes avec des cornes qui pendaient à leurs oreilles. Je me suis mis à penser à l'Indien d'OK Corral, et j'ai souri : à sa manière, elle avait bouclé la boucle. Peut-être aussi, en Amérique, des scientifiques avaient réussi à identifier des Grêlons d'Indiens ; peut-être même étaient-ils parvenus à déclencher leurs illuminations, qui sait.

On allait peut-être retrouver la chorégraphie de la danse de la pluie. Gwendo a repris :

« Nous pouvons apprendre beaucoup de choses gwâce à eux, sur les peuples de l'Omo, mais aussi sur nous, sur nos sociétés modernes. Par exemple, les Gwêlons-Omo n'ont aucune difficulté d'intégwation à leur atterrissage du Nuage. Ils sont bien en état hébété, mais ils n'y restent pas bloqués, sans capacité psycho-motwice, ou locutrice, comme on peut le voir souvent en Europe. Leur illumination est accompagnée naturellement par toute la société. Les Omo les intègrent au sein du groupe en leur conférant un statut mi-enfant, mi-vieillard. Mi-enfant, parce que les Grêlons-Omo retournent à l'école ; mi-vieillard, parce qu'ils sont pris en charge par la tribu et y ont une fonction à part entière. Ils ont leur illumination beaucoup plus rapidement, se remettent à parler et à interagir plus vite qu'en Angleterre ou en France. »

Le portrait dessiné de Jacques Mansarde à l'écran. Il a conclu son journal en disant que c'était encourageant, pour les Grêlons mais pour nous aussi, pour les générations futures. Je me suis demandé si Bandit Manchot partagerait autant l'enthousiasme de Gwendo. Demain, c'était vendredi, et Bateau-Ivre devait nous livrer six nouveaux pensionnaires.

26. LE JOUR OÙ IL NE FALLAIT PAS JOUER AVEC LES ARMES À FEU

Ça aurait dû être une journée normale. Elle avait commencé comme d'habitude, avec Bandit Manchot qui faisait l'appel dans la cour. Aux tout débuts d'Albion, quand nous n'étions même pas une vingtaine, c'était rapide. Mais maintenant, avec près d'une centaine de Grêlons et une trentaine d'employés, c'était une autre histoire. Pour les Grêlons qui avaient eu leur illumination, ça allait vite, c'était comme du papier à musique. Mais pour ceux qui étaient hébétés, qui étaient encore coincés quelque part entre le Nuage et nous, ça pouvait prendre des plombes. Bandit Manchot y mettait un point d'honneur : tant qu'un Grêlon n'avait pas levé la main, il répétait et répétait son nom. Je crois que le record était de vingt minutes. C'était complètement stupide : quand ça veut pas, ça veut pas.

Heureusement, ce jour-là, l'appel n'avait pas débordé plus que ça, et j'avais pris le relais pour la suite de la matinée. Classique : un Jacques-a-dit pour aider les nouveaux arrivants à s'intégrer doucement, et ensuite un ballon prisonnier pour développer les fonctions psychomotrices, comme dirait l'inspectrice. Jusque-là, rien d'anormal, mais après le déjeuner, ça s'était gâté.

L'après-midi, les Grêlons avaient comme activité tir à la carabine. C'était une des dernières idées de Bandit Manchot : étant donné le nombre grandissant de Grêlons à Albion, et puisqu'une écrasante majorité partait pour la

Légion étrangère après, il avait décidé d'inclure des modules de préparation militaire dans leur cursus. Il disait que ça permettait de faire absorber des coûts du programme par la Légion, et qu'on en avait bien besoin.

Un champ de lavandins avait été aménagé juste à l'extérieur du camp : une ligne jaune avait été peinte dans l'herbe de la bordure et cent mètres plus loin, de grandes cibles rouges et blanches avaient été plantées dans la dernière raie.

La Légion avait apporté une vingtaine de fusils et une caisse de munitions. Lorsqu'un Grêlon commençait à vraiment bien jouer au ballon prisonnier, Bandit Manchot le faisait passer dans l'atelier carabine. Bandit Manchot disait que c'était excellent pour les Grêlons, que ça leur faisait travailler la concentration, la coordination entre le cerveau et les muscles, que c'était très complet. Quand j'en avais parlé à Maman, elle avait levé les bras au ciel en disant que c'était de la folie furieuse, à quoi ça rimait de leur apprendre à jouer avec des armes à feu, c'est dangereux, c'est sous contrôle jusqu'au jour où ça ne l'est plus. Elle m'avait interdit d'y participer.

À Albion, personne ne m'avait demandé mon avis de toute façon : circulez, y a rien à voir. En regardant tous les Grêlons allongés par terre en train de tripoter leur fusil, je ne pouvais m'empêcher de penser à Gwendo : avec des méthodes pareilles, pas étonnant que les atterrissages se passent mieux dans la vallée de l'Omo.

Les Grêlons visaient et tiraient sur chacune des cibles, pendant que Bandit Manchot et deux légionnaires instructeurs passaient entre eux. Appuie-toi sur ton coude, arrête de respirer, mets ta main comme ceci. Il y avait même les six Grêlons qui venaient d'arriver vendredi dernier. J'avais réussi à les illuminer en un temps record, ils parlaient comme vous et moi. Mais si vous voulez mon avis, c'était quand même trop tôt, le tir à la carabine pour eux : ils n'avaient pas encore atterri complètement, une part d'eux restait dans les limbes. Il y avait aussi Arthur qui poireautait en essayant de se faire tout petit comme d'habitude. Avec moi, c'était le seul qui ne tirait pas à la carabine. Ils l'avaient pris pour faire le ménage après les séances, ramasser les douilles par terre et récupérer les cibles au bout du champ.

Je dois reconnaître que la plupart des Grêlons ne se défendaient pas mal du tout : ils touchaient souvent la cible, et parfois même pile dans le mille. Peut-être se reposaient-ils sur leurs acquis pré-Nuage. Ça ne m'a jamais vraiment semblé très clair, même avec ceux qui ont complètement atterri. Lorsque vous leur demandiez simplement : « De quoi tu te rappelles, de ta vie d'avant ? » ou bien : « Tu te souviens du temps que tu as passé dans le Nuage ? », eh bien, vous pouviez vous accrocher pour avoir une réponse qui ressemble à quelque chose.

« Allez, un dernier tir pour la route et puis on rentre à Albion », a dit Bandit Manchot. Ça a été la pétarade pendant un sacré moment, feu à volonté, puis les Grêlons se sont levés et ont rendu les fusils aux instructeurs de la Légion étrangère. Les mains dans les poches, Arthur est allé au bout du champ récupérer les cibles.

Il était encore tôt : avec un peu de chance, je pourrais partir dans la foulée et passer voir Jean-Jean avant de retourner à Villars. Peut-être qu'il viendrait dîner chez nous, ou alors peut-être je mangerais chez lui. De toute façon, il fallait que je demande la permission à Bandit Manchot pour partir avant l'horaire, mais il avait l'air d'être dans un bon jour.

Bang ! Bang !

Il y avait eu des coups de feu tout l'après-midi, mais ces deux-là ont fait plus d'effet qu'Hiroshima et Nagasaki. Parce que la séance était terminée, parce qu'ils n'étaient pas censés avoir lieu. Je me suis retourné : un Grêlon était toujours au sol avec son fusil. C'était un de ceux arrivés vendredi dernier. Il était toujours dans les limbes et continuait à tirer. Un légionnaire instructeur s'est jeté sur lui et l'a désarmé.

Bandit Manchot était blanc comme du Galak. Il vérifiait que personne n'était blessé. On voyait qu'il avait eu la frayeur de sa vie. Visiblement, Maman n'avait pas complètement tort. Il balbutiait : « Bon, ça va, ça va, plus de peur que de mal », lorsqu'on a entendu un râle venir de la dernière raie de lavandin.

C'était Arthur. Tout le monde l'avait oublié, celui-là. On a couru comme des dératés au fond du champ. Saut de haies, version olympique. Arthur gisait par terre, plié en deux, en train de gémir tout ce qu'il pouvait. Il s'était pris une balle en plein dans la main gauche, il pissait le sang. Un instructeur était déjà en train d'appeler l'infirmerie.

« Aidez-moi à le maintenir au sol, je vais lui faire un garrot pour arrêter l'hémorragie », a crié l'instructeur.

Arthur se débattait comme un possédé. Bandit Manchot l'a pris par les jambes, et moi j'ai calé sa tête entre mes genoux. C'est pile à ce moment que j'ai vu, que j'ai su. Nos regards se sont croisés, et mes yeux ont plongé dans ceux d'Arthur. À l'intérieur, il n'y avait plus de Nuage, plus une once de cumulo-nimbus. Clairs comme de l'eau de source.

Arthur Rimbaud venait d'avoir son illumination.

27. LE JOUR OÙ J'AI APPRIS LE SECRET D'ARTHUR

Ils ont amené Arthur à l'hôpital d'Apt. Je n'y étais pas retourné depuis la mort de Papa. Je n'avais pas des masses envie d'y aller, mais à Albion tout le monde ne parlait que de lui. Toute l'équipe du centre s'était cotisée pour lui offrir un cadeau, c'est Micheline qui était allée l'acheter. Elle lui avait pris la dernière paire de Nike Air, celle qui est vendue avec une petite pompe pour les regonfler quand elles sont rapla-pla. Il a trop de la chance, Arthur, de s'être fait tirer dessus. Pas demain la veille que je risquais d'avoir des Nike Air aux pieds. Bandit Manchot répétait à qui voulait l'entendre qu'Arthur n'avait rien à craindre pour sa place, qu'Albion c'était comme la Légion : une seule et même grande famille. Sitôt sur pied, s'il ne pouvait plus tenir son balai et son seau, eh bien Arthur irait aider Sabine à faire du classement. Jean-Jean disait que tout ça, ça n'était pas par grandeur d'âme : Bandit Manchot avait peur des autorités. Même si elles semblaient ne plus s'intéresser à Arthur, il ne voulait pas que l'accident se sache.

Et puis surtout, Maman m'a dit que ça ferait plaisir à Arthur que j'aille le voir, vu qu'il n'a pas d'amis. Elle m'a donné pour lui un petit paquet de fruits confits, la spécialité d'ici. J'ai attendu la fin de la semaine, et puis j'y suis allé le samedi matin. Quand faut y aller, hein, faut y aller.

À l'accueil, une infirmière m'a donné le numéro de sa chambre. J'y suis monté et j'ai poussé la porte. Il était seul, assis sur son lit à regarder par la fenêtre. Sa main était enroulée dans un énorme bandage. J'ai refermé la porte derrière moi. Je lui ai tendu les fruits confits et Arthur m'a regardé sans les prendre. Ses yeux étaient clairs comme du cristal, il n'y avait plus aucun Nuage à l'intérieur. À Albion, personne n'avait signalé qu'Arthur avait eu son illumination, ou quoi que ce soit dans le genre. Ils étaient pourtant tous allés le voir à l'hôpital. Je crois que personne n'avait compris.

« Pourquoi tu ne veux pas parler ? » lui ai-je demandé.

Comme ça. De but en blanc, sans prendre de pincettes. C'était la seule explication possible : si Arthur ne disait rien depuis son accident, depuis son illumination, ce n'est pas qu'il ne pouvait pas. C'est qu'il ne voulait pas. Il trompait son monde, et si Bandit Manchot et tutti quanti n'avaient rien vu, c'est parce qu'ils ne comprendraient jamais rien aux Grêlons de toute façon.

Arthur a pris une longue inspiration et a détourné les yeux vers la fenêtre : c'était le meilleur des accusés de réception possibles et imaginables, il avait eu le message. Au bout d'un long silence, il a ouvert la bouche :

« Sans doute parce que je ne trouve rien à dire. »

Silence. Après tout ce temps à essayer de lui arracher un mot, une phrase, je n'allais pas prendre le risque de l'interrompre, de parler en même temps que lui. J'avais un sentiment bizarre au creux du ventre : c'était comme si c'était la première fois que je parlais avec un Grêlon.

« Dans les limbes, je vous voyais tous défiler devant mes yeux, les uns après les autres. De loin, comme si j'étais au bout d'un couloir. Les docteurs avec leurs lunettes et leurs barbiches, comme si j'étais un demeuré. Toi avec tes billes et ton Scrabble, comme si j'étais retourné à Charleville. Vous me demandiez tous la même chose. Peux-tu me faire un petit poème par-ci, une petite strophe par-là. C'était minable. »

Ça m'a un peu vexé, qu'il me mette dans le même sac que les Grandes Personnes, avec les docteurs et Bandit Manchot. Après tout ce que j'avais fait pour lui. C'était même pas vrai, en plus : je ne lui avais jamais demandé un début d'esquisse de poésie de rien du tout, non, juste de commencer à parler, comme vous et moi.

« La vérité, c'est que j'ai beau essayer, il n'y a rien qui vient. Rien de rien. »

Il a fait une pause. Il n'était plus dans le Nuage, il était parfaitement illuminé, et pourtant on sentait bien qu'il n'était pas là, qu'il manquait quelque chose.

« Y a rien qui vient, rien de rien. Mon illumination, comme tu dis, je l'ai eue, mais mon inspiration, non. Elle a foutu le camp, elle a dû rester dans le Nuage. Ou alors elle est restée avec le premier Arthur Rimbaud. Je ne suis que sa pâle copie. »

Je me suis aperçu que j'avais toujours le paquet de fruits confits dans les mains. Ça tombait un peu comme un cheveu sur la soupe, maintenant.

« Tu devrais peut-être essayer le matin, quand tu te lèves, sous la douche. Moi, j'ai toujours plein d'idées qui viennent sous la douche. Je pourrais y rester une éternité. »

Il m'a regardé d'un air méchant, avec de l'agressivité plein les yeux. Puis il s'est retourné du côté de la fenêtre et il s'est mis à sangloter dans son oreiller. Je ne savais pas quoi dire, j'ai compris que ce n'était pas le moment, et qu'il valait mieux le laisser tout seul. J'ai posé les fruits confits sur la table de nuit. Il y avait la boîte des Nike Air à côté, juste au pied du lit. Y a de la chance que pour la canaille. À sa sortie de l'hôpital, il allait avoir une semaine de mon SMIC sur les pieds.

« Tiens, des fruits confits, ça vient de ma maman. Elle dit qu'il faut bien te laver les dents après, parce que c'est plein de sucre et que sinon t'auras des caries. »

Il n'a rien répondu. J'ai fait demi-tour en direction de la porte, pour sortir de la chambre. Au moment de mettre ma main sur la poignée, j'ai entendu sa voix au travers de son oreiller, entrecoupée de sanglots longs comme l'automne : « S'il te plaît… s'il te plaît… ne dis rien à Houques… Ne lui dis pas que j'ai eu mon illumination. »

28. LE JOUR OÙ IL A GRÊLÉ DES FRUITS CONFITS SUR ALBION

Bateau-Ivre s'est garé pile devant l'entrée d'Albion. Ses portes se sont ouvertes et Jean-Jean en est descendu. Il s'est avancé sur le parking et s'est arrêté devant Bandit Manchot. Il faisait bon, juste parce que c'était encore le petit matin : on sentait que bientôt le soleil allait monter, et la température avec lui. Jean-Jean et Bandit Manchot ont échangé trois mots, que je n'ai pas pu entendre. Ce n'est pas que j'étais trop loin, non, c'est juste qu'ils parlaient très bas, comme si leurs paroles étaient couvertes par le secret Défense. Au bout d'un moment, Jean-Jean a fait demi-tour pour se poster devant Bateau-Ivre, et a crié à un de ses collègues :

« C-c'est bon, vas-y, t-tu peux les faire d-descendre ! »

Et, l'un après l'autre, des Grêlons se sont mis à sortir de Bateau-Ivre. C'étaient ceux de la semaine dernière, qui avaient atterri en Orage en plein milieu du marché d'Apt, ça avait paniqué tout le monde. Il y avait des hommes, des femmes, tous avec une petite valise, tous avec des habits trop longs ou trop courts. Le père Barthélemy avait organisé une collecte de vêtements, et les gens avaient beaucoup donné. Bon, ça se voyait de loin que ce n'étaient pas les leurs : ils faisaient très années 80. Bateau-Ivre s'est vidé, avec ses cinquante Grêlons sur le parking et la gendarmerie tout autour. En descendant, ça avait fait du raffut, de l'animation, mais maintenant qu'ils étaient en rang deux par deux sur le parking, on n'entendait plus un chat.

Je les regardais de loin, ils étaient toujours hébétés. Jean-Jean m'avait raconté leurs conditions d'atterrissage au marché, en plein milieu des gens qui faisaient leurs courses. Ils avaient déclenché un mouvement de foule, tout le monde s'était marché dessus, et au final il y avait eu une quinzaine de blessés. Ça n'allait pas être de la tarte pour les sortir des limbes. Une semaine, c'est court et c'est long à la fois. Le ministère nous envoyait régulièrement de la documentation : d'après les dernières études, l'illumination devait être provoquée dans les premières vingt-quatre heures. La probabilité décroissait ensuite par tranches de douze heures. Au-delà d'une semaine, vous pouviez quasiment oublier.

On avait vite trouvé d'où ils venaient, les Grêlons du marché d'Apt. C'étaient des confiseurs, des ouvriers de l'usine de fruits confits Marliagues, qui s'étaient fait tirer le portrait devant les cuves au début du siècle. On avait dû vouloir immortaliser la spécialité du coin, le talent local : cent ans après, tout ce petit monde avait débarqué au centre de la place Jean-Jaurès, là où était l'ancienne usine.

Les confiseurs, on se les arrachait peut-être au début du siècle dernier, mais aujourd'hui, on ne savait pas quoi en faire. L'hôpital avait répondu que l'hôpital, c'était pour les malades ; la maison de retraite avait répondu que la maison de retraite, c'était pour le troisième âge ; l'hospice avait dit non, parce qu'il était déjà plein et puis c'est tout. Apparemment c'était remonté jusqu'au préfet, qui avait eu la bonne idée de valoriser le savoir-faire unique en la matière du centre d'Albion. Une solution temporaire, M. Houques, vous comprenez bien. Bandit Manchot était vent debout, mais les autorités s'étaient passées de son aval.

M. Mouhissault a levé la barrière et tout le monde est entré dans le centre, direction le dortoir. C'était la première fois qu'Albion allait accueillir des Grêlonnes. Bandit Manchot avait fait construire un mur à l'intérieur du dortoir pour le diviser en deux grandes chambres complètement indépendantes. Avant de les faire rentrer dans le dortoir, il a prononcé un discours à leur intention : l'heure de l'appel, l'organisation de la journée, les ateliers, les choses comme ça. Je le trouvais étrangement calme : ça n'était pas un discours de bienvenue, loin de là, mais ce n'était pas non plus au garde-à-vous. Je peux vous dire que lorsque Bandit Manchot vous met les points sur les i, vous le sentez passer. Il avait dû se faire une raison, avaler la pilule.

On a d'abord fait entrer les femmes. Une couchette était attribuée à chacune. Par miracle, on nous avait donné tous les noms : les gendarmes avaient réussi à mettre la main sur les fiches de paie du confiseur, et avaient pu reconstituer les identités en attendant que les Grêlons retrouvent tous la parole. Jean-Jean m'avait dit qu'ils n'étaient pas sûrs à cent pour cent pour deux ou trois, il faudrait peut-être faire des corrections lorsqu'ils se mettraient à parler. La gendarmerie cherchait à identifier les descendants les plus directs pour voir s'ils étaient prêts à héberger Grand-Mamie ou Grand-Tonton, mais pour l'instant ça ne se bousculait pas au portillon. Les Grêlonnes ont glissé leurs valises sous leurs couchettes puis sont restées debout juste devant, sages comme des images. Pour les hommes, ça a été la même histoire, identique à ceci près que ce côté du dortoir était déjà à moitié occupé par les Grêlons de la Légion. Personne ne disait rien. On a refermé les portes et ce fut tout.

« Maintenant, messieurs, si vous voulez bien me suivre dans mon bureau », a dit Bandit Manchot. Il parlait à Jean-Jean et à ses collègues. Ils lui ont emboîté le pas ; Bandit Manchot s'est retourné vers moi : « Vous aussi, puisque je crois, vous vous connaissez, et qu'il faudra bien quelqu'un pour illuminer ces messieurs-dames des fruits confits. »

Le ton avait changé ; on sentait le soldat qui s'était contenu pendant les pourparlers, et qui maintenant était prêt à lancer toutes ses forces dans la bataille. Bandit Manchot a refermé la porte de son bureau derrière nous.

« Bon, merci pour la petite comédie d'il y a dix minutes, je regrette que ni votre cher sous-préfet ni votre maire ne soient venus y assister. Ça aurait été pourtant particulièrement utile, en tout cas pour une explication de texte en bonne et due forme. »

On a senti Jean-Jean se figer dans son uniforme. C'était le plus gradé, ça aurait été à lui de répondre. Mais il a fait le dos rond, il a dû se dire qu'il n'y avait que des coups à prendre et qu'il valait mieux laisser l'orage passer.

« Parce que bon, hein, pour les beaux discours, il y a du monde, pour me demander d'héberger le premier Grêlon qui passe, il y a du monde, mais pour me dire avec quels moyens je fais vivre tous ces gens, hein, il n'y a tout à coup plus personne ! »

Silence. Même l'horloge faisait comme si elle n'était pas là : les aiguilles avançaient sur la pointe des pieds, il n'y en avait pas une pour moufter plus haut que l'autre.

« Alors, messieurs, pour les nourrir, je fais comment ? Le budget, qui me le donne ? »

La gendarmerie regardait ses chaussures.

« Je vous rappelle quand même qu'au début le centre a été créé seulement, et je dis bien seulement, pour la Légion étrangère ! »

Jean-Jean a toussoté comme pour s'éclaircir la voix.

« Je c-comprends votre courroux, ca-capitaine, mais… »

Ça, c'était bien du Jean-Jean tout craché. Il était malin

comme un singe. Je n'aurais pas pensé à appeler Bandit Manchot par son ancien grade, et pourtant ça lui rappelait le sens du devoir : on peut parfois grogner mais on obéit, toujours.

« Je c-comprends votre courroux, ca-capitaine, mais n'oubliez pas que c'est j-juste une mesure d'urgence. Du t-temporaire pour que la v-ville…

— Du temporaire ? Du temporaire ? Je vous en foutrais, moi, du temporaire ! Et votre Arthur Rimbaud qui n'a jamais pipé un mot, qui n'est bon qu'à se faire tirer dessus et qui est incapable d'archiver correctement un dossier, c'est du temporaire aussi ? Trois ans que ça devait être du temporaire ! »

Bandit Manchot s'énervait : à chaque fin de phrase, il frappait son bureau de son bras valide. Même les feuilles de papier essayaient de s'aplatir encore un petit peu plus.

« Qu'est-ce que je vous avais dit au téléphone, hein ? Punaise, qu'est-ce que je vous avais dit ? J'avais dit mollo sur les Rétros ! OK pour un ou deux… Mais soixante ! Soixante !

— S-sur le su-sujet du temporaire, je peux vous répondre, ca-capitaine. L'arrêté p-p-préfectoral est relatif au trouble à l'ordre pu-public. Dès que v-vos équipes auront provoqué l'illumination des Grêlons des confiseurs, ils n'ont a-absolument pas vocation à rester sous votre r-responsabilité.

— Et si on n'arrive pas à les illuminer, hein ? L'Arthur Rimbaud, il ne l'a jamais eue, son illumination, et il est toujours là ! criait Bandit Manchot en pointant le gymnase du bout de sa prothèse.

— Nous avons c-contacté les descendants des Grêlons, ce sont sou-souvent des familles aptésiennes. La so-solidarité familiale va jouer ra-rapidement. Je pa-passerai une fois par semaine pour lister les G-Grêlons et faire le point avec vous sur les s-sortants. Et p-pour Arthur Rimbaud, je crois que le m-ministère prend déjà en charge une p-partie de ses coûts en échange de sous-traitance a-administrative, non ? P-Paris m'a informé q-que le sujet a-avait été arbitré. »

Pendant un instant, il n'y a plus eu un seul mot. Juste le tic-tac des aiguilles, et encore. Puis Bandit Manchot s'est levé, nous a tourné le dos et s'est mis à regarder par la fenêtre. Le ciel s'était couvert, de gros nuages fermaient l'horizon. Au bout d'un moment, il a soupiré : « Merci, messieurs, vous connaissez le chemin, je ne vous reconduis pas. »

Du coup, c'est moi qui les ai ramenés à la sortie d'Albion. M. Mouhissault a levé la barrière sans rien dire. Sur le parking, il y avait toujours Bateau-Ivre, qui les attendait pour les rentrer à Apt. Je les ai regardés monter, et en partant on s'est fait au revoir de la main avec Jean-Jean. C'est marrant, la vie : au collège, c'était Jean-Jean qui attendait dans l'abribus, et moi qui arrivais avec Bateau-Ivre. Aujourd'hui, c'était l'inverse.

29. LE JOUR OÙ LA CHASSE AUX OMBRES A COMMENCÉ POUR DE BON

Sacré Jean-Jean, il est vraiment malin comme un singe. En disant à Bandit Manchot qu'il viendrait contrôler les Grêlons une fois par semaine, il ne faisait pas preuve de bonne volonté : il obéissait simplement à la loi que le gouvernement allait voter quelques jours après.

Mais ça, on ne le savait pas, en tout cas pas moi. Jacques Mansarde en a parlé une semaine plus tard dans son journal. C'était le nouveau projet de loi : il fallait recenser tous les Grêlons présents sur le territoire, dans les centres d'accueil ou ailleurs. Le gouvernement voulait faire un recensement exhaustif, il avait lancé une mission d'inspection parlementaire afin de prendre à bras-le-corps le problème.

Parce qu'il y avait problème apparemment. Les Français se plaignaient que les Grêlons, il commençait à y en avoir beaucoup, que les problèmes se multipliaient et qu'il fallait faire quelque chose. La semaine dernière, une vacancière nous avait tenu la jambe pendant une heure au sujet de l'atterrissage des confiseurs.

« Un Orage de Grêle ? Eh bien dites donc, nous qui venions dans le Luberon pour avoir la paix, ce n'est pas mieux qu'à Paris », elle avait commencé par dire.

On n'avait pas réussi à l'arrêter.

« Non, parce que à Paris, ça devient vraiment n'importe quoi. C'est tous les jours des problèmes avec les Grêlons, tous les jours, on n'est jamais tranquilles. Un jour, c'est un atterrissage du Nuage sur les voies du métro, le lendemain, ce sont des Grêlons qui sont coincés dans les escalators. C'est bien simple, ça n'arrête jamais. Et n'allez pas croire que ça se passe mieux quand c'est prévu à l'avance, avec leurs Éclipses Grêlonnes. Ah non, c'est presque pire, ils te dérangent tous ces messieurs de la police, de la gendarmerie, et des pompiers comme si ça ne suffisait pas… Et puis s'il n'y avait que les problèmes d'atterrissage, ça irait, mais il n'y a pas que ça. Ces messieurs-dames les Grêlons, ils sont hébétés, il faut les illuminer, il faut les héberger et les rééduquer, et bien évidemment avec l'argent de nos impôts. »

Maman a souri, et moi avec elle. Maman, elle me dit qu'il ne faut jamais parler politique avec les locataires, jamais au grand jamais. Ils viennent pour profiter de la région, un point c'est tout, et si on n'est pas d'accord avec eux, on tourne la langue sept fois dans sa bouche.

En politique, justement, il y avait même un petit parti qui s'était créé : les Frelons, avec un *f*. Parce que dans l'alphabet le *f* vient avant le *g*, et qu'eux, ils voulaient passer avant les Grêlons. Ils avaient fait un score ridicule aux dernières élections, loin de la barre des cinq pour cent. À la télé, tout le monde se foutait bien d'eux : qui peut bien voter pour un parti qui s'appelle les Frelons, je vous le demande, disait Maman.

En attendant, Jean-Jean venait à Albion tous les jeudis, pour faire l'inventaire des stocks. Au tout début, il le faisait avec Bandit Manchot, et puis ensuite seulement avec moi. On s'est aperçus assez rapidement que la solidarité familiale n'avait pas le vent en poupe. On faisait les entrants et les sortants, et des sortants, je peux vous dire qu'il n'y en avait pas beaucoup. Pour les Grêlons légionnaires, ça allait encore, la Légion était une belle porte de sortie. Mais pour les Grêlons des confiseurs, c'était autre chose : personne n'en voulait dans la vie civile, d'autant plus que j'avais bien du mal à déclencher leur illumination. Il aurait peut-être fallu, comme pour Arthur, leur tirer dessus.

Pour Arthur, puisqu'on parle de lui, rien n'avait changé : à son retour de l'hôpital, il avait réintégré sans faire de bruit les équipes de ménage.

On évitait soigneusement de se parler : j'avais tout raconté à Maman et elle m'avait conseillé de me taire. Elle avait acheté pour lui un petit cahier : « Ça l'aidera à poser ses idées sur le papier, au calme, elle avait dit. Pour l'aider à retrouver son inspiration. » Elle m'avait demandé de lui donner mais au début je n'avais pas voulu. Trop la honte. Je l'aurais bien gardé pour moi, un beau cahier qui était de la même couleur que Kodak, tout sépia.

« Tu peux bien faire ça pour lui quand même, c'est grâce à lui que tu as eu ton baccalauréat. »

Pas faux. Du coup je l'avais déposé sur sa couchette, sous son oreiller, un jour où tout le monde s'entraînait au ballon prisonnier. Je ne sais pas ce qu'il en a fait.

***

Ce jeudi-là, Jean-Jean était sorti du bureau de Bandit Manchot, il avait l'air passablement énervé. Il avait encore dû se faire remonter les bretelles à la place du maire et du sous-préfet. Le pauvre, comme si c'était de sa faute. Il s'est assis et c'est à peine s'il m'a dit bonjour. D'habitude je sors toujours un paquet de Prince de Lu : comme au bon vieux temps, on grignote pendant qu'on fait nos mathématiques. Mais là, j'ai compris que ce n'était même pas la peine d'y penser.

« B-bon, alors, dis-moi c-combien tu en as en stock cette semaine. »

C'était facile, ça n'avait pas beaucoup bougé. Aucune entrée, ce qui est suffisamment rare pour être souligné. Côté sorties : moins deux qui avaient rejoint la Légion, et moins un qu'on avait réussi à placer pour ramasser les cerises. On verrait bien s'il arriverait à faire son trou, ou si ce n'était qu'un faux départ.

J'ai donné mon chiffre à Jean-Jean. Il a baissé la tête dans ses papiers et l'a relevée presque aussitôt : « Ce n'est pas p-possible, t-tu fais une erreur, t-tu te trompes. »

J'ai regardé mon compte sur ma feuille de papier, je l'avais fait ce matin juste après l'appel : non, c'était tout bon. Quatre-vingt-quatre Grêlons. Je lui ai redit mon chiffre. Ça en fait, l'air de rien, des parties de ballon prisonnier et de tomate.

« Ce n'est pas po-possible, ça ne va pas avec t-ton chiffre de la semaine d-dernière. Q-quatre-vingt-six moins trois, ça fait q-quatre-vingt-trois, pas q-quatre-vingt-quatre. »

Forcément, s'il comparait aux chiffres de la semaine dernière, on n'était pas sortis de l'auberge. J'ai refait mes comptes : c'était à cause du Grêlon des bigarreaux, je l'avais déjà compté comme partant jeudi dernier.

« Bon, c'est bon là, tu pinailles, on n'est pas à un Grêlon près non plus, ça va », j'ai répondu à Jean-Jean.

J'ai tout de suite vu que je n'aurais pas dû. Jean-Jean est devenu rouge comme une tomate, j'ai senti la colère monter en lui : de son ventre jusqu'à ses épaules, puis à travers sa gorge, sa bouche et enfin son regard. C'étaient les yeux Saut du Moine, ils étaient revenus d'un coup comme ça sans crier gare.

Jean-Jean est déjà un gros costaud ; mais là, on aurait dit la grenouille qui voulait être plus grosse que le bœuf, il avait doublé de volume. Ses yeux se sont écarquillés ; pendant une éternité, je me suis demandé si la cocotte-minute allait exploser ou pas. À un moment, j'ai pensé que ça irait, et puis non, il a ouvert les lèvres et tout est sorti :

« T-tu te fous de ma gueule ou quoi ? »

Je crois que je lui aurais dit que son père était le meilleur homme que je connaisse, il aurait moins réagi.

« T-tu te fous de ma gueule ou quoi ? T-tu te rends compte de la p-pression qu'ils me foutent t-tous dessus ? »

J'ai bredouillé que je m'excusais, que je voulais juste dire qu'il n'y avait pas mort d'homme, c'est tout. Mais c'était trop tard, la machine Jean-Jean était lancée à toute vapeur.

« M-mais dans quel monde est-ce que t-tu vis ? Q-quand est-ce que tu te décideras à g-grandir un peu et à q-quitter ton monde de Bisounours ? »

Là, Jean-Jean, il exagérait, parce que les Bisounours, je ne les ai jamais regardés. J'allais lui dire ça mais il ne m'a pas laissé le temps. Il a farfouillé dans sa sacoche et il en a sorti des papiers qu'il m'a flanqués sous le nez :

« Et ça, c'est q-quoi ? C'est pas des m-morts d'homme, p-peut-être ? »

C'étaient des notes avec le logo du ministère de l'Intérieur, tamponné d'un gros « CONFIDENTIEL » dessus. Il cachait bien son jeu, le Jean-Jean, je pensais pas qu'il était aussi important que ça. C'était vachement sérieux. Ça parlait de travail au noir, d'exploitation, de prostitution. Des Éléments Perturbateurs se postaient dans ce que les gendarmes appelaient des zones grêlifères. C'était là où ils savaient que des Grêlons allaient atterrir : des anciennes boutiques de photographie, des monuments touristiques où les gens se prenaient en photo depuis toujours, comme le Pont du Gard par exemple. Ils les attendaient la nuit, quand il n'y avait personne et lorsque les Grêlons atterrissaient, paf ! ils leur mettaient la main dessus. Après, c'était vraiment pas bien du tout : les Éléments Perturbateurs les enfermaient dans des hangars pour travailler, ou les forçaient à faire des trucs de Grands avec des personnes qui payaient pour. Il y en avait des pages et des pages. Des Grêlons. Des Grêlonnes. Et des enfants Grêlons, aussi.

Pour Jean-Jean, il y avait la liste de toutes les boutiques de photographie du coin depuis un siècle, et celle des lieux où les gens aimaient se prendre en photo. Le Colorado provençal. Le pont Julien. Les coins à touristes, quoi. On lui demandait d'y faire des rondes, de les inspecter régulièrement, surtout la nuit. Il y avait des instructions aussi, au cas où il trouvait les hangars des Éléments Perturbateurs, ces « nids à Grêlons ». Les gendarmes devaient appeler des renforts, se faire discrets et attendre : il était arrivé que surpris, les Éléments Perturbateurs préfèrent tuer tous les Grêlons pour éviter leurs témoignages, et ensuite se faire la malle.

Je lisais, je lisais, et je ne savais pas quoi dire. Jacques Mansarde n'en avait jamais parlé, de tout ça. Lorsqu'il parlait des Grêlons au journal télévisé, c'était souvent pour un atterrissage qui s'était mal passé, un atterrissage qui avait foutu le bazar, mais jamais pour des choses aussi graves.

Arrivé à la dernière page, j'ai relevé la tête et j'ai regardé Jean-Jean. Ça y est, il s'était calmé. Les yeux Saut du Moine avaient disparu, le volcan s'était rendormi. D'un geste de la main, il a repris ses papiers, il les a remis dans sa sacoche. Dans son regard, on pouvait lire du regret. Je pense que c'était le regret de m'avoir montré tout ça, mais je n'en suis pas sûr. Il s'est levé.

« T-tout ça, ça se passe à Paris, dans les g-grandes villes. Ne t'inquiète pas, ça n'arrive pas par ici », il a dit en refermant la porte.

ALB04/CFDTL/COURRIER INTERNE/1914

[CONFIDENTIEL]
De : I. d'A.
À : Madame la Ministre
Objet : Interception de messages Jugurtha

Comme indiqué dans notre précédente note, Jugurtha a développé depuis votre élection des opérations clandestines de récupération de Grêlons. Ses membres se positionnent aux jour et lieu prévus d'un atterrissage pour réceptionner le Grêlon visé ; ils n'hésitent pas à affronter les forces de l'ordre en cas de contact.

Le réseau semble délaisser les Grêlons politiques ou militaires au profit de ceux relevant de la science ou de la littérature. Un de nos contacts vient de nous apprendre que Jugurtha aurait recours à des textes de poésie pour crypter la mise en œuvre de ses opérations. L'application d'un algorithme permettrait à ses unités d'extraire du poème lieu, date et identité du Grêlon à réceptionner.

À la lumière de cette information, le service du Chiffre (en cc) travaille actuellement à décrypter leur dernière communication, un extrait du poème C'est d'Apollinaire (1914). Nous vous informerons aussitôt des premiers résultats obtenus.

I. d'A.

Ci-après : message intercepté

C'est la réalité des photos qui sont sur mon cœur que je veux

Cette réalité seule, elle seule, et rien d'autre

Mon cœur le répète sans cesse comme une bouche d'orateur et le redit

À chaque battement

Toutes les autres images du monde sont fausses

Elles n'ont pas d'autre apparence que celle
des fantômes

30. LE JOUR OÙ IL A FALLU PRENDRE DES MESURES

Apparemment, je n'étais pas le seul à vivre dans le monde des Bisounours, il y avait aussi soixante-dix millions de Français. Lorsque la mission d'inspection parlementaire a rendu son rapport, ça a fait l'effet d'une douche froide. Maman se dépêchait de finir de mettre la table, Jacques Mansarde allait commencer à parler et on ne voulait pas le prendre en cours de route. C'était une émission spéciale, en duplex du palais de l'Élysée. Le portrait bleuté de Jacques Mansarde est apparu à l'écran, et sa voix a résonné dans notre salon. Ça avait déjà démarré.

« … Et si ce rapport a le mérite de faire un état des lieux sans concession sur les problèmes liés aux Grêlons, il pose néanmoins plus de questions qu'il n'apporte de réponses. Mais on me fait signe que l'allocution du président de la République va commencer ; nous nous retrouverons juste après pour la commenter. »

Un bout de *La Marseillaise* a retenti à Villars, et le portrait du président a envahi l'écran. Maman a monté le son pour qu'on l'entende bien.

« Mes chers compatriotes,

« L'arrivée des Photons Rétro-Existants, les P.R.E., ou comme les médias les appellent plus généralement, les Grêlons, a été une rupture considérable pour notre société. Rupture avec les lois élémentaires de la physique, que nous croyions jusque-là maîtriser, mais rupture également avec notre définition du vivant, du genre humain. Les frontières qui définissaient l'Autre ont été repoussées ; et il serait illusoire, voire inconcevable, que leur évolution ne s'accompagne pas d'une redéfinition du Soi, de ce qui caractérise l'homme et de son organisation du vivre ensemble. »

Ça, c'est bien le président de la République : à chaque fois qu'il parle, je suis largué. Maman aussi, même si elle ne veut pas l'avouer. Elle m'a regardé, et elle a monté encore un peu plus le son, histoire que l'on comprenne mieux.

« Toute découverte scientifique s'accompagne de fascination, de répulsion. Les Grêlons ne dérogent pas à la règle. Il serait inutile de le nier, au risque de s'aveugler et de céder au dernier moment à la panique. Il est de mon devoir de prendre les mesures nécessaires pour que cette évolution reste sous contrôle, maîtrisée et encadrée par la loi.

« À ce titre, je souhaite donner une existence juridique aux Grêlons. Nous n'avons que trop tardé sur ce point. Je n'entrerai pas dans le débat de savoir si ce sont des hommes ou non ; je laisse à la science, à la religion et à la philosophie le soin de le trancher. En revanche, je souhaite que dès à présent, tout Grêlon qui atterrit sur le territoire français se voie aussitôt délivrer un document d'identité, infalsifiable et unique. Ce document sera différent de la carte d'identité ou du passeport : y figureront dessin d'identité, nom et prénom, date d'atterrissage et numéro unique d'identification. Tout Grêlon devra l'avoir sur lui, où qu'il soit sur le territoire.

« Toujours dans le domaine juridique, les Françaises et les Français seront tenus de déclarer aux autorités tout atterrissage de Grêlons, sous peine d'amende. Héberger un Grêlon sans l'avoir préalablement déclaré aux autorités sera un délit.

« À cette fin, toutes les structures d'accueil des Grêlons, gouvernementaux ou associatifs, devront être préalablement habilitées par le ministère de l'Intérieur. Elles devront tenir à jour le nombre de Grêlons qu'elles hébergent. »

Quand j'ai entendu ça, j'ai pensé à Jean-Jean : tu m'étonnes qu'il ait crisé la dernière fois à Albion. Si même le président de la République se mettait à lui demander des comptes, il n'était pas sorti de l'auberge, le pauvre.

« Mais il serait illusoire de vouloir contrôler le phénomène des Grêlons si nous ne nous contrôlons pas nous-mêmes. Le rapport l'a montré : aujourd'hui encore, des activités grêligènes perdurent. Certains continuent de se prendre en photo, même s'ils savent que le résultat sera nul. Nous pensions que les gens auraient suffisamment de bon sens pour limiter leurs photographies désormais aux paysages, aux natures mortes : force est de constater que ce n'est pas le cas. Nous envoyons toujours plus de data à un Nuage pourtant déjà saturé.

« Ce n'est pas admissible : nous faisons payer aux générations futures le prix de notre irresponsabilité. Il faut non seulement réguler les Grêlons qui atterrissent chaque jour, mais veiller à ne pas en créer de nouveaux.

« Pour cette raison, les fabricants de téléphones auront trois mois pour brider la fonction photo des nouveaux modèles qu'ils proposent. Un embargo va être mis en place dans les plus brefs délais sur les appareils photo existants. Un permis spécial sera nécessaire pour en posséder un, délivré au compte-gouttes aux seuls artistes et journalistes.

« Nous ferons tout pour que cette mesure entrave le moins possible la liberté de la presse, la création artistique ; mais nous devons l'appliquer, pour nos enfants et les enfants de nos enfants… »

À ce moment-là, je n'ai plus écouté. Ma Floraline retrouvait sa nature de béton armé. Je regardais la photo de Papa sur le buffet. Je me demande comment il aurait réagi. Maman disait que la photographie, c'était toute sa vie. C'était comme ça qu'ils s'étaient rencontrés. Elle m'avait raconté : un jour, elle marchait dans la rue, il l'avait abordée en lui racontant qu'il recherchait des modèles. Elle avait dit pourquoi pas, et badaboum j'étais arrivé sur ces entrefaites.

Demain, ça n'allait plus être possible.

ALB04/COURRIER INTERNE/COM-1939

De : DirCom
À : Madame la Ministre
Objet : Présentation à l'Assemblée nationale de la Loi sur l'encadrement des Photons Rétro-Existants

Je vous prie de trouver ci-joint le projet de discours à jour de notre relecture de lundi. Comme discuté, il s'ouvre sur la citation de Paul Valéry :

« La Photographie accoutuma les yeux à attendre ce qu'ils doivent voir ; et elle les instruisit à ne pas voir ce qui n'existe pas, et qu'ils voyaient fort bien avant elles. »

Pour mémoire, Paul Valéry avait prononcé ces mots le 7 janvier 1939, lors du centenaire de l'invention de la photographie dans le grand amphithéâtre de la Sorbonne. La référence figurera dans le dossier de presse.

DirCom

31. LE JOUR OÙ ON A TOUS ÉTÉ DES GRÊLONS

Le moins que l'on puisse dire, c'est que le discours du président n'est pas passé inaperçu. Dès le lendemain, les appels à la grève et aux manifestations se sont multipliés ; les retraites, c'était de la gnognotte à côté. Avec Maman, on regardait ça, chaque soir, devant Jacques Mansarde. D'un jour sur l'autre, ça ne désenflait pas, bien au contraire.

Ça a commencé le soir même de l'allocution du président de la République : juste après qu'il ait rendu l'antenne, des gens se sont regroupés place de la Bastille, et à République aussi. Il y avait beaucoup d'artistes, qui disaient que la photographie, c'était leur vie, et qu'on n'avait pas le droit de leur enlever. Il y avait aussi plein de reporters, de journalistes, qui avaient peur pour leur profession, la liberté de la presse. Et puis il y avait plein de gens normaux, qui n'étaient pas d'accord avec le président de la République, qui refusaient le contrôle des images et qui voulaient tout simplement le dire haut et fort. Au début, ça avait l'air d'aller, mais quand on est partis se coucher, des Éléments Perturbateurs faisaient du grabuge et commençaient à tout casser. En éteignant la télévision, Maman m'a dit de ne pas m'inquiéter : « Ces grosses manifestations, ça n'arrive qu'à Paris. »

Elle n'avait pas tout à fait raison. Le lendemain, il y a eu des manifestations dans les autres grandes villes : Lyon, Marseille, Toulouse, Strasbourg. Il y avait les cortèges, avec les pancartes et les slogans, comme d'habitude, mais il n'y avait pas que ça. Il y avait ce qu'on a appelé des atterrissages sauvages. C'était comme des Orages de Grêle, sauf que ce n'était pas avec de vrais Grêlons. Des centaines de gens s'arrêtaient en plein milieu de la circulation, en plein milieu des routes, ils ne bougeaient plus, le regard vide, ils restaient plantés là. Ils faisaient semblant d'être des Grêlons, en état hébété, qui viennent juste d'atterrir du Nuage. Les voitures ne pouvaient plus rouler, au risque de les écraser. Les policiers devaient se mettre à plusieurs pour arriver à en bouger un. Et de toute manière, il fallait les emmener au poste, au cas où il s'agissait de vrais Grêlons.

La police était complètement débordée. Tout le monde disait qu'une nouvelle forme d'action civique avait été inventée, et qu'on n'avait pas trouvé mieux depuis Gandhi. À la télévision, les journalistes ne parlaient plus que de ça, de cette loi sur l'Encadrement des Photons Rétro-Existants. Et même si Jacques Mansarde ne donnait pas son avis sur cette loi, on sentait bien qu'il n'était pas franchement pour.

Maman aussi ne l'aimait pas trop. Au début, ça m'a surpris : d'habitude, elle n'est pas à fond dans la politique. Mais jour après jour, manifestation après manifestation, reportage après reportage, on sentait bien que ça commençait à lui donner le troun de l'air[3].

Le lundi, elle s'exclamait toute seule, devant Jacques Mansarde : « Non, mais c'est vrai, ça, si on n'a plus le droit de faire des photographies maintenant, mais où va-t-on, je vous le demande. » Le mercredi, c'était : « Et dire qu'on ne va plus pouvoir prendre des paysages en photo juste parce qu'il y a des imbéciles qui continuent avec leurs selfies. » Le jeudi,

3. À lui chauffer les oreilles.

c'était : « Non, mais si ton père voyait ça, il se retournerait dans sa tombe. »

Et puis boum, elle s'est décidée : le samedi suivant, elle irait à la manifestation à Avignon, et moi avec. Elle ne m'a pas trop laissé le choix, à vrai dire. C'était la première fois que j'allais défiler dans un cortège : je me demandais ce qu'il fallait faire, ce qu'il allait falloir dire. Je ne savais pas non plus comment m'habiller.

Au boulot, Maman m'avait dit que c'était comme avec les locataires : il vaut mieux ne jamais parler politique. Donc je n'en parlais jamais, que ce soit avec Bandit Manchot, M. Mouhissault, Jean-Jean, ou qui que ce soit d'autre. J'aurais eu l'air bien embêté si un journaliste m'avait demandé ce que j'avais contre la nouvelle loi. On a pris Bateau-Ivre, qui fait la liaison Apt-Avignon-Centre le samedi en fin de matinée : Maman ne voulait pas prendre la voiture, il y avait des risque de casse par les Éléments Perturbateurs.

Bateau-Ivre nous a déposés devant la gare d'Avignon, et on a marché jusqu'à l'entrée des remparts. Il y avait plein de gens qui marchaient dans le même sens que nous, avec des T-shirts et des pancartes. Quelques-uns avaient des mégaphones.

Nous, on n'avait pas de pancartes. C'est dommage parce qu'il y en avait des drôlement bien trouvées. Juste à côté de nous, il y avait une grosse dame avec des lunettes qui tenait une affiche « PRÉSIDENT, DESCENDS DE TON NUAGE ». Je l'aimais bien, celle-là, elle était rigolote. Ça se sentait qu'il y avait beaucoup de gens comme Maman, qui venaient juste pour défendre la photographie. Il y avait ce couple, qui n'était plus tout jeune, et qui tenait à bout de bras cet écriteau : « Y A PAS PHOTO, ON EST DANS LA RUE ». J'ai bien aimé aussi un grand tout maigre, avec des lunettes et des cheveux longs ; il s'était mis des pancartes devant et derrière, comme un homme-sandwich. Sur le devant, il avait écrit en gros : « TU VEUX MA PHOTO ? » et derrière : « TU L'AURAS PAS ! ».

Certains ironisaient sur le nom du texte : Loi sur l'Encadrement des Photons Rétro-Existants, ça donnait LEPRE. La lèpre. Je n'avais pas fait le rapprochement mais j'avoue que c'était franchement pas mal trouvé : « LA LÈPRE, AUJOURD'HUI, EN FRANCE ? LES BRAS M'EN TOMBENT ! »

Il y avait aussi beaucoup de slogans en soutien aux Grêlons, avec des autocollants « TOUCHE PAS À MON GRÊLON » ou bien « LE GRÊLON, C'EST MON POTE ». Certains manifestants ont tenté de lancer un atterrissage sauvage : ils restaient plantés là, en plein milieu, sans bouger, le regard hébété, comme s'ils venaient d'atterrir du Nuage. Pas mal, mais on ne me la fait pas à moi : j'aurais pu vous dire en deux-deux qu'il n'y avait pas une once de Nuage dans leurs yeux.

Enfin, il y avait des journalistes, des reporters. Je ne sais pas s'ils étaient là pour couvrir la manifestation ou bien s'ils en faisaient partie, un peu des deux sans doute. Ils avaient des brassards « PRESSE » autour du bras, et certains avec des pancartes : « TOUCHE PAS À MON REFLEX », ou bien : « JAMAIS SANS MON APPAREIL PHOTO ». Ils se sont mis à faire des micro-trottoirs, à interviewer des gens à côté de nous.

Au micro, la grosse dame disait des choses intéressantes, elle aurait mérité de passer chez Jacques Mansarde. D'après elle, la loi ne changerait rien au problème : c'étaient bientôt les prochaines élections, et le gouvernement avait simplement la frousse de ne pas passer. Il votait ces mesures pour faire semblant, histoire de récupérer le vote Frelon pour conserver la majorité. « Ils disent que l'interdiction des appareils photo, c'est une première mesure paragrêle, mais c'est faux : c'est juste de la politique politicienne ! » Elle s'est fait applaudir.

Après elle, les reporters ont interviewé l'homme-sandwich aux cheveux longs. Il disait que cette loi posait plus de problèmes qu'elle n'apportait de solutions. Il prenait l'exemple des papiers d'identité pour les Grêlons : d'après lui, c'était inapplicable.

« Comment ils feront, pour une personne qui s'est prise plusieurs fois en photo, et dont les Grêlons atterrissent du Nuage, hein ? Ce sera impossible de différencier ses Grêlons : même visage, mêmes empreintes digitales. Comment ils feront pour les reconnaître ? Ils vont leur tatouer leur numéro d'identité au poignet ? Comme à Auschwitz ? »

Ça n'était pas faux, ça ne m'était pas venu à l'esprit. J'aurais bien aimé continuer à entendre ce qu'il disait mais le cortège s'est mis en branle. C'était quatorze heures : on allait remonter le cours Jean-Jaurès, direction la place de l'Horloge et le palais des Papes. Avec Maman, on a commencé à marcher, et petit à petit, on s'est retrouvés derrière une grande banderole tenue par une dizaine de personnes. Je me suis penché pour lire ce qui était écrit dessus. Ce n'était pas facile, il fallait tout lire à l'envers, un peu comme au Scrabble : « HIER, AUJOURD'HUI OU DEMAIN, NOUS SOMMES TOUS DES GRÊLONS EN PUISSANCE ».

ALB04/TÉLÉGRAMME DIPLOMATIQUE/PDR-1937

De : PRE-liaison@de
À : I. d'A.
Objet : Échange fichier pour téléchargements P.D.R.

Suite à votre demande et en application des accords de Bry-sur-Marne II, nous vous confirmons que :
– c'est bien en 1937 que le ministre de la Propagande Joseph Goebbels a obligé les reporters-photographes à travailler avec des appareils de petit format pour obtenir des photographies plus vivantes ;
– seul le respect de cette condition permettait d'obtenir le brassard rouge autorisant les photographes à opérer durant les manifestations officielles.

Vous voudrez bien trouver en pièce jointe la liste des photographes habilités à l'époque ainsi que le calendrier des manifestations du régime à partir de 1937.

P.R.E. Liaison Allemagne

32. LE JOUR OÙ J'AI EU UN PORTRAIT DE GWENDO ENTRE LES MAINS

Après cette manifestation, il y en a eu d'autres, encore et encore. Et rapidement, il y a eu des débordements, les familles ont déserté. Les manifestants disaient que c'étaient les CRS qui avaient chargé sans raisons, et la police disait que des éléments de Jugurtha avaient infiltré les cortèges. Jugurtha, on commençait à en parler beaucoup. On ne savait pas trop de quoi il en retournait avec eux : pour le gouvernement, c'étaient des casseurs qui s'étaient organisés contre la Lèpre. Pour certains médias, c'était une bande de mystiques qui prônait de ralentir notre mode de vie pour que les photons se remettent à marcher. Jacques Mansarde avait expliqué pourquoi ils avaient choisi de s'appeler comme ça, une histoire de général rebelle face à l'autorité de Rome, mais je n'ai pas très bien compris le lien.

De toute manière, Jugurtha ou pas Jugurtha, c'était loin d'être bon enfant. Pour provoquer la police, des manifestants se prenaient en selfie avec leur téléphone, même si ça ne servait à rien. Ils se prenaient avec tous les manifestants derrière eux, histoire de bien montrer que l'interdiction de se photographier ne s'appliquerait pas à eux. Le gouvernement disait que c'était lamentable, que le Nuage était déjà plein à craquer et que tout cela ne ferait qu'accélérer la Courbe de Retour des Grêlons. Que ce n'était qu'une bande de technostalgiques, et qu'ils ne pensaient qu'à eux-mêmes. Que c'était totalement irresponsable vis-à-vis des générations futures, et que tout cela montrait bien à quel point la Lèpre était nécessaire.

Dans le journal de Jacques Mansarde, des manifestants disaient que c'était juste une minorité, ou pire que c'étaient des policiers qui se faisaient passer pour des Jugurthas, ils s'infiltraient dans le cortège pour se photographier et ainsi justifier les charges des CRS.

À vrai dire, au bout d'un mois, je ne suis pas sûr que les CRS cherchaient encore des justifications pour intervenir. Un jour, à Marseille, des manifestants ont réalisé un atterrissage sauvage sur la Canebière. Ils se sont tous immobilisés et, les yeux hébétés, se sont mis à fixer les policiers. Des dizaines, des centaines de gens qui ne bougeaient plus. Les forces de l'ordre ont essayé de les faire partir, de les faire bouger un à un, mais il n'y avait rien à faire, les faux Grêlons faisaient toujours semblant d'attendre leur illumination. À un moment, les CRS se sont dit qu'en chargeant et qu'en forçant la dose, les faux Grêlons retrouveraient leurs moyens et prendraient leurs jambes à leur cou. Ça ne s'est pas passé exactement comme ça : il y a eu des blessés, beaucoup de blessés.

Dans le journal de Jacques Mansarde, à Albion, au marché d'Apt, les gens ne parlaient que de ça, de la Lèpre et des manifestations. Il y avait les pour, il y avait les contre, il y avait ceux qui étaient pour mais qui maintenant étaient contre, il y avait ceux qui étaient contre et qui maintenant ne savaient plus. Il y avait ceux qui n'en savaient rien depuis le tout début.

« Oui, la loi touche un peu aux journalistes, mais que veux-tu faire à part interdire les appareils photo ? On ne va pas continuer à se photographier comme si de rien n'était alors qu'il nous tombe maintenant des Grêlons tous les jours sur la caboche, disait le boulanger de la place de la Cathédrale.

— Et le droit à l'information, qu'est-ce que tu en fais, du droit à l'information ? Et la liberté d'expression, hein ? S'il me prend l'envie de faire des photos du Ventoux, qu'est-ce qui m'en empêche ? Je fais de mal à personne ! lui répondait la vendeuse de fruits et légumes installée devant la bibliothèque municipale.

— Mais qu'est-ce que tu viens faire là, avec tes photos du Ventoux, tout le monde s'en tape le coquillard, intervenait le marchand de paniers. Ce qu'il y a d'incroyable dans cette loi, c'est que l'on donne des papiers d'identité aux Grêlons. Aujourd'hui, on leur file des papiers, mais demain tu verras, il faudra leur verser le SMIC et les allocations familiales », continuait-il.

Maman me racontait ça, les cancans et les opinions des uns et des autres, tous les samedis, en revenant du marché. Radio Claudette marchait plein pot. La manifestation à Avignon, ça ne l'avait pas calmée : la Lèpre, les élections, c'était sa nouvelle marotte.

Dans cette loi, il y avait deux sujets : les photographies, mais aussi et surtout les Grêlons. Eux, ils déchaînaient les passions : personne n'était d'accord, tout le monde disait tout et son contraire. Au début, le gouvernement pensait que c'était une bonne idée de mettre leur nombre sous contrôle. Mais au fur et à mesure des manifestations, l'opinion s'est mise à tourner : les associations criaient au flicage, les avocats soutenaient que c'était un sous-statut, et que ce n'était pas viable : soit on les reconnaissait comme Français, soit on ne les reconnaissait pas. Ça ne servait à rien de rester au milieu.

Et il y avait les Frelons. Comme l'avait dit la grosse dame à Avignon, le gouvernement leur faisait un appel du pied avant les élections. Mais ça tournait à l'arroseur arrosé : c'était bien beau de vouloir les compter, mais pour faire quoi après ? Si c'était pour leur donner l'assurance-chômage, la retraite, etc., etc., avec l'argent de nos impôts, merci bien, disaient les Frelons. On ne savait pas trop combien ils étaient, ni qui ils étaient : ça ne se faisait pas, de dire qu'on allait voter Frelon. Mais à regarder les sondages, il devait bien y en avoir quelques-uns. Ils frôlaient maintenant la barre des dix pour cent.

Dans la vie de tous les jours, autour de nous, je n'aurais pas pu dire qui votait Frelon avec certitude. Jean-Jean, peut-être. Ses collègues, ça se sentait qu'ils avaient pris de l'influence sur lui. Depuis la fois où il m'avait balancé son dossier sur le coin de la figure, je voyais bien que tout cela lui pesait, et qu'il avait un tigre dans le moteur qui ne demandait qu'à rugir. On évitait le sujet. À vrai dire, en dehors de ses visites au centre, on ne se voyait plus beaucoup. Son frère était parti travailler à Avignon, et je crois qu'il ne voyait plus du tout son père. De toute façon, sur ce point, ça n'avait pas changé : c'était motus et bouche cousue.

Ce samedi-là, Maman était rentrée du marché vers onze heures, un peu plus tôt que d'habitude. Moi, je venais de me lever, j'avais fait la grasse matinée. J'étais claqué. On avait eu une grosse semaine au centre : une Éclipse Grêlonne de tout un régiment à aller réceptionner à Orange, leur illumination à provoquer en même temps que des ballons prisonniers à organiser. Je regardais des dessins animés lorsque Maman s'est plantée entre la télévision et le canapé.

« Devine qui j'ai vu au marché ce matin. »

Ça, c'est son jeu préféré, elle me fait le coup tous les samedis.

« Mme Philibert ?

— Non !

— La vendeuse de légumes de la bibliothèque municipale.

— Rrrrooooh, tu n'es pas drôle. Allez, je te donne un indice. Quelle main ? »

Elle joue toujours à ça, elle cache ses mains derrière son dos. Lorsque vous dites la droite, elle met la surprise dans la gauche, et quand vous dites dans la gauche, elle la met dans la droite. Ça ne rate jamais.

« La gauche.

— Bingo ! » Et elle m'a tendu une feuille.

Punaise, ça devrait être sacrément important, pour qu'elle me le donne du premier coup et ne me fasse pas poireauter. J'ai arrêté la télé et j'ai pris son bout de papier : c'était un portrait dessiné de Gwendo. Drôlement bien fait, en couleurs et tout et tout. Ses taches de rousseur ressortaient bien avec ses cheveux, et l'artiste avait bien capté le vert de ses yeux. Il y avait écrit en gros, juste en dessous :

VOTEZ POUR
UNE ILLUMINATION COLLECTIVE
DIMANCHE 20 MAI

Pas possible. Gwendo était revenue et se présentait aux élections.

33. LE JOUR OÙ GWENDO S'EST INCRUSTÉE À LA MAISON

Elle était rentrée d'Éthiopie il y a un an, apparemment, après sa thèse. Va savoir pourquoi, elle était revenue en Provence. On revient toujours là d'où on vient, dit le dicton.

« Elle ne m'a pas reconnu et moi non plus, à vrai dire. Ce n'est qu'en voyant son nom que j'ai tilté. Elle a des bonnes idées, tout n'est pas à jeter », a souri Maman en repartant à la cuisine.

J'ai retourné le tract, il y avait tout son programme. On voyait bien qu'elle avait un doctorat, la Gwendo, il fallait s'accrocher et s'y reprendre à deux fois avant de comprendre le bout du bout. L'essentiel touchait aux Grêlons, et à des mesures pour mieux les intégrer dans la société française. On sentait l'influence de son expérience dans la vallée de l'Omo : il y avait des idées qui rebouclaient avec ce qu'elle avait déjà dit au journal télévisé de Jacques Mansarde, trois ans auparavant.

Comme tous les autres candidats, elle proposait elle aussi de prendre le problème des Grêlons à bras-le-corps. Mais plutôt que d'interdire les appareils photo, elle s'intéressait plus à la meilleure manière d'intégrer les P.R.E. après leur atterrissage du Nuage.

Gwendo disait que nous devions impérativement mettre en place un système d'accompagnement pour l'illumination des Grêlons : sinon, avec le développement exponentiel de la photographie à partir de la Seconde Guerre mondiale, nous allions bientôt être complètement submergés. Pour y faire face, elle ne croyait pas aux centres d'accueil, comme à Albion : ils ne seraient jamais assez nombreux pour couvrir tout le territoire et canaliser les projections issues de la Courbe de Retour des Grêlons. Trop longs à mettre en place, trop chers, pas assez efficaces.

Non, Gwendo voulait intégrer et non exclure, s'appuyer sur le réseau de l'Éducation nationale déjà existant : dans chaque école primaire, mélanger les Grêlons aux enfants pour faciliter leur illumination. Elle voulait aussi créer ce qu'elle appelait des « emplois Grêlons », subventionnés à moitié par l'État. Et, bien sûr, pas un mot sur l'interdiction des appareils photo, sur la numérotation des Grêlons.

La semaine suivante, Gwendo était en passe de devenir une vraie personnalité : elle allait passer à la télévision. Pas chez Jacques Mansarde, faut pas non plus pousser, mais au journal régional sur France 3 : ce n'est pas rien, tout de même. Le jour de l'émission, à dix-neuf heures, Maman a branché la télévision. Dans le salon à Villars, ça faisait bizarre : ce n'est pas tous les jours qu'on faisait des infidélités à Jacques Mansarde, attention. Et puis le portait de Gwendo est apparu à l'écran, et ça a été encore plus bizarre. Le journal utilisait le même portait que celui du tract du marché : ce devait être son portrait dessiné officiel.

Le journaliste a commencé à lui poser des questions et la voix de Gwendo a retenti. C'était comme si elle était là, dans le salon, à manger avec nous. Sa voix n'avait pas tant changé que ça. Plus sérieuse, plus posée mais c'était toujours la même. Elle n'avait pas perdu son accent, bien au contraire. Pour être gentil, on aurait pu dire que ça ne s'était pas amélioré. Elle essayait de le cacher, mais ça se sentait qu'elle avait le trac : elle cherchait ses mots, et quand elle commençait à bredouiller, son accent refaisait surface.

Je suis un peu vache, sans doute parce que j'étais un tantinet jaloux que Gwendo passe à la télé. Maman, elle, elle était fan : à chaque fin de phrase, elle ponctuait par un « Elle a raison, ta copine » ou bien un « Bravo Gwendo ».

Gwendo déroulait son programme : l'Éducation nationale pour déclencher les illuminations, les emplois pour les Grêlons. C'était un peu technique, elle se prenait les pieds dans le tapis. C'était plus clair dans son tract ; même moi j'avais compris, alors que là, pas du tout.

Ensuite, le journaliste lui a parlé de l'Afrique, de son expérience dans la vallée de l'Omo. Là, on a senti qu'elle maîtrisait son sujet : elle a repris du poil de la bête. Gwendo a fait remarquer que les Grêlons étaient bien mieux assimilés à la société en Éthiopie, qu'il n'y avait pas de raisons d'observer une telle fracture en France, et qu'il n'y avait qu'à travailler ensemble pour la résorber. Là, le journaliste lui a posé une question vache. Même à Villars, on a senti l'ange passer.

« Il n'y a qu'à travailler, il n'y a qu'à travailler, dites-vous. Justement, avec la création des "emplois Grêlons" que vous proposez, n'avez-vous pas peur d'enlever leur travail à toute une frange de la population ? Celle qui n'est pas très qualifiée et qui est déjà aux premiers rangs face au chômage ? »

Il était malin, ce journaliste, il l'avait fait un peu dériver sur l'Éthiopie, et bam ! quand elle ne s'y attendait pas, il revenait sur son programme. Gwendo a balbutié, elle a marmonné quelque chose avec des « non, non » et des « créations d'emplois qui relancent l'économie », mais on a bien senti que le journaliste venait de marquer un point. Justement, il avait envie d'enfoncer le clou :

« Concernant le financement de votre programme pour les Grêlons, vous faites appel pour un tiers à la solidarité nationale. Il s'agit des impôts des Françaises et des Français ?

À hauteur de combien souhaitez-vous les augmenter ? Pour tous les ménages ou seulement les plus aisés ? N'y a-t-il pas un risque pour les personnes les plus modestes de perdre à la fois un emploi et de payer plus d'impôts ? N'avez-vous pas peur qu'augmenter les cotisations sociales ne soit pas la meilleure des promesses électorales ? »

Là, c'était clair que Gwendo avait préparé son coup. Elle avait bien travaillé, c'est sorti tout seul.

« Je ne crois pas aux pwomesses électorales, je crois aux plans d'action, je crois aux solutions concrètes. Je dis qu'il faut se saisir du pwoblème des Grêlons de manière résolue, rationnelle et tous ensemble, sans chercher à jeter la pierre à Pierre, Paul ou Jacques. »

34. LA NUIT OÙ LA PELLICULE S'EST MISE À FLAMBER

Maman, elle aimait bien ce qu'avait dit Gwendo, mais ce n'était pas l'avis de tout le monde, loin de là. Sur Internet, dans les commentaires, elle s'en prenait plein la poire. Les gens se sont déchaînés sur les réseaux sociaux, c'était impressionnant. Il y avait ceux qui s'énervaient contre ses « emplois Grêlons », qui disaient que c'était déjà suffisamment dur de trouver du travail comme ça, et qu'on n'allait pas en réserver à ceux qui atterrissaient du Nuage. Il y en avait d'autres qui étaient vent debout contre sa taxe : il y en avait déjà trop, la France était déjà championne du monde pour ça, alors un impôt pour les Grêlons, et puis quoi encore.

Et ça, c'étaient pour les commentaires les plus intelligents, ceux qui avaient lu son programme. Il y en avait tout un paquet qui s'en prenaient à elle directement : elle avait qu'à y rester, en Afrique, si elle y était si bien. Elle n'avait qu'à y retourner et mettre en place son impôt là-bas, on verrait bien si ça marchait. Jean-Jean m'expliquait que les Frelons avaient trouvé avec Gwendo leur tête de Turc. Gwendo, sa taxe et ses « emplois Grêlons », c'était du pain bénit : il y avait dedans tout ce dont ils ne voulaient pas.

On ne sait pas trop comment ils se sont organisés, ni même s'ils étaient coordonnés. Apparemment, ils se sont ralliés comme ça, spontanément, devant sa permanence à Avignon pour la tagger et coller des affiches sur sa vitrine.

Un premier a jeté un appareil photo sur sa vitrine. La loi allait bientôt passer, il ne perdait pas grand-chose. Un deuxième, puis un troisième lui ont emboîté le pas, avec leurs téléphones, qui seraient de toute façon bientôt hors d'usage eux aussi. Rapidement, les deux, trois appareils photo sont devenus une vraie petite pyramide, qui montait jusqu'à hauteur d'homme.

Arriva ce qui devait arriver : un des Frelons a trouvé un briquet et de l'essence, et la pyramide s'est mise à flamber. Le plastique des coques, les batteries, tout ça, pouf, ça a pris en moins de temps qu'il n'en faut pour l'écrire.

On a cru que ça allait s'arrêter là : un incident isolé, dans une campagne électorale locale. On avait tort : la nuit d'après, ça a recommencé, à la différence près que ce n'était plus devant une permanence électorale mais dans toutes les grandes villes de France. Des gens se réunissaient, spontanément, dans les centres-villes, sur les places des mairies, devant les bâtiments publics. Les mots d'ordre affluaient sur les réseaux sociaux, comme ça. On ne savait pas trop ce qu'ils voulaient exactement : s'ils soutenaient la Lèpre ou non, s'ils allaient voter Frelon ou pas, ou même s'ils allaient voter tout court. Tout ce qu'on voyait, c'était des milliers d'appareils photo qui brûlaient. Certains se déchaînaient, hurlaient, jetaient leurs appareils de toutes leurs forces dans le brasier, tout en haut de la pile, et la foule les applaudissait, encourageant les autres.

Dans les jours qui suivirent, il y eut des vidéos de grandes pyramides en feu qui circulaient partout, à la télévision comme sur les réseaux sociaux. On voyait les appareils dégager des flammes orange et bleues, fondre sous la chaleur et se consumer lentement. Les gens balançaient tout ce dont ils avaient pu se servir pour leurs photos : leurs appareils, mais pas seulement. Leurs sacoches, leurs étuis, leurs tripodes. Certains disaient qu'il fallait aussi brûler les albums, pour empêcher l'atterrissage de nouveaux Grêlons.

Ironie du sort, les appareils photo les plus modernes, comme les téléphones, étaient ceux qui partaient le plus vite. On les voyait fondre les uns sur les autres, se transformer en coulées de lave noire, qui descendaient lentement vers le bitume avant de plonger dans le caniveau. Ceux qui résistaient mieux, c'étaient les vieux de la vieille, comme les Reflex, qui avaient du métal en eux. On sentait qu'ils bougonnaient en leur for intérieur, qu'ils avaient encore envie d'avaler de la pellicule, qu'ils n'allaient pas abandonner contre le feu si facilement. Et puis, non, il y avait un moment, un déclic, où leurs forces les abandonnaient et ils se mettaient à brûler comme les autres.

À la télé, des journalistes, des philosophes, des intellectuels se sont succédés pour dire que c'était une honte, que ce climat de haine était digne de l'Allemagne nazie. Du côté du gouvernement, c'était plus ambivalent : il condamnait cette forme d'intimidation devant la permanence de Gwendo, ces pyramides, mais bon, on était en démocratie et tout le monde avait le droit de s'exprimer, vous comprenez. Il ne disait pas grand-chose sur les appareils photo : vu qu'on allait bientôt les interdire de toute manière, on n'allait pas en faire tout un fromage, et encore moins jeter inutilement de l'huile sur le feu. Les pompiers se contentaient de surveiller les feux. Les policiers étaient là eux aussi, mais ne bougeaient pas davantage.

Pendant toute la semaine, des appareils photo ont brûlé partout en France. À Paris, Lyon, Strasbourg ou Toulouse, les pyramides étaient vraiment impressionnantes. Les autres villes n'étaient pas en reste. Sur les images, j'ai reconnu

Avignon et la place de l'Horloge où, un mois plus tôt, on était allés manifester avec Maman. C'était fou.

« Ne t'inquiète pas, va, tout ça, ça n'arrive que dans les grandes villes. Ici on est tranquille », a dit Maman avec une voix que je ne lui connaissais pas. Le soir même, j'ai senti mon téléphone vibrer dans ma poche. Jean-Jean venait de m'envoyer une vidéo. C'était une petite pyramide en flammes : sans comparaison avec celles que l'on pouvait voir à la télévision, mais quand même, elle faisait sa hauteur d'homme. Au bout d'une minute, j'ai reconnu les lieux : c'était la place Saint-Pierre à Apt, juste à côté de là où Papa avait sa boutique.

35. LE JOUR OÙ NAPOLÉON S'EST RETOURNÉ DANS SA TOMBE

Aujourd'hui était un jour un peu spécial, c'était le dimanche des élections. D'habitude, les échéances électorales, ça me passe au-dessus de la tête, je n'y prête guère attention. Mais là, c'étaient celles où Gwendo était candidate, les législatives, je ne pouvais pas faire autrement que de tendre l'oreille un minimum.

Maman était allée voter ce matin de bonne heure, mais ça, ce n'est pas nouveau. Pour chaque élection, elle fait la même chose : debout aux aurores, elle va à l'école primaire où est le bureau de vote, puis elle revient à la maison avec des pains aux raisins pour mon petit déjeuner.

Ce dimanche-là, ça n'a pas loupé : elle n'a pas voulu me dire pour qui elle avait voté dans l'isoloir, même si je la suspecte d'avoir choisi Gwendo. Ce n'est pas tous les jours qu'on connaît la personne dont le nom est sur le bulletin. Elle m'a servi mes Choco Pops avec mon pain aux raisins et a mis la radio : la télévision, c'est juste pour le dîner.

Le commentateur, les invités, tout le monde s'attendait à une grosse percée des Frelons. Pour eux, la question était juste de savoir si le gouvernement en place allait avoir la majorité à l'Assemblée nationale dès le premier tour, ou bien s'il allait devoir constituer des alliances avec les Frelons. Dans ce dernier cas, ils se demandaient quel serait le prix des Frelons, quels ministères ils obtiendraient, etc. En filigrane, il y avait l'avenir de la Lèpre qui était en jeu : serait-elle adoptée a minima ou bien serait-elle amendée pour être encore plus ambitieuse ?

« Eh bien, on verra ça ce soir, si les dés sont déjà jetés ou pas », a commenté Maman en éteignant la radio. D'habitude, le soir des élections, Maman m'emmène au dépouillement. C'est rigolo, quand on vote pour le maire de Villars et qu'il y a le panachage. On en apprend de belles : les gens barrent les noms de ceux pour qui ils ne veulent pas voter, et ajoutent leurs commentaires.

« PAUL SÉCAILLAT : IL N'AVAIT QU'À PAS INTERDIRE LA CHASSE DANS SES LAVANDINS. » Ou alors des choses de Grands qu'il vaut mieux ne pas lire à haute voix.

Bref, Maman a coupé Radio France Vaucluse et m'a tendu le pique-nique qu'elle avait préparé pour mon excursion. Du pain, des Kiri, et une pomme. Je pars toujours en balade le dimanche. J'avais prévu de monter en VTT au Mourre Nègre : un beau jour de juin, parfait avant qu'il ne commence à faire trop chaud.

Le commentateur radio, Maman, moi, tout le monde, on pensait donc que ce serait un dimanche comme un autre, et que la seule surprise serait pour ce soir, au moment du résultat des élections. Aucune Éclipse Grêlonne majeure n'avait été prévue pour ce 23 juin par le ministère de l'Intérieur.

Mais si le ministère avait vraiment été le mieux informé de France, il aurait su qu'un certain 23 juin, Paris avait reçu aux aurores un touriste un peu spécial. Un touriste bien particulier qui avait pris l'avion tôt le matin à Berlin, s'était posé au Bourget puis avait visité l'église de la Madeleine, la tour Eiffel et les Invalides. Il était allé devant le tombeau de Napoléon, et là, il avait fait quelque chose qu'il n'aurait pas dû : il s'était fait prendre en photo devant.

***

Ce dimanche, les Invalides avaient ouvert comme d'habitude à dix heures. Il y avait tout un car de Japonais qui était là aux premières loges, à vouloir faire des photos avant que ce ne soit définitivement interdit. Le Grêlon d'Hitler a atterri du Nuage pile sous la Coupole, lui et une trentaine d'autres quidam de la Wehrmacht. Les Japonais n'ont pas compris ce qu'il se passait, les gardiens qui surveillaient le tombeau non plus d'ailleurs.

Hitler aurait dû être hébété, chercher son chemin entre le Nuage et ici-bas comme les précédents Grêlons que l'Allemagne avait déjà vus débarquer. Mais non, allez savoir pourquoi, ce Grêlon-là s'était illuminé plein pot, direct, tout seul, comme un grand, sans l'aide de personne, comme si la vue du tombeau de Napoléon l'avait galvanisé. Même moi, je n'aurais pas déclenché son illumination plus rapidement. Pareil pour le reste des nazis, à croire qu'il n'y a de la chance que pour la canaille. Ça a été la panique, les Japonais couraient dans tous les sens, les nazis criaient des ordres à droite à gauche, les gardiens étaient complètement dépassés et appelaient leur hiérarchie pour savoir quoi faire.

Rapidement, ça a fuité dans les réseaux sociaux et les médias : les Japonais essayaient de se cacher là où ils pouvaient et de donner des nouvelles à leurs proches. En France, plus personne ne parlait des élections, et tout le monde avait les yeux rivés sur les Invalides.

À la fin, on ne sait pas exactement ce qui s'est passé, ou du moins on ne nous l'a pas dit. Il paraît qu'un Grêlon de la Wehrmacht a réussi à prendre le pistolet d'un des policiers envoyés sur place, et ça a commencé à tourner en prise d'otages. Le gouvernement a alors décidé d'envoyer le GIGN.

Ils y sont allés, un premier touriste japonais a été tué et, résultat des courses, tous les Grêlons y sont passés, y compris Hitler. Le préfet de Police a raconté après coup que c'était un forcené, qu'il ne voulait rien entendre, mais je crois que surtout personne au gouvernement n'avait envie de se retrouver avec un Hitler illuminé sur le territoire, déjà que l'Allemagne ne savait plus quoi faire des siens. Comme dit Maman, on est peu de chose, on ne nous dit pas tout.

Ça a tourné en boucle pendant tout le dimanche. Rapidement j'ai oublié le Mourre Nègre : impossible de me décoller des écrans. On regardait ça avec Maman, et elle n'arrêtait pas de dire : « Mais c'est pas possible, mais c'est pas possible. »

Sur les plateaux télé, dans les émissions de Grands, les journalistes, les hommes politiques, les commentateurs disaient la même chose, en un mot comme en cent. Ça défilait, ça analysait à tour de bras. Tous se demandaient comment les Invalides allaient influencer le scrutin. Pour certains, ça montrait bien que la politique du gouvernement était la bonne : il fallait voter cette loi, il fallait encadrer au plus vite le problème des Grêlons, ça n'avait que trop duré. S'il n'y avait pas eu toutes ces manifestations depuis deux mois, si les appareils photo avaient été interdits quand on l'avait demandé, on aurait pu se concentrer sur les vrais problèmes, et le fiasco d'aujourd'hui aurait pu être évité. Et puis le fait que ce soit Hitler allait faire réfléchir les gens à deux fois avant de voter pour les Frelons : le vote pour les extrêmes, hein, on avait vu où ça avait mené l'Europe cinquante ans auparavant. Soutenez le gouvernement.

Pour d'autres, c'était exactement le contraire. On voyait bien qu'à l'heure actuelle, ça n'allait pas du tout, et que ce n'était pas d'interdire les appareils photo, de créer des

« emplois Grêlons », ou quoi que ce soit d'autre qui allait changer la donne. Les gens en avaient marre de voter pour des demi-mesures, ils voulaient des vraies solutions et les Frelons risquaient de dépasser les dix pour cent, il y aurait des triangulaires.

Les uns et les autres étaient d'accord sur un seul point : ils se demandaient comment une telle chose avait pu arriver, et à quoi on pensait au ministère de l'Intérieur. Tout de même, manquer une telle Éclipse Grêlonne, il fallait le faire, et programmer ce jour-là, précisément, une échéance électorale, c'était un comble. On criait au complot, on disait que tout ce fiasco, ça avait été fait exprès pour influencer le vote en faveur du gouvernement.

Du côté du ministère, on balbutiait, on se confondait en explications, on renvoyait la faute aux historiens : la date exacte n'avait jamais été connue, l'Histoire avait oublié si c'était le 23 ou le 28 juin, il y avait débat sur la question[4].

À dix-neuf heures, les bureaux de vote ont fermé. Le dépouillement a commencé. Maman est finalement restée à la maison, comme si elle sentait que le temps était à l'orage. Elle a préparé ma Floraline, et on s'est mis à dîner devant la télévision.

À vingt heures, les résultats sont tombés. Sur le dessin d'actualité, la carte de France était submergée par un raz-de-marée Frelon.

---

4. Véridique, comme la plupart du reste d'ailleurs.

36. LE JOUR OÙ ALBION EST DEVENUE PERFIDE

Au lendemain de la victoire des Frelons, beaucoup ont dit que ça ne changerait pas la face du monde. Entre ce que les hommes politiques disent qu'ils vont faire et ce qu'ils font, hein, vous m'avez compris. Neuf fois sur dix, ce n'est pas faux, il ne se passe rien et votre vie ne change pas d'un pouce. Il faut croire que ce 23 juin était l'exception qui confirme la règle, parce que le ciel nous est tombé sur la tête. Un mois après l'élection, la Lèpre a été votée par la nouvelle majorité. Pour l'ancien gouvernement, ça aurait dû être un point d'orgue de sa politique sur les Grêlons ; mais pour les Frelons, ce ne fut qu'un préambule, un avant-goût facile de l'arsenal de mesures qu'ils allaient mettre en place. Une de leurs obsessions était le coût des Grêlons pour la société : oui, il fallait s'en occuper, mais tout était trop cher, tout ça, c'était payé avec l'argent de nos impôts, et qui est-ce qui paie, hein, c'est Bibi.

Les Frelons ont donc rendu le travail des Grêlons obligatoire. Ils ont piqué l'idée des « emplois Grêlons » à Gwendo, qui avait disparu des écrans radar, et l'ont complètement détournée. L'idée n'était plus de créer des postes pour favoriser leur insertion, mais plutôt de les obliger à travailler bénévolement pour diminuer le coût qu'ils représentaient pour l'État. Après tout, personne ne leur avait demandé de redescendre de leur Nuage, à ces oiseaux-là, n'est-ce pas.

À Albion, nous avons tout de suite senti le changement. Bandit Manchot nous a réunis un lundi, nous a informés de la réorganisation du centre, et si nous n'étions pas contents, hein, la porte était ouverte. Pour certains, comme pour l'équipe cuisine ou M. Mouhissault, ça n'a pas changé grand-chose ; mais pour moi, ça a été plus violent.

L'illumination patiente des Grêlons, ce n'était plus franchement la priorité numéro un. Désormais, on laissait deux semaines à un Grêlon pour reprendre pleine possession de ses moyens. Deux semaines à compter de la date d'atterrissage, pas un jour de plus. Si le Grêlon arrivait à sortir des limbes en quinze jours, tant mieux, il était bon pour aller travailler. Si ce n'était pas le cas, et bien tant pis, on n'allait pas s'acharner.

Forcément, avec de telles directives, vous pouvez oublier les parties de chasse aux ombres et de ballon prisonnier. Il n'y a pas de petite économie pour le programme, avait dit Bandit Manchot. Il m'a proposé de passer à mi-temps, avec seulement une moitié de salaire, ou alors l'option suivante : le matin, j'animais les séances d'atterrissage ; l'après-midi, j'allais bosser avec les Grêlons. Et c'est ainsi que j'ai fait connaissance avec Paix des Rides.

***

Paix des Rides, c'était la deuxième grande mesure des Frelons après le travail obligatoire, un logiciel conçu à leur demande par l'Homme le Plus Riche du Monde. Enfin, le plus riche, il ne l'était plus depuis un petit bout de temps : dès le moment où ils ne pouvaient plus se montrer en photo, les gens avaient commencé à se lasser des réseaux sociaux. Lui, il disait que c'était toujours cool de partager ses passions, ses idées, ses dessins, etc., mais on a bien senti que ça n'était plus aussi florissant. On a raconté qu'il avait besoin d'argent et que c'est pour ça qu'il avait accepté de travailler pour les Frelons. Lui, il a répondu que les travaux sur Paix des Rides avaient commencé bien avant, avec le gouvernement précédent, et que l'arrivée des Frelons ne changeait rien : son client, c'était la France.

Bref, Paix des Rides, c'est un logiciel qui centralise toutes les données sur les photographies qui ont été prises depuis Mathusalem : la date, le lieu, les gens dessus. Paix des Rides, ce n'est pas son vrai nom, c'est juste le nom qu'a fini par lui donner la presse, et nous avec. Ça remontait aux premiers échanges à l'Assemblée nationale, quand la ministre en charge des Grêlons avait défendu la mise en place du logiciel. Cette ministre, c'était l'ancienne porte-parole des Frelons, une sacrée nature doublée d'un sens inné de la formule. Les débats s'étaient multipliés à la télévision entre les hommes politiques, les journalistes, et les intellectuels : est-ce que ça n'allait pas empiéter sur la vie privée ? Est-ce que ça respectait la vie démocratique, les libertés individuelles ? Est-ce que ça n'allait pas trop loin au nom de la lutte contre les Grêlons ? La ministre avait juré ses grands dieux que tout ce qu'elle voulait, c'était s'endormir chaque soir sans avoir à s'inquiéter pour les générations futures. Aller au lit sans devoir se préoccuper des millions de Grêlons qui allaient tomber du Nuage sans crier gare dans les années à venir. Vieillir sans se mettre la rate au court-bouillon. À l'Assemblée nationale, elle avait emprunté un vers d'Arthur Rimbaud : « Ce système, c'est la Paix des Rides. » C'était resté.

Le logiciel avait accès à des bases de données en veux-tu en voilà : les réseaux sociaux, les Archives nationales, les fichiers de la police, l'INA, l'état civil, l'Éducation nationale, les papiers d'identité, tout et un peu plus que tout. Il farfouillait, réfléchissait, digérait, et vous proposait de valider les informations associées à chaque photographie vous concernant : vous aviez une semaine pour vous auto-identifier, pour valider ou invalider, sinon vous vous preniez une amende.

Dès que la data était confirmée, Paix des Rides appliquait la Courbe de Retour et prévoyait le lieu et la date d'atterrissage des Grêlons correspondants, ainsi que tout le matériel biographique pour provoquer l'illumination la plus rapide possible. Hors de question qu'un Hitler repointe le bout de son nez sans préavis ou qu'on réceptionne les Grêlons au petit bonheur la chance : idéalement, Paix des Rides devait prévoir tout ce qui devait tomber du Nuage.

Tout ça, c'était bien joli, c'était ce qu'avait vendu la ministre, mais ça ne marchait pas exactement comme ça. Il y avait mérou sous caillou. L'auto-validation, ça ne marchait que pour les gens qui vivaient encore, qui étaient capables de s'identifier sur les photos. Problème : la Courbe de Retour des Grêlons était toujours au niveau de la sortie de la Seconde Guerre mondiale. Il restait donc bien trente longues années qui tombaient du Nuage jour après jour, et pour laquelle Paix des Rides manquait de valideurs encore vivants et d'informations à croiser.

Pas de souci, les Frelons avaient réponse à tout : il fallait bien que les Grêlons aident, ils donneraient eux-mêmes un coup de main au programme pour toute cette période. Voilà comment, à Albion, tous les après-midi, on se coltinait désormais des centaines et des centaines de photographies à rentrer manuellement dans le système. Paix des Rides nous proposait des dates, des lieux, et surtout des identifications, à partir des papiers d'identité de l'époque, que l'on validait : oui, ça ressemblait bien à Untel, non, ça ne lui ressemblait pas ou ne pouvait pas correspondre à un épisode de sa vie. De la photo à la chaîne, des vérifications récurrentes, le fordisme de la pellicule. Bandit Manchot nous avait organisés en trinôme : un Grêlon saisissait la date et l'endroit déterminés, un Grêlon confirmait les identités pressenties, et un dernier validait le tout dans Paix des Rides.

Moi, j'étais tombé dans l'équipe des gagnants. Il y avait Arthur, ce petit cachottier qui n'avait toujours dit à personne qu'il avait eu son illumination. Il faisait comme si de rien n'était, à jouer le Grêlon perdu dans les limbes. Il y avait aussi Lili, une Grêlonne qu'on n'avait jamais réussi à illuminer, et là pour le coup, contrairement à Arthur, c'était pas du flan. Ce n'était pas faute de manquer d'éléments sur sa vie : Jean-Jean l'avait tout de suite trouvée, dans l'état civil et les archives municipales. Liliana Tigrata. Elle était d'une famille d'Italiens qui avait fui Mussolini dans l'entre-deux-guerres et qui s'était installée en Provence. Son père travaillait comme charbonnier, sa mère était ouvrière dans une usine d'ocre. Sa famille habitait Rustrel, mais Lili était née en Italie. Jean-Jean n'avait pas pu me dire si elle parlait français. C'est peut-être pour ça que je n'avais jamais réussi à la ramener sur terre : en français, ça n'avait rien donné, et avec mes trois mots d'italien, fallait pas rêver non plus. Je n'avais jamais réussi à lui faire dire son prénom en entier : elle butait sur Li-li, et n'allait pas plus loin. Un peu à la Jean-Jean. Du coup, à Albion, on avait commencé à l'appeler comme ça.

Une fois la photographie chargée dans Paix des Rides, Arthur devait saisir sa géolocalisation. Par exemple, si c'étaient des gens devant le Pont du Gard, eh bien Paix des Rides vous donnait une image du Pont du Gard, et ses coordonnées GPS, et il fallait valider. Ça encore, c'est un exemple facile. Mais pour une simple photo sur la plage, allez distinguer Deauville de Palavas-les-Flots. Si Paix des Rides ne reconnaissait rien du tout, vous pouviez toujours essayer mais bon courage. Il fallait escalader le dossier à l'équipe géographie à Paris, des gens qui avaient voyagé dans tous les coins de France et de Navarre. Arthur, en douce, n'arrêtait pas de ronchonner et de pester. Pour améliorer l'ambiance, je lui racontais ma vie, Kodak, Papa et tout le toutim, mais cause toujours tu m'intéresses, ça ne servait pas à grand-chose.

Lili, elle travaillait sur les portraits, les visages des gens. C'était le moins compliqué, elle y arrivait sans trop de mal malgré son état. Elle chargeait la photo, Paix des Rides la comparait avec les portraits des passeports, des cartes d'identité, et rebouclait avec le lieu qu'avait arrêté Arthur. Le système affichait alors le nom, elle n'avait plus qu'à valider.

Lorsque c'était mon tour d'intervenir, Paix des Rides avait donc déjà tout dans sa besace : la date d'atterrissage, calculée grâce à la Courbe de Retour, le lieu et l'identité des Grêlons et plein d'éléments biographiques pour favoriser leur illumination. Il n'y avait plus qu'à relire le tout, à s'assurer qu'il n'y avait pas de bug dans les informations, et à donner une validation finale sur le dossier. Ensuite, Paix des Rides s'occupait du reste et le transformait en ordre d'intervention pour les policiers.

Enfin, les policiers, ce n'est pas le mot exact : je devrais plutôt dire les Iodures d'Argent.

ALB0/COURRIER INTERNE/COM-1871

De : DirCom
À : Madame la Ministre
Objet : Éléments de langage
– Séance de questions à l'Assemblée nationale

Le projet de loi autorisant la centralisation de données sur les P.R.E. par le logiciel Photonics Data Retroconnect (P.D.R.) sera débattu ce mercredi. Ce texte soulève de nombreuses objections sur le respect de la vie privée, que ce soit de la part de la société civile, de l'opposition ou même de membres de notre majorité. Des parallèles sont faits avec le Big Brother de George Orwell. Il nous faut recentrer le débat sur les valeurs de :
– quiétude (vis-à-vis des troubles du quotidien liés aux atterrissages) ;
– protection (face à la menace générée par l'afflux des P.R.E.) ;
– responsabilité (pour les générations futures).

Donner au logiciel P.D.R. un nouveau nom, à l'intersection de ces trois valeurs, semble un premier pas évident. Nous avons tous en tête le faux pas lié à la L.E.P.R.E.

Vous voudrez bien trouver en pièce jointe une première liste de propositions. Je me permets d'en souligner un : Paix des Rides. Extrait d'un poème d'Arthur Rimbaud, il fait écho aux classiques de la littérature française, mais

aussi à l'un des tout premiers Grêlons. Il renvoie aux moments enthousiasmants de cette découverte, sans connotation répressive.
Testé par sondage, Paix des Rides a reçu de nombreuses réactions positives.

DirCom

U, cycles, vibrements divins des mers virides,

Paix des pâtis, semés d'animaux, paix des rides

Que l'alchimie imprime aux grands fronts studieux ;

37. LE JOUR OÙ ON A DIT BONJOUR À MARILYN

À leur arrivée au pouvoir, les Frelons avaient estimé que de toutes les unités de la police, de la gendarmerie, de l'armée, aucune n'avait les moyens pour traiter définitivement le problème des Grêlons. Ils avaient donc créé une entité spéciale, qui avait autorité sur tous les autres corps de l'État pour tout ce qui touchait de près ou de loin au Nuage : les Iodures d'Argent.

Le terme venait encore et toujours de la ministre en charge des Grêlons, on peut dire qu'elle avait le sens de la formule, celle-là. Avant de se lancer dans la politique, c'était une viticultrice, et elle disait que pour lutter contre la grêle, il n'y avait pas mieux que les générateurs à iodure d'argent. Les Iodures d'Argent, c'était resté.

La prévision des Éclipses Grêlonnes, c'était eux. Les interventions pour les Orages de Grêle, c'était eux. La réception des atterrissages, c'était eux. La gestion de Paix des Rides, c'était eux. Le recensement et l'identification des Grêlons, c'était eux. Toute la lutte contre les activités grêligènes, c'était encore et toujours eux.

Albion, aussi, faisait maintenant partie de leur périmètre. Bandit Manchot leur rendait des comptes, et nous avec. Dit de cette manière, ce n'est pas particulièrement fracassant. Pourtant je peux vous dire que je suis tombé des nues lorsque est arrivée leur première visite d'inspection du centre. Bandit Manchot nous avait ordonné de tout bien briquer, un vrai ménage de printemps. Nous étions tous en rang dans la cour, les Grêlons au beau milieu et sur le côté, le personnel. On retenait notre souffle, on voulait faire bonne impression sur nos nouveaux patrons.

Leur 4 × 4 est arrivé, et devinez qui en est descendu ?

***

Jean-Jean était métamorphosé, je ne l'ai pas reconnu tout de suite. Il était loin le temps où les Éléments Perturbateurs se moquaient de ses kilos en trop. C'était devenu une sacrée armoire à glace, que du muscle ! Je peux vous dire que vous n'aviez pas envie de rebéquer. Son nouvel uniforme lui allait comme un gant, il avait dû être fait sur mesure. Il était entièrement noir, à part les coutures, les boutons, et les épaulettes qui étaient jaune vif. Noir et or, c'étaient les couleurs officielles du parti Frelon, on commençait à les voir partout : à la télé, sur les bâtiments officiels.

Il devait avoir un bon grade : ses épaulettes et sa casquette carrée lui donnaient une sacrée allure. Au-dessus de sa visière, on ne pouvait manquer l'insigne des Iodures d'Argent. Elle aussi, on commençait à bien la connaître : un nuage avec des flocons menaçants au-dessus de l'Hexagone. Entre les deux, une main gantée protectrice sur laquelle était écrite leur devise : *Ex nihilo nihil.* Jacques Mansarde avait dit dans son journal ce que ça voulait dire, mais j'ai oublié.

Jean-Jean ne m'avait rien dit. Ça faisait longtemps qu'on ne s'était pas vus, on ne se parlait plus trop et surtout pas de politique, mais bon quand même, il aurait pu me prévenir. S'il avait voulu me faire une surprise, c'était réussi.

Le commandant des Iodures d'Argent a fait son discours, j'étais tellement obnubilé par Jean-Jean que je n'ai pas réussi à en écouter la moitié. Ça disait en gros que c'était terminé, les parties de ballon prisonnier et les poètes analphabètes payés avec l'argent des contribuables ; que maintenant la priorité, c'était Paix des Rides et que si les Grêlons n'étaient pas contents, eh bien ils n'avaient qu'à retourner sur leur Nuage.

À part lui qui vociférait, on n'entendait pas un bruit : personne ne mouftait, même les oiseaux avaient compris que ce n'était pas le moment de la ramener. À un moment, il a rendu le micro à Bandit Manchot, et ça a été la fin du rassemblement. Les Grêlons sont retournés dans leurs dortoirs, mais pas le personnel du centre. Bandit Manchot nous avait prévenus qu'il y aurait une réunion supplémentaire dans son bureau.

À l'intérieur, le monologue a repris : le ton était différent, mais pas l'esprit. Bandit Manchot n'en plaçait pas une, on écoutait tous religieusement. Le gouvernement Frelon avait décidé que le recensement des Grêlons par déclaration, les comptes à la papa comme il disait, c'était de l'histoire ancienne. Il y avait eu des abus, des erreurs, ça ne pouvait plus durer. Je regardais Jean-Jean, qui, lui, ne me regardait pas. Tout ça pour un pauvre départ pour les cerises compté deux fois, franchement, c'était abusé.

Et là, entre les photos d'Indochine et de RDC, le commandant des Iodures d'Argent nous en a appris une bien bonne. Des scientifiques avaient découvert comment différencier les Grêlons de nous. Depuis leur arrivée à la gare de La Ciotat, tout le monde avait cherché, personne n'avait rien trouvé. Leurs empreintes digitales ? Elles étaient identiques à celles du bonhomme dont on avait tiré le portrait cent ans plus tôt. L'ADN ? Pareil, les codes avaient la même séquence, exactement la même. La biométrie vocale, la reconnaissance par la rétine, tout ça avait été creusé, et rien n'avait été retenu. On vivait avec l'idée qu'il était impossible de différencier un Grêlon de son être humain, à part qu'il ne savait plus additionner deux et deux au moment de l'atterrissage. Et lorsqu'une personne s'était fait prendre plusieurs fois en photo, eh bien ça ne changeait rien : ses Grêlons étaient indifférenciables, des jumeaux identiques, des triplets parfaits, des quadruplets plus-que-parfaits.

Mais voilà, le commandant des Iodures d'Argent nous a expliqué que l'iris comporte plusieurs motifs si on les regarde de très près, avec un microscope.

« Normalement, la reconnaissance rétinale n'est pas affectée par la réactivité de la pupille, sa dilatation ou sa rétractation : la géométrie des motifs s'agrandit ou rétrécit, c'est tout. Mais chez les Grêlons, nous nous sommes rendu compte que l'iris était figé, une bonne fois pour toutes, il n'est plus réactif.

« Cette découverte nous a permis de faire un bond en avant, a continué l'Iodure d'Argent. Un développement a été apporté à Paix des Rides, pour nous permettre d'identifier qui est un Grêlon, et qui ne l'est pas. Paix des Rides envoie une succession de stimuli visuels et mesure en temps réel la dilatation ou la rétractation de l'iris. Lorsque l'œil réagit naturellement, à la bonne vitesse et avec un périmètre adéquat, alors nous avons affaire à un humain. Si l'œil reste figé, alors nous sommes en face d'un élément qui vient du Nuage. »

Là-dessus, le commandant des Iodures d'Argent a fait un signe à Jean-Jean, qui a sorti un étui de sa mallette. Il l'a ouvert et en retiré une grosse paire de lunettes noires. C'était comme des lunettes pour aveugle, celles qui ne laissent absolument pas passer la lumière, même sur les côtés, et avec des grosses branches. On devinait bien qu'elles n'étaient pas normales, ces lunettes, rien qu'à la façon dont les portait Jean-Jean : elles avaient l'air de peser trois fois leur poids.

« Je vais demander à un membre du personnel du centre de se porter volontaire, pour vous faire une petite démonstration. Ce n'est pas très compliqué, et on comprend mieux quand on voit le test en vrai », a dit le commandant des Iodures d'Argent.

Ça n'était pas la folie à London. Bandit Manchot m'a regardé, et j'ai tombé le regard, mes chaussures avaient tout à coup une foule de détails que je n'avais jamais remarqués. On a entendu un « Hum, hum » et au final c'est Micheline, l'orthophoniste, qui s'est sacrifiée.

Jean-Jean a sorti un ordinateur portable, et a placé l'écran devant nous. Il s'est connecté à Paix des Rides. J'ai reconnu l'interface mais il y avait tout un tas de menus en plus, je ne devais pas avoir accès à tout. Micheline a mis les grosses lunettes et tout à coup on a vu un de ses iris apparaître à l'écran de l'ordinateur, entouré de toute une palanquée de chiffres, de courbes et de voyants. Ça avait l'air drôlement compliqué.

« Mon Dieu, avec ses lunettes noires et tout le monde qui me regarde, j'ai l'impression d'être Marilyn Monroe à Hollywood, s'est mise à rire Micheline.

— Respirez calmement, il n'y a aucune raison de stresser. Je vais vous demander de lire ce qui s'affiche devant vos yeux, et de ne surtout pas cligner des yeux lorsque vous lirez. »

Un voyant jaune s'est allumé sur l'angle des branches et on a compris que le test avait commencé. Silence dans la salle.

« Ouistiti », a dit Micheline. Aussitôt qu'elle s'est mise à parler, un grand flash de lumière est sorti des lunettes. Micheline a sursauté, a saisi les branches avec ses mains mais au final a gardé les lunettes. Sur l'écran de l'ordinateur, l'iris s'est réduit de moitié. Les courbes et les chiffres se sont emballés pendant un moment, puis tout est redevenu normal.

« Cheese. » Ça a été la même histoire, gros flash, sauf que Micheline n'a pas sursauté, elle avait compris le schmilblick. On n'est pas non plus une équipe de neuneus : Albion, super champion. On a vu son iris se rétrécir puis revenir à une taille normale.

« Whisky. » Belote, et rebelote, les courbes qui montent et qui redescendent.

Le voyant jaune sur les lunettes est devenu vert. Une petite fenêtre est apparue sur l'écran de l'ordinateur de Jean-Jean : je n'ai pas réussi à lire, j'étais trop loin.

« Voilà, c'est terminé. Merci, madame, vous pouvez retourner vous asseoir, nous avons le plaisir de vous confirmer ce que tout le monde savait : vous n'êtes bien sûr pas une Grêlonne », a terminé le commandant des Iodures d'Argent en souriant.

« Nous allons faire maintenant un essai avec un Grêlon pour bien vous montrer la différence. M. Houques, j'imagine que ce ne doit pas être très difficile à trouver, et que vous devez avoir ça en stock ? » a-t-il continué.

Cinq minutes après, la porte s'est ouverte et, ô surprise, on a vu entrer Arthur. De toute manière, Bandit Manchot l'a toujours eu dans le nez. Jean-Jean a aidé Arthur à mettre les lunettes, lui a expliqué ce qu'il devait faire, puis est retourné s'asseoir devant l'ordinateur. Le voyant jaune s'est allumé, et l'iris d'Arthur est apparu à l'écran.

« Oui-sti-ti », a articulé lentement Arthur. Le flash s'est déclenché dans les lunettes, mais ça n'a pas eu l'air de gêner Arthur plus que ça. Son iris n'a pas bougé d'un pouce. Les courbes et les chiffres sont restés de marbre.

Sur les lunettes, le voyant jaune est devenu rouge. Il s'est mis à clignoter et à faire un bruit strident. On a entendu comme un flash et d'un bond, Arthur s'est levé et s'est mis à hurler comme un possédé. Il a arraché les lunettes et s'est tenu l'œil droit des deux mains. Ça avait l'air de lui faire un mal de chien, il gueulait comme un veau.

« Lorsque Paix des Rides détecte un Grêlon, il imprime directement au laser un numéro unique sur la rétine. Sinon, il n'y a aucun moyen de distinguer un iris figé d'un autre. Paix des Rides enregistre immédiatement l'image de l'iris avec le numéro du Grêlon, et ça part au central », a conclu le commandant des Iodures d'Argent.

Il a montré du doigt Paix des Rides sur l'écran de l'ordinateur : y apparaissaient la photographie de l'iris et tout autour une vingtaine de chiffres, un long numéro. Le numéro d'Arthur.

ALB04/COURRIER INTERNE/COM-1831

De : DirCom
À : Madame la Ministre
Objet : Dénomination de la nouvelle unité d'intervention dédiée aux P.R.E.

Suite à l'étude des noms proposés pour la nouvelle unité d'intervention sur les P.R.E, notre préférence irait au terme « Iodures d'Argent » :
– c'est Daguerre lui-même qui incite Niepce à utiliser en 1831 l'iodure d'argent comme couche photosensible, pour « fixer les images reçues de la chambre obscure » ;
– en 1950, l'Alberta Hail Project ensemence les nuages avec de l'iodure d'argent pour contrer les orages de grêle qui affectent cette région du Canada. C'est la première fois dans l'Histoire qu'une politique de modification du climat est mise en place. L'initiative sera copiée en France pour les cultures à forte valeur ajoutée (vignobles de Bordeaux par exemple) ;
– en 1962 est lancé le projet Stormfury par le gouvernement américain. L'objectif est d'ensemencer avec de l'iodure d'argent les ouragans au-dessus de l'Atlantique pour réduire leur potentiel destructeur avant leur arrivée sur les côtes de Floride ;
– pendant la guerre du Vietnam, de 1967 à 1972, les États-Unis mènent, sous le nom de code opération Popeye, plus de 2 300 missions de dispersion d'iodure d'argent, afin de prolonger la mousson et de rendre impraticables les routes d'approvisionnement du

Viêt-Cong. L'armée française avait fait de même en 1954 (opération Averse) ;
– ce n'est que le 10 décembre 1976 qu'une résolution des Nations Unies interdit la modification du climat à des fins militaires.

L'emploi du terme « Iodure d'Argent » lors de votre discours à l'Assemblée nationale ce jeudi puis lors de votre passage au JT de Jacques Mansarde à vingt heures permettrait de donner un éclairage nouveau sur le tournant opéré par le gouvernement sur les P.R.E.

DirCom

ALB04/TÉLÉGRAMME DIPLOMATIQUE/PDR-1962

[CORRECTIF]
De : PRE-liaison@us
À : I. d'A.
Objet : Nouvelle Borne Temporelle pour P.R.E.
– Norma Jean

Dans notre précédent courrier, nous vous indiquions le 30 juin 1962 comme Borne de Fin pour Norma Jean (de son nom d'artiste : Marilyn Monroe).
Nos informations étaient que sa dernière séance de pose avait eu lieu à l'hôtel Bel-Air de Los Angeles par le photographe Bert Stern, six semaines avant sa mort.
Elle avait duré plus de douze heures et Bert Stern avait déclaré avoir pris plus de 2 500 clichés.

De nouvelles informations nous poussent à repousser cette Borne de Fin au vendredi 13 juillet 1962.
Ce jour-là, Norma Jean était allée à la plage de Santa Monica avec son ami George Barris. Il fit une quinzaine de clichés puis repartit le lendemain à New York.
Le dimanche 3 août, il apprend sa mort par la presse.
Il quitte les USA et part vivre à Paris pour plus de vingt ans, sans publier les photographies. Elles ne seront diffusées que trente-trois ans plus tard, en 1995.
La Borne de Fin a été corrigée dans P.D.R. Une nouvelle intervention à Santa Monica a été programmée.

P.R.E. Liaison USA

38. LE JOUR OÙ IL A FALLU PORTER DES LUNETTES

Le lendemain, ça a été le branle-bas de combat à Albion. Bandit Manchot voulait montrer aux Iodures d'Argent qu'on ne se tournait pas les pouces, que nous n'étions pas un camp de vacances ou un ramassis de bons à rien. Au contraire, il a sonné le tocsin pour que nous identifiions tous les Grêlons du centre dans Paix des Rides. Ceux que l'on avait comme pensionnaires mais aussi tous ceux qui étaient passés par Albion puis qui s'étaient intégrés dans la vie extérieure. Ça n'a l'air de rien comme ça, mais ça faisait une sacrée palanquée, on parlait bien de deux mille Grêlons environ.

Bandit Manchot avait réquisitionné le réfectoire et l'avait transformé en salle de test. Lui à proprement parler ne faisait rien, à part surveiller que tout se passait bien et montrer à l'Iodure d'Argent de service qu'il était là pour veiller au grain. L'Iodure d'Argent de service, justement, le monde est petit, je vous le donne entre mille, c'était Jean-Jean. Je l'avais appelé, la veille au soir, pour discuter et comprendre pourquoi il ne m'avait pas parlé de sa mutation, mais il ne m'avait pas répondu. Il devait être de garde, ou bien en sortie avec ses nouveaux collègues. Je n'avais pas laissé de message, je ne sais jamais quoi dire aux répondeurs. Ces répondeurs qui ne donnent pas de réponse. Ce matin, quand j'étais arrivé, il était déjà là à discuter avec Bandit Manchot qui ne le lâchait pas d'une semelle. Impossible de lui parler seul à seul, de savoir comment il s'était retrouvé chez les Iodures d'Argent, si c'était lui qui en avait fait la demande ou pas. Sur sa gauche, il avait les registres du centre ; sur sa droite, il avait ouvert son ordinateur portable, sur lequel tournait Paix des Rides.

C'était lui qui déterminait l'ordre de passage des Grêlons. Il les appelait, les uns après les autres, par ordre alphabétique, et Micheline allait les chercher à la porte. Il y avait deux queues distinctes dans la cour : nos pensionnaires actuels, et ceux qui étaient déjà retournés dans la vie extérieure. On essayait de faire passer ceux-ci en priorité, pour éviter qu'ils perdent leur journée de travail. Micheline revenait avec le Grêlon suivant, et le faisait asseoir devant moi.

C'était ma nouvelle affectation. Bon à rien, mauvais à tout, comme dit le dicton. Comme j'avais un excellent contact avec les Grêlons, et que je connaissais tous ceux d'Albion, on m'avait posté là : les tranquilliser, leur demander de mettre les lunettes, de lire les mots qui allaient s'afficher devant eux, leur expliquer de ne pas cligner les yeux, etc. Rien de bien sorcier, mais ça va mieux en le disant. Si je peux être honnête, ça m'ennuyait un peu de leur raconter que tout allait bien se passer, qu'il n'y avait pas de raisons de stresser, et dix secondes plus tard, les voir se tordre de douleur en se frottant l'œil droit. Ce n'est pas comme si on m'avait demandé mon avis, mais bon.

Dix secondes, c'était le temps moyen par Grêlon, et encore je suis large. Paix des Rides était rapide comme l'éclair. Pour ceux qui n'étaient pas encore illuminés, ils n'avaient même pas le temps de dire « Ouistiti » que Paix des Rides avait rendu son verdict. Et le logiciel avait toujours le dernier mot, de toute manière : dans tous les cas, ça se finissait avec un Grêlon qui hurlait et le père Barthélemy qui l'accueillait à bras grands ouverts.

Lui, c'était la toute dernière recrue d'Albion. Quand les Iodures d'Argent nous avaient indiqué qu'il fallait recenser tous les Grêlons, Bandit Manchot avait appelé l'hôpital à Apt pour qu'ils nous envoient quelqu'un, histoire de soigner tous ces yeux qui allaient dire bonjour au laser de Paix des Rides. Rien de bien particulier, juste quelqu'un pour mettre des gouttes et une compresse là où ça fait mal. Apparemment, ils auraient répondu à Bandit Manchot qu'il n'y pensait pas, qu'il n'était pas sérieux, avec les économies budgétaires et le manque de personnel, ça n'allait pas être du domaine du possible.

Bandit Manchot s'est alors tourné vers ses anciens copains de la Légion, qui lui ont balancé qu'Albion ne dépendait plus de l'armée, mais des Iodures d'Argent. Et ces derniers lui ont dit que franchement, ça n'était pas pour une petite piqûre de rien du tout dans l'œil, hein, vos Grêlons sont bien douillets.

Au final, il n'y a eu que le père Barthélemy avec son brevet de premiers secours qui a répondu présent. Avec M. Mouhissault, je lui ai ouvert la barrière ce matin, et il m'a reconnu.

« Ah mais je te reconnais, toi, même si ça fait bien des dimanches que je ne te vois plus. Ta maman, par contre, elle est toujours fidèle au poste. »

J'ai dû rougir et regarder mes pieds, parce qu'il a aussitôt rajouté :

« Je ne te lance pas la pierre, va, il y a des choses autrement plus graves aujourd'hui. Allez, amène-moi chez tes apprentis oculistes. »

Résultat des courses, le père Barthélemy était juste après moi, en essayant de mettre des gouttes ophtalmologiques à des Grêlons qui se tordaient de douleur. Il soignait en silence, mais il n'en pensait pas moins. À chaque fois qu'on entendait le laser se déclencher, il y avait juste après le cri du Grêlon un grand soupir du père Barthélemy, qui voulait tout dire.

Vers onze heures s'est assise sur ma chaise Zézette. Ce n'est pas son vrai prénom, mais comme elle zozote un peu, tout le monde l'appelle Zézette. Ce n'est pas vraiment une Grêlonne comme les autres : elle est toute gamine, elle doit avoir sept-huit ans, pas plus. Elle est gentille : c'est la fille de la garde-barrière de la Dôa, Elle s'était fait prendre en photo lorsque le train passait derrière, juste avant la Seconde Guerre mondiale. Elle n'a eu aucun problème pour son illumination : si elle reste à Albion, c'est juste qu'elle n'a pas l'âge pour travailler et qu'on ne sait pas comment réintégrer une mineure à la vie extérieure. Légalement, les enfants Grêlons, c'est toute une histoire. Pas le droit de bosser, et pas d'argent pour feignasser.

Bref, j'ai tendu à Zézette les lunettes, lorsque a retenti la grosse voix du père Barthélemy dans le réfectoire :

« Non, non, là, ce n'est plus possible, je dis stop, là, je dis stop. »

Il ne devait plus avoir de gouttes ou de compresses.

« Monsieur Houques, il faut que je vous parle, trop c'est trop, ça ne va plus du tout. » Et il a ajouté en me regardant :

« Une petite pause ? Cinq minutes, un petit café dans la cour et tu reviens ? »

Ça n'était pas de refus, j'ai pris la porte et je suis sorti. Dehors, ça m'a flanqué un coup. C'était impressionnant. On sait bien que tous ces Grêlons, ça fait du monde, ceux de l'appel du matin plus ceux de l'extérieur ; mais quand on les voit tous ensemble pour de vrai, ça fait un choc. La cour était pleine à craquer. Je ne sais pas qui avait appelé qui, mais la police militaire et les Iodures d'Argent se donnaient un coup de main pour que tout ce petit monde reste bien sage.

Je me suis frayé lentement un passage vers la machine à café quand quelqu'un m'a tiré par le coude. Je me suis retourné et ô surprise ! c'étaient de vieilles connaissances, Alejandro et ce bon vieux Désiré Baudru. Ils étaient en uniforme avec leurs képis blancs, ils étaient baraqués comme des armoires à glace. Pour un peu, je ne les aurais pas reconnus, ils étaient bien loin, mes joueurs de billes.

« On espérait bien te voir ici aujourd'hui, c'est pour ça qu'on est venus », a dit Alejandro avec un grand sourire.

Ça m'a fait plaisir d'entendre ça, même si ça m'a fait tout bizarre : on se serait crus à une réunion d'anciens élèves, avec moi dans le rôle du vieux professeur et eux des cancres qui ont bien grandi. Je me suis dit que finalement, mes parties de ballon prisonnier, ça ne marchait pas si mal, quoi qu'on en dise, et pour un peu j'aurais écrasé une larmichette. On a marché ensemble vers la machine à café.

« Alors, mes légionnaires, vous sentez toujours bon le sable chaud ? je leur ai rétorqué, histoire de ne pas faire le sentimental.

— Hé, hé, tu ne crois pas si bien dire, on était à Djibouti le mois dernier », a répondu Désiré.

Ils ont continué, ils m'ont raconté leurs voyages, le Maroc, le Vietnam, la Corne de l'Afrique. Ils avaient l'air contents. La Légion les avait complètement intégrés, ils disaient même qu'ils ne se sentaient plus Grêlons pour ainsi dire.

« L'état-major nous a bien expliqué que nous n'étions pas obligés de venir aujourd'hui, et que nos identités seraient protégées tout le long de notre service. Mais bon on n'a rien à cacher, nous. Tu sais ce qu'ils nous veulent, toi ? Qu'est-ce qu'ils cherchent dans l'œil droit de tout le monde ? » m'a demandé Alejandro.

Il a donné du menton en direction de Grêlons qui étaient dans un coin de la cour. Ils avaient tous une énorme compresse sur l'œil droit. C'étaient ceux qui étaient déjà passés devant Paix des Rides. Je lui ai expliqué en trois mots ce qui se passait dans le réfectoire, les lunettes et Paix des Rides. « Expliqué » n'est pas le mot juste : il y avait plus d'excuses dans ma phrase qu'autre chose.

« Bof, ne t'en fais pas, va, on en a vu d'autres. Ton laser, c'est pas pire qu'un tatouage », a dit Désiré Baudru en remontant le haut de sa manche. Il s'était fait tatouer l'insigne de la Légion étrangère, la grenade à sept flammes, entrelacée avec sa devise : *More majorum*[5].

J'allais lui répondre quand on a senti un flottement tout autour de nous, tous les Grêlons qui déguerpissaient aux quatre coins de la cour. J'ai tourné la tête, et j'ai vu Jean-Jean qui traversait la cour dans ma direction, impeccable dans son uniforme noir. Les Grêlons s'écartaient, il y avait bien un cercle de trois mètres tout autour de lui. Même Désiré et Alejandro lorsqu'ils l'ont vu arriver ont baissé les yeux. Je crois même qu'Alejandro a hésité à se mettre au garde-à-vous. Dommage que je ne sache pas lire les galons, j'aurais pu vous dire quel grade avait désormais Jean-Jean.

Il s'est planté devant moi, m'a regardé dans les yeux puis m'a demandé : « J-je t'offre un ca-café ? »

---

5. « À la manière de nos anciens. »

39. LE JOUR OÙ LE CAFÉ M'A MIS UN GOÛT AMER DANS LA BOUCHE

Jean-Jean m'a demandé si je voulais un long ou un court, avec ou sans sucre. À vrai dire, ce n'est pas vraiment lui qui posait ces questions, c'était plutôt la machine à café, et Jean-Jean ne faisait que lire les instructions qui s'affichaient. Je me suis dit que ce n'était pas le moment de faire des simagrées, qu'il fallait prendre du café comme les Grandes Personnes. J'ai répondu un long, avec du sucre : ça aiderait à le faire passer.

Malheureusement, la machine a répondu qu'il n'y en avait plus : « T-tant pis, il va f-falloir faire sans », a grommelé Jean-Jean. Il s'est servi à son tour, et on est restés silencieux pendant un moment en touillant dans nos gobelets.

C'était complètement inutile, puisqu'il n'y avait pas de sucre : autant jouer au mikado avec les mains de Mickey Mouse. Mais bon, on touillait.

« Pourquoi tu ne m'as pas dit que tu avais intégré les Iodures d'Argent ? ai-je fini par lui demander en jetant ma touillette dans la corbeille.

— J-je comptais te le d-dire, et puis t-tout s'est fait si vite, je-je n'ai pas eu le temps. »

Je ne suis pas sûr que c'était la vérité, mais bon je n'allais pas le traiter de menteur.

« Comment ça s'est fait ? C'est toi qui as postulé ou c'est eux qui sont venus te chercher ?

— U-un peu des deux. Je co-commençai à t-trouver le

temps long à m-mettre des PV et à les faire sauter la semaine d'après. Et à la gen-gendarmerie, tout était b-bouché, t-tout le monde se fou-foutait de ma gueule à cause de mon d-défaut de p-prononciation, a répondu Jean-Jean en pointant sa bouche. J-j'ai rempli des d-dizaines de dossiers pour monter en g-grade, et à cha-chaque fois, c'est resté lettre morte. »

Il ne m'en avait jamais rien dit, je croyais qu'il était bien à la gendarmerie.

« Ça doit être une belle promotion. »

Il est devenu rouge comme une pastèque. Il avait mal pris ma dernière remarque, comme du sarcasme, alors que non, pas du tout, je ne pensais pas à mal.

« T-tu te fous de m-ma gueule, c'est ça ? Tu te crois m-meilleur que moi avec tes parties de b-ballon prisonnier ? N'oublie pas que-que si tu es là, c'est q-quand même g-grâce à moi !

— Mais il faut pas... », ai-je bredouillé. Peine perdue, il ne m'en laissait plus placer une.

« T'es c-comme le père B-Barthélemy, p-pour critiquer ou d-donner des leçons, y-y a du monde, mais pour p-proposer des solutions q-qui marchent, hein, y a p-plus personne ! »

J'ai balbutié quelque chose mais il ne m'écoutait plus.

« Tu es la p-personne la p-plus égoïste que je co-connaisse. T'as dé-décidé de vivre dans ton monde et d'y rester, p-peu importe ce q-qui se passe pour les gens que t-tu connais. Tu sais c-combien de photos ont été prises en 2010 ? Dis j-juste un chiffre p-pour voir... Six cents mi-milliards ! Six cents milliards de photos en une année ! Et sept ans a-après, hein ? M-mille deux cents m-milliards ! Mille deux cents m-milliards ! Ça ne va pas être des O-Orages de Grêle qui nous attendent, mais des Ou-Ouragans, des Ouragans ! Ça va faire com-combien de parties de ba-ballon p-prisonnier, à ton avis ? »

Apparemment, il avait fini de vider son sac, parce qu'il n'a rien ajouté. Son café était fini, le mien aussi. Je ne répondais plus rien, de peur que ça rajoute de l'eau à son moulin. Comme avec les locataires : ne jamais parler politique. J'ai fait semblant de continuer à boire mon café mais il n'y avait rien à faire, c'était trop amer. D'un geste, il a jeté son gobelet dans la poubelle et a enchaîné :

« B-bon allez, on y r-retourne, le t-travail va pas se faire t-tout seul. »

***

Dans le réfectoire, il y avait eu du changement. Le père Barthélemy n'était plus là, Zézette non plus d'ailleurs. C'était Micheline maintenant qui jouait les infirmières, pour distribuer les gouttes et mettre les compresses. Du coup, Bandit Manchot avait arrêté de se tourner les pouces : c'était lui qui appelait les Grêlons et qui allait les chercher dans la cour. Pour moi, rien n'avait changé : j'étais toujours le metteur de lunettes. Jean-Jean s'est rassis derrière Paix des Rides, et tout a repris comme si de rien n'était.

La porte s'est ouverte et le Grêlon suivant est rentré. C'était Lili. Je ne sais pas pourquoi j'ai été surpris : j'aurais dû y penser, j'aurais dû m'y attendre, mais quand je l'ai vue, ça m'a un peu tout retourné. Peut-être la faute à ce qu'avait dit le père Barthélemy, peut-être la faute au café avec Jean-Jean.

Je l'ai fait s'asseoir sur la chaise, j'avais du mal à la regarder en face. Elle en avait bien besoin, pourtant, la pauvre. Ses deux yeux me regardaient, des yeux de biche apeurée qui me donnaient la sale impression d'être le chasseur.

Je lui ai expliqué que tout allait bien se passer, mais ça sonnait faux de chez faux, j'ai dû faire un effort pour avaler ma salive. Je lui ai dit de ne pas ciller, de lire à haute voix les mots qui allaient s'afficher, tout en sachant très bien qu'elle n'avait jamais prononcé plus d'une syllabe, et que ce n'est pas aujourd'hui qu'elle allait commencer.

Je lui ai murmuré de ne pas avoir peur, qu'elle ne sentirait quasiment rien tout en sachant très bien que dans moins d'une minute, elle serait pliée en deux en se couvrant la moitié du visage avec la main. Une minute, et encore je voyais large : une Grêlonne qui n'avait jamais eu son illumination, ça n'allait pas faire un pli avec Paix des Rides.

J'ai pris mon courage à deux mains et l'ai regardée dans les yeux. Une dernière fois, plonger dans son regard de biche sans éprouver la culpabilité d'y trouver un numéro. J'ai essayé d'avaler la boule que j'avais au fond de la gorge, mes mains ont avancé et les lunettes noires de Paix des Rides ont recouvert les yeux de Lili.

40. LE JOUR OÙ JE ME SUIS MIS À FAIRE DE LA GYMNASTIQUE

En tout et pour tout, les séances de laser ont duré deux jours. Tout le centre y était passé, et beaucoup de Grêlons retournés à la vie extérieure aussi. Pour ces derniers, nous n'avions pas réussi à tous les joindre, ou certains ne s'étaient simplement pas présentés.

« C-ce n'est pas g-grave, nous les r-retrouverons p-par d'autres moyens », avait dit Jean-Jean en rangeant les lunettes dans leur étui.

Albion semblait presque vide, à l'arrêt maintenant, sans tout ce tohu-bohu dans la cour. Et pourtant, c'était loin d'être le cas : il fallait mettre les bouchées doubles pour rattraper le temps de travail perdu. Deux jours, ce n'est pas beaucoup et pourtant ça pèse lourd lorsqu'il faut atteindre les objectifs de fin de mois. On devait respecter nos quotas de saisie dans Paix des Rides, et puis c'est tout.

Du coup, on accumulait les heures supplémentaires avec Arthur et Lili. Dans l'équipe, il y avait un silence à couper au couteau. À cause des cadences de saisie qui avaient été augmentées par Bandit Manchot, mais pas seulement. Lili ne disait rien. D'habitude, d'accord, elle n'articulait pas un mot mais ses yeux parlaient pour elle, il n'y avait jamais besoin de lui demander quelque chose deux fois. Aujourd'hui, son regard était mutique. Pire, il était chargé de reproches.

J'avais beau lui dire que j'étais désolé, que je n'y étais pour rien dans toute cette histoire, que j'avais juste obéi aux instructions de Bandit Manchot, rien n'y faisait. Elle faisait tout pour ne pas me regarder en face, elle m'évitait. Et quand, par un hasard bien malencontreux, nos yeux se rencontraient, ça ne changeait rien de toute manière : les siens lançaient toujours des éclairs, et moi je n'osais y plonger de peur d'y voir ces foutus chiffres à l'intérieur.

Arthur, lui aussi, faisait la mauvaise tête : sur ça, au moins, pas de changement. Tant qu'il y avait Bandit Manchot ou qui que ce soit autour de notre table, il ne disait rien, il continuait à jouer les hébétés, un peu hagard, un peu ailleurs. Mais dès que les gens avaient le dos tourné, il se lâchait, il bougonnait en disant qu'il voulait faire autre chose, que ce n'était pas fait pour lui, et qu'il méritait mieux.

L'ordinateur écoutait ses récriminations en silence et, pour chaque photographie enregistrée dans le système, murmurait d'une voix monotone : « Sauvegardée dans Paix des Rides. »

Arthur lui répondait une fois sur deux :

« Paix des Rides, Paix des Rides… Tu parles, Paix de mes fesses ! Quand je pense que c'est à cause de moi qu'ils l'ont trouvé, ce nom à la con. »

Un poète, je vous dis. C'est ainsi que s'est passé le reste de la semaine, jusqu'au vendredi soir où il a fallu remonter nos résultats. Les autres équipes étaient au rendez-vous, mais nous, on était loin derrière. Ce n'était pas uniquement la faute de la mauvaise ambiance entre nous : une photographie nous avait pris quatre heures avant de bien vouloir rentrer dans Paix des Rides. La localisation avait été toute une histoire : une banale photographie de deux sœurs, dans les Ocres de Rustrel. Le Colorado provençal, c'est une zone grêlifère difficile : une fois sur deux, il fait planter le système. Paix des Rides s'obstinait à vouloir la localiser dans le Grand Canyon, aux États-Unis, et donc refusait de la charger dans le système. On s'occupait des Grêlons en France, pas du monde entier, faut pas non plus pousser. D'ordinaire, j'aurais dit à Arthur de passer à la photographie suivante ; mais comme la date de retour et surtout le lieu n'étaient pas loin du tout, je n'avais pas envie de louper la programmation de l'intervention et que cela me retombe sur le coin de la tête. Les Iodures d'Argent traçaient tout, maintenant, il fallait se tenir à carreau.

Comme un malheur n'arrive jamais seul, ça a ensuite été l'identification des deux sœurs qui nous a mis dedans. Elles se ressemblaient beaucoup, et Paix des Rides n'arrivait pas à les distinguer l'une de l'autre. J'ai demandé à Lili de passer outre et de les saisir manuellement, mais ça n'a pas plu à Paix des Rides, qui a planté.

Bref, nous étions dans les choux, tout en bas du grand tableau noir. Bandit Manchot nous avait interdit de partir en week-end tant que nous n'aurions pas fini la centaine de photographies qui restait pour atteindre l'objectif. Tous les Grêlons étaient partis, et nous sommes restés seuls pour terminer. On avait intérêt à se démener si on ne voulait pas y passer la nuit.

Maintenant qu'il n'y avait plus personne à part nous, Arthur n'arrêtait pas de ronchonner. On n'entendait plus que lui et ses jérémiades entrecoupées des annonces laconiques de Paix des Rides. Tout le monde en prenait pour son grade, Bandit Manchot, les gens qui apparaissaient sur les photos, les Iodures d'Argent, Lili, moi…

À un moment il a commencé à m'échauffer les oreilles, et je lui ai balancé que plus vite nous aurions fini, plus tôt nous serions en week-end. Maman me disait toujours ça quand je faisais mes devoirs de mathématiques, que je n'y comprenais rien et que j'y mettais de la mauvaise volonté. Je ne m'attendais pas à le répéter un jour : à l'instant où ces mots sont sortis de ma bouche, ça m'a fait tout bizarre. Un peu comme lorsque vous entendez votre propre voix sortir de l'ordinateur, après avoir été filmé.

« Eh, oh, mollo, le gros fayot. N'oublie pas que si tu as eu ton bac, c'est grâce à moi », m'a balancé dans les dents môssieur le Grêlon Stratosphérique.

J'aurais pu lui faire un miroir magique, lui répondre que c'est celui qui dit qui est, mais j'ai pensé que ça allait dégénérer. Et puis je n'ai pas eu le temps de parler, Paix des Rides m'a interrompu.

« Sauvegardée dans… », on a entendu retentir dans la salle.

C'est vraiment tombé au mauvais moment, pile poil quand il ne fallait pas. La goutte d'eau qui fait déborder le vase. Arthur est devenu tout rouge, j'ai cru qu'il allait défoncer son clavier. Mais non, au lieu de ça, il a tapé du poing sur la table, s'est levé d'un bond, et nous a laissés en plan, Lili et moi. Quel caractère de cochon. C'était peut-être un grand poète mais pour se le cogner tous les jours, merci.

Nous nous sommes retrouvés tout seuls, Lili et moi. Bonjour l'ambiance : Arthur avait bien plombé l'atmosphère, et Lili ne me pardonnait toujours pas de lui avoir mis ces foutues lunettes sur les yeux. Elle évitait soigneusement mon regard, je crois même que ça lui faisait plaisir de me voir dans la panade, à me débattre avec les objectifs de l'équipe. Je n'ai rien dit pendant un long moment, bien content quand même qu'elle reste avec moi et qu'elle ne me laisse pas en plan tout seul. Il n'y avait que Paix des Rides pour continuer à faire ses commentaires, comme une horloge qui sonnait toutes les cinq minutes.

À un moment, j'ai voulu faire la paix avec Lili : c'était complètement idiot de se faire la tête, d'être seuls tous les deux et qu'elle passe son temps à regarder ailleurs. Vu qu'elle faisait semblant de ne pas m'entendre, je ne savais pas quoi faire. Je lui ai pris la main. Un peu comme lorsque la maîtresse demande que l'on se mette en rang deux par deux, mais pas tout à fait pareil non plus.

Après, je ne sais pas trop ce qui s'est passé. On était très près l'un de l'autre, et puis tout collés. Lili avait les yeux fermés mais ça se voyait qu'elle ne faisait plus la tête. Plus du tout.

ALB04/CFDTL/COURRIER INTERNE/1913

[CONFIDENTIEL]
De : I. d'A.
À : Madame la Ministre
Objet : Nouvelle interception de messages Jugurtha

Nous avons intercepté il y a une semaine un nouveau message de Jugurtha. Il s'agit d'un poème d'Apollinaire, *Photographie*, écrit en 1913.

Ce message restait partiellement obscur jusqu'à hier soir, quand une équipe de gendarmerie s'est heurtée à des membres de Jugurtha au Pont du Gard, lieu de nombreux atterrissages. La remontée de cette information terrain a permis de faire parler une partie de l'algorithme : le poème d'Apollinaire transmettait les coordonnées GPS de ce lieu.
Le Chiffre devrait bientôt être en mesure de décoder les deux autres informations vraisemblablement transmises dans ces messages : date d'atterrissage et identité du Grêlon.

I. d'A.

Ci-après : message intercepté

Photographie tu es la fumée de l'ardeur

Qu'est sa beauté

Et il y a en toi

Photographie

Des tons alanguis

On y entend

Une mélopée

Photographie tu es l'ombre

Du Soleil

Qu'est sa beauté

41. LE JOUR OÙ LE PÈRE BARTHÉLEMY A JOUÉ À « À QUI JE PENSE »

Lorsque le ventre de Lili avait commencé à s'arrondir, tout le monde s'était mis à poser des questions, sauf moi. Je n'ai pas compris tout de suite, j'ai juste pensé qu'elle avait abusé du Nutella. Je crois que c'est Micheline qui s'en est aperçue la première. Elle a posé la question gentiment à Lili, qui évidemment n'a rien dit. Et puis rapidement, ça a été Bandit Manchot qui lui a demandé, un peu moins gentiment. Et enfin ce furent les Iodures d'Argent, et ça n'était plus gentil du tout.

Peu importe, de toute manière, qui menait l'interrogatoire, parce que la réponse était toujours la même : Lili ne parlait pas. Tout simplement parce qu'elle ne pouvait pas parler. Elle n'avait toujours pas eu son illumination, une partie d'elle était toujours quelque part dans les limbes. Une enquête avait eu lieu, les Iodures d'Argent avaient cherché à faire avouer des Grêlons, des membres du personnel du centre, mais ça n'avait rien donné. Ils n'étaient pas plus avancés que ça.

Un matin, Bandit Manchot nous avait fait un discours dans la cour : tout le monde avait intérêt à tenir sa langue et à ne rien dire à personne sur ce sujet. La disgrâce, la honte pour Albion, le retrait de l'accréditation par le ministère. Si on voulait garder nos emplois, il fallait la boucler. Je me suis demandé si je pouvais le dire à Maman, et puis une petite voix m'a murmuré qu'il ne valait mieux pas. Elle aurait posé des questions, elle aurait fait du remue-ménage, et ça me serait retombé dessus.

Mais lorsque la grossesse de Lili était devenue une évidence, s'était rapidement posée la question des soins. Bandit Manchot avait mis un veto catégorique pour l'hôpital d'Apt : c'était le meilleur moyen de mettre tout le Luberon au courant. Comme pour les séances de laser, le choix du père Barthélemy s'était imposé de lui-même : il était à mi-chemin entre le secret médical et le secret de la confession, et surtout il faisait presque partie d'Albion. Deux fois par semaine, il venait ausculter Lili au centre, voir si tout se passait bien ou s'il y avait lieu de s'inquiéter.

Je l'ai aperçu ce matin, justement. J'avais fini ma matinée et j'allais au réfectoire prendre mon déjeuner. Il était assis sur le rebord des géraniums, il devait en avoir terminé avec Lili et il attendait de pouvoir parler avec Bandit Manchot.

Il m'a vu arriver de loin. On ne s'était pas reparlé depuis la séance de laser. Il avait l'air épuisé.

« Bonjour, mon père », lui ai-je dit, comme lorsque j'allais au catéchisme.

Dans un effort, il m'a souri, et je ne sais pas pourquoi, je me suis arrêté devant lui. Je n'avais pas précisément envie de lui parler, mais bon, il faut être poli un minimum.

« Je peux te dire que non seulement les voies du Seigneur sont impénétrables, mais elles sont aussi fatigantes. C'est dur pour une vieille carcasse comme la mienne d'arriver à rassembler toutes ces brebis égarées. »

Il n'avait pas tort, il n'était plus tout jeune, le père Barthélemy. Ça se voyait que tous les événements d'Albion, les yeux de Zézette, le ventre de Lili, tout cela lui avait flanqué un sacré coup. Nos regards se sont croisés, et il a ajouté dans un souffle :

« Tu me le dirais, toi, si tu savais qui c'était, hein ? »

Il parlait tout bas. Peut-être parce qu'il était fatigué, peut-être parce qu'il voulait que personne ne nous entende. Je n'ai rien répondu, je me suis mis à regarder mes pieds. Ça a dû lui donner des forces, puisqu'il a continué derechef :

« Même si c'est un gars des Iodures d'Argent, même si c'est Houques, tu ne dois pas avoir peur de me le dire, tu comprends ? »

Il a continué, moins pour moi que pour lui-même :

« Je ne pense pas que ce soit un des Grêlons d'Albion qui ait fait le coup tout de même, ce serait... »

Là, je ne sais pas pourquoi j'ai fait ça, mais j'ai levé les yeux et l'ai regardé. Je n'aurais pas dû. Je ne sais pas mentir. On lit en moi comme dans un livre ouvert. Son visage s'est illuminé comme s'il avait vu la Vierge et il a balbutié :

« Ne me dis pas que... Ne me dis pas que... »

Il a marqué un temps d'arrêt, aucun son n'arrivait plus à sortir de sa bouche. Ses yeux me regardaient comme s'il avait vu le diable en personne.

« Vous êtes inconscients... Vous êtes inconscients... Vous ne vous rendez pas compte du monde dans lequel nous vivons... »

Il a enfoui sa tête dans ses mains, pour la relever aussitôt.

« Vous êtes en danger... Il faut vous exfiltrer le plus tôt possible. Tous les deux. »

42. LE JOUR OÙ BANDIT MANCHOT A VOULU JOUER À « ACTION OU VÉRITÉ »

Cela s'est su au bout du bout. On ne sait pas comment ça a fuité en dehors d'Albion, qui avait dit quoi à qui. Ce qui est sûr en revanche, c'est que ça a fait l'effet d'une bombe. Jacques Mansarde, les Frelons, tout le monde s'est mis à en parler. J'en ai appris des vertes et des pas mûres. Le fait qu'une Grêlonne soit enceinte n'était apparemment pas si nouveau que ça : Jacques Mansarde a dit qu'il y avait déjà eu des cas, par-ci par-là. J'ai pensé aux rapports que m'avait montrés Jean-Jean, sur les Éléments Perturbateurs qui organisaient des trucs de Grands entre des Grêlonnes et des personnes qui payaient pour.

Non, ce qui faisait vrombir les Frelons, le vrai scandale, c'était qu'une Grêlonne tombe enceinte au sein même d'un centre d'accueil, non mais pensez donc. Il y en a qui se paient du bon temps avec l'argent de nos impôts. Et on ne connaît même pas le père. Ça, c'était le summum. Était-il un humain ou un Grêlon ?

À Albion, tout le monde se regardait en chiens de faïence, chacun se demandait qui avait bien pu cafter, qui avait pu vendre l'information. Ça chuchotait, ça déviait le regard, personne ne restait à la machine à café, c'était gai. Au gymnase, tous les Grêlons étaient déjà sur Paix des Rides. Il y avait un Post-it sur mon ordinateur : c'était la secrétaire de Bandit Manchot, qui me demandait de lui apporter le rapport de suivi des objectifs du mois. Ça n'était pas folichon : avec sa grossesse, Lili avait été remplacée par un Grêlon illuminé comme la tour Eiffel mais complètement neuneu. Il se plantait une fois sur deux et il fallait à chaque fois qu'Arthur ressaisisse la photographie dans P.D.R. Notre cadence avait chuté, il fallait encore une palanquée d'heures supplémentaires pour atteindre nos quotas.

J'ai pris le tableau de bord et suis allé chez Bandit Manchot en traînant les pieds. La secrétaire me l'a pris des mains et au moment où j'allais tourner les talons, m'a dit : « Reste, il veut te voir. »

J'ai senti que j'allais me faire appeler Jules.

***

La porte s'est ouverte, Bandit Manchot m'a fait signe d'entrer. Sabine a déposé le dossier sur son bureau et refermé la porte derrière moi.

Il y avait un silence à couper au couteau. Il regardait les chiffres mais ça crevait les yeux qu'il avait l'esprit ailleurs. Au bout d'un moment, il a levé la tête par-dessus les feuilles et m'a demandé :

« Tu as une idée de qui a vendu la mèche ? »

J'ai répondu que non, que je n'en savais rien, que je ne voyais pas comment je pouvais le savoir, que personne ne m'avait rien dit. Il n'a pas eu l'air convaincu. Il s'est levé et a fait quelques pas, regardant le ciel par la fenêtre. Il n'y avait rien à voir de particulier mais ça avait l'air de le fasciner.

« Tu comprends, la Légion, c'est comme une famille. On est entre frères d'armes, on ne pense pas à mal, l'ennemi, il est en face. On oublie que parfois, il peut y avoir des tirs alliés. »

Il est resté silencieux pendant un moment, puis s'est retourné et a continué : « Si je te dis ça, c'est que j'ai beaucoup réfléchi cette nuit à qui pouvait m'avoir donné ce coup de poignard dans le dos. »

Nouveau silence.

« Par élimination, ça ne peut être aucun des Iodures d'Argent. Ils n'ont aucun intérêt à ce que ça se sache, bien au contraire. Ça peut être le père Barthélemy, torturé par ses états d'âme. Mais je le vois mal aller cafter, il est trop froussard pour ça. Qui plus est, il est lié par le secret de la confession… La mienne.

« Ne restent donc que les Grêlons, et bien sûr le petit personnel du centre. Là, j'avoue avoir du mal à y voir clair. Pour les premiers, je ne les imagine pas avoir assez de présence d'esprit pour faire fuiter l'information. Et pour les seconds, la peur de perdre votre emploi semble suffisante à garantir le silence. On arrive donc à un résultat nul. »

Il s'est arrêté de parler, mais on sentait bien que ce n'était qu'une pause, que ce n'était pas la fin du raisonnement. Même les aiguilles de l'horloge n'ont plus avancé : elles aussi, elles attendaient la suite. Bandit Manchot m'a regardé longtemps dans les yeux, puis a repris la parole :

« … À moins que… à moins qu'une pièce dans le jeu ne soit pipée, qu'elle ne soit pas ce qu'elle semble être. Et avec cette pensée à l'esprit, là, toi, tu apparais sur le théâtre des opérations, sous un jour nouveau. »

Gros silence. Je ne savais toujours pas où il voulait en venir, mis à part que j'allais me faire virer. On a entendu l'horloge ricaner.

« Je te pensais bon garçon, juste un peu simplet, voire débilou, qui n'a jamais vraiment grandi et qui m'avait été recommandé pour un petit boulot. Mais… Mais s'il y avait plus que ça ? … Si tu avais des retards à l'allumage non pas parce que tu es simplet, mais… mais parce que tu n'as jamais eu ton illumination ? »

Je l'ai regardé comme si j'avais vu la Vierge. J'avais la bouche ouverte mais il n'y avait pas de mot qui en sortait. Ça n'avait aucune importance de toute manière puisqu'il a continué sans m'en laisser placer une, en me pointant du bout de son bras mécanique :

« Oui… Et alors tout s'explique ! Tu es lent… parce que tu n'as jamais complètement atterri. Tu as un don inexpliqué pour illuminer les Grêlons… parce que tu es toi-même un Grêlon. Si on y réfléchit bien… Tu es arrivé à Albion en même temps que les tout premiers Grêlons. Peut-être même es-tu le premier Grêlon qui soit tombé du Nuage ? Un neveu, ou un petit voisin de Daguerre ?

« Dès lors, tout s'explique : tu fais partie du personnel du centre MAIS AUSSI des Grêlons. Tu n'acceptes pas le traitement qui est réservé à tes pairs et… tu as cafté. Un peu comme un lanceur d'alerte. »

Le sol montait au plafond, j'ai bégayé, pareil que Jean-Jean mais en pire. Je ne savais pas quoi dire, c'était complètement stupide. Je ne voyais plus rien, à part son bras mécanique qu'il me mettait sous le nez.

Lentement, le sol est redescendu au plancher, et j'ai commencé à bafouiller. C'était impossible, ma mère, elle existait bel et bien, je suis quelqu'un de connu à Apt, vous n'avez qu'à poser la question, on vous le dira. Ça n'a pas eu l'air de bien convaincre Bandit Manchot.

« Tu as peut-être été adopté dans ton bas âge, juste après être tombé du Nuage, et on ne te l'a pas dit. Un orphelinat t'aurait recueilli au moment de ton atterrissage, et puis tu aurais été placé chez tes parents qui ont gardé le secret. Peut-être que tu ne sais pas toi-même que tu es un Grêlon, ça ne serait pas surprenant…

« Peu importe, de toute manière, je n'aime pas accuser les

gens sans preuve. Et cette preuve, il y a un moyen très facile de l'obtenir. Et ce moyen, il est là. »

Il a ouvert le tiroir de son bureau, et en a sorti une paire de lunettes. Elles étaient noires comme du charbon, elles flanquaient la frousse à dix lieues à la ronde. Bandit Manchot les a branchées, et le voyant jaune s'est allumé avec un petit bruit. Il me les a tendues avec son bras valide.

« C'est simple comme bonjour : allez, tu les mets, et on est fixés. »

C'était peut-être simple comme bonjour, mais c'était complètement stupide. Mes parents, je les connaissais mieux que lui et il n'avait jamais été question d'orphelinat ou d'adoption. J'ai refusé, il n'avait pas le droit de m'y obliger, il n'y avait que les Iodures d'Argent qui avaient le droit.

« Je te conseille de mettre ces lunettes maintenant, et tout cela reste entre nous. Dans la Légion, je peux te dire qu'on sait garder un secret, surtout quand ça tient à la vie d'avant. Peut-être que je fais fausse route, mais j'ai besoin de savoir. Mets ces lunettes, ou sinon j'appelle les Iodures d'Argent et alors je ne garantis plus rien », a-t-il menacé en me les mettant sous le nez.

Ma main dans ma poche hésitait à les prendre ; après tout, de quoi avais-je peur ? C'était impossible que je sois adopté, Maman me l'aurait dit. J'ai commencé à la bouger d'un millimètre lorsque la porte s'est ouverte, laissant passer la tête affolée de Sabine.

« Monsieur Houques, il y a…

— Je vous ai dit de ne pas me déranger !!! l'a coupée Bandit Manchot en gueulant comme un veau.

— Je sais, mais c'est juste qu'il y a des journalistes à l'entrée du centre. Ils veulent rencontrer le responsable, M. Mouhissault demande ce qu'il faut faire, il a peur de ne pas pouvoir les retenir plus longtemps. Il demande que vous y alliez, qu'est-ce que je lui réponds ? »

Silence.

« C'est bon, j'y vais, dites-lui que je serai là dans dix minutes. Appelez la police militaire, qu'ils nous envoient une jeep. »

Il a soupiré.

« Eh bien, ça n'a pas tardé, ils ont lâché les chiens. »

Bandit Manchot m'a regardé avec l'air de celui qui ne dit rien mais qui n'en pense pas moins.

« Sauvé par le gong, hein ? Bon, ce n'est que partie remise de toute façon, nous reprendrons cette conversation dès que j'en aurai fini avec ceux-là. »

Il rangea les lunettes dans son tiroir et sortit du bureau.

43. LE JOUR OÙ ON A COMMENCÉ À JOUER À CACHE-CACHE

Je me suis éclipsé du bureau de Bandit Manchot, j'ai filé sans demander mon reste. Sabine n'était plus là, elle avait dû l'accompagner pour prêter main-forte à M. Mouhissault. Je ne savais pas trop où aller, la sortie d'Albion était bloquée et Bandit Manchot me remettrait la main dessus où que ce soit dans le centre. Complètement paumé, j'ai traversé la cour intérieure, lorsque la porte du réfectoire s'est entrouverte. Quelqu'un m'a appelé à voix basse.

Je ne voyais pas qui c'était, il n'y avait pas de raisons pour qu'il y ait qui que ce soit à l'intérieur du réfectoire à cette heure-ci. Il était à peine dix heures, l'équipe cuisine ne devait arriver qu'une heure plus tard pour préparer le déjeuner. La voix a chuchoté mon nom de nouveau. Ça avait tout l'air d'être un sacré traquenard. Mais étant donné que je suis un peu débilou, comme l'avait si gentiment dit Bandit Manchot, j'ai passé une tête à l'intérieur. Juste derrière la porte, il y avait le père Barthélemy.

« Ferme la porte, c'est mieux si on ne nous voit pas ensemble. »

Il continuait à chuchoter, il restait dans la pénombre. Je me suis demandé comment il avait fait pour savoir si vite ce qui venait de se passer dans le bureau de Bandit Manchot. J'ai rapidement compris que je faisais fausse route. Le père Barthélemy ne se posait pas la question de savoir si j'étais un Grêlon ou pas, non, il avait des projets bien plus terre-à-terre que ça.

« J'ai réussi à contacter Jugurtha. »

Il n'y avait pas un bruit dans le réfectoire désert, mais entendre ce mot tabou ici, au cœur même d'Albion, m'a fait l'effet d'une bombe : ce n'était plus une absence de bruit, mais un silence de mort. J'ai senti du froid dans mon dos, et j'ai serré plus fort la poignée de la porte.

« Ça n'a pas été sans mal, leur point de contact soupçonnait un piège de Houques et se méfiait de moi comme de Judas. Mais le scandale autour de Lili a dû brusquer les choses. Il m'a rappelé pendant la nuit, au presbytère. Il reste sur ses gardes : son appel était crypté et sa voix modifiée par ordinateur. »

Un bref silence a repris ses droits ; pour un peu on aurait entendu la sonnerie du téléphone qui l'avait réveillé.

« Il est d'accord pour vous exfiltrer, toi et Lili. Il m'a demandé tout plein de détails techniques, sur la topographie des lieux, sur vos routines à tous les deux, j'ai répondu du mieux que je pouvais. »

Le père Barthélemy a dégluti et repris son souffle, on sentait bien que toutes ces émotions, c'était beaucoup pour lui.

« Il veut agir vite, le plus vite possible. Comme moi, il est convaincu que vous êtes tous les deux en danger. Jugurtha va mettre au point un plan d'exfiltration, avec toute la logistique que cela implique. Il faut que tu viennes ce soir à dix-neuf heures au presbytère. On y rencontrera un de leurs hommes de confiance, il se fait appeler Ménélik. Il nous donnera les détails du plan : où, quand, et comment. »

J'ai fait oui de la tête, comme s'il y avait matière à réfléchir de toute manière. Il a continué :

« Tu ne dis rien à Lili ou à qui que ce soit… Tu ne parles de tout ça à personne, c'est confident… »

Il y a eu un bruit dans les cuisines, ça a coupé le père Barthélemy tout net. On a tourné ensemble les yeux en direction du bruit et là on a vu, à travers l'entrebâillement de la porte, la tête d'Arthur. Il avait un grand sourire jusqu'aux oreilles et des yeux qui pétillaient.

« Je veux en être, a-t-il dit d'une voix claire et nette.

— Depuis quand il est illuminé, l'Arthur Rimbaud ? » a demandé le père Barthélemy, abasourdi.

Arthur a avancé d'un pas nonchalant, avec une pomme à la main. Monsieur piquait dans les réserves en dehors des heures du déjeuner, ah bravo.

« Je veux en être », il a répété, lorsqu'il est arrivé à un mètre de nous.

Le père Barthélemy n'a pas bronché, comme s'il n'avait rien entendu. Il pesait le pour et le contre, il déclinait dans sa tête toutes les possibilités.

« Je veux rencontrer le gars de Jugurtha ce soir. Je veux en..., a remis une couche Arthur.

— C'est impossible ! l'a coupé le père Barthélemy. Vous êtes trop connu, dehors, monsieur Rimbaud. Vous allez être repéré par le premier professeur de français, par le premier lecteur dans la rue. C'est impossible, vous allez mettre en danger nos deux tourtereaux. »

Il y a eu un instant de silence, ou de flottement, ou bien alors les deux. Moi, je ne savais plus où me foutre, ni dans quel camp me mettre. Ça faisait tout bizarre, d'entendre le père Barthélemy vouvoyer Arthur. D'habitude, tout le monde lui parlait comme au boy de service.

Arthur a relancé la bataille.

« Ça fait des années que je fais le larbin ici. D'abord tout le monde m'a porté aux nues pour avoir un petit poème et puis quand ils se sont convaincus que mon inspiration ne reviendrait jamais, ils m'ont traité pire qu'une serpillière. Et en plus, ils m'ont bousillé la main. Arthur fais ci, Arthur fais ça. Et comme si ça ne suffisait pas, ils m'ont charcuté l'œil l'autre jour juste pour tester leur machine… Et vous, vous allez me laisser là, comme ça, sans rien faire, à crever à petit feu ? Elle est où, la charité chrétienne ?

— Arrêtez, monsieur Rimbaud, vous savez bien que ce n'est pas ça. Ce n'est pas que je ne veux pas, c'est tout simplement que je ne peux pas, a dit le père Barthélemy en saisissant la poignée de la porte, manière de dire que sa décision était prise.

— Je veux en être, a répété Arthur, pour un peu qu'on n'aurait pas compris.

— Je, je, je… Parfois il faut penser aux autres ! » a presque crié le père Barthélemy.

Silence, et au bout d'une éternité :

« Je veux en être, ou alors je m'illumine comme par magie et je cafte tout aux Iodures d'Argent. »

ALB04/CFDTL/COURRIER INTERNE/1855

[CONFIDENTIEL]
De : I. d'A.
À : Madame la Ministre
Objet : Interception III de communication Jugurtha

Nous venons d'intercepter un nouveau message de Jugurtha. Il s'agit cette fois d'un extrait d'un poème de Baudelaire écrit en 1855. Le Chiffre a décodé ce message dans son intégralité. Nous connaissons l'identité du prochain Grêlon que vise Jugurtha, tout comme le lieu et la date d'atterrissage. Notre recommandation est d'observer sans intervenir pour remonter jusqu'à la tête du réseau.
Merci de vos instructions,

I. d'A.

Ci-après : message intercepté

Un éclair… puis la nuit ! — Fugitive beauté

Dont le regard m'a fait soudainement renaître,

Ne te verrai-je plus que dans l'éternité ?

44. LE JOUR OÙ JE SUIS RETOURNÉ AU CATÉCHISME

La rue du presbytère n'avait pas changé. Je n'y étais pas retourné depuis des lustres, à part peut-être une ou deux fois pour éviter la foule le jour du marché. C'est une petite ruelle qui n'est pas très passante, encore plus étroite que les gorges d'Oppedette. J'ai eu du mal à retrouver la porte : je n'étais pas sûr que ce soit la bonne. Heureusement qu'il y avait une étiquette avec le nom du père Barthélemy au-dessus de la sonnette. C'est comme ça que j'ai appris son prénom : Hippolyte.

À peine ai-je sonné que la porte s'est ouverte et son visage est apparu. Il m'a tiré par la manche à l'intérieur et m'a fait asseoir dans la petite salle, juste à côté de l'entrée. Le pauvre, toutes ses émotions, ça le mettait dans un de ces états…

« Leur Ménélik n'est pas encore arrivé, tu es le premier », a-t-il murmuré dans un souffle. Je pense que nous étions tout seuls dans le presbytère, qu'il n'y avait que nous et que personne ne risquait de nous entendre, mais peu importe : on faisait quelque chose d'interdit et il fallait chuchoter.

« La nuit dernière, il m'avait donné une adresse électronique par où je pouvais le contacter en cas d'urgence. Je lui ai écrit cet après-midi pour lui raconter l'irruption d'Arthur Rimbaud. »

Il a fait une pause et a repris :

« Il n'a pas répondu. J'espère que ça ne va pas l'effrayer et foutre toute votre exfiltration en l'air. »

À vrai dire, moi je pense qu'Arthur bluffait ce matin et que jamais il ne serait allé cafter aux Iodures d'Argent. Le père Barthélemy s'était fait avoir comme un bleu, mais bon. Il a regardé sa montre pour la vingtième fois et a dit :

« Dix minutes de retard… Je n'aurais pas dû envoyer ce mail. Ce Ménélik ne va pas venir, il aura pris peur. Il m'a fait l'effet d'un homme très prudent. »

À peine finissait-il sa phrase que des coups ont été discrètement frappés à la porte. Le père Barthélemy s'est levé d'un bond en murmurant des « Mon Dieu, c'est lui, mon Dieu, c'est lui ». Il a disparu dans le couloir et on a entendu des pas feutrés, puis des conciliabules.

La porte s'est rouverte et Ménélik est entré dans la salle.

C'était Gwendo.

***

On n'est pas tombés dans les bras l'un de l'autre. On aurait pu se la jouer à la façon de deux vieux copains qui se retrouvent vingt ans après, qu'est-ce que tu deviens, c'est fou tu n'as pas changé. Mais non, rien de tout ça. Le père Barthélemy n'a pas insisté non plus.

Tant mieux, à vrai dire. L'ambiance ne s'y prêtait pas vraiment. Gwendo m'a regardé et m'a fait un petit sourire en coin. Va savoir si c'est sa fossette qui est remontée ou sa paupière qui est descendue, mais ça a presque fait un clin d'œil qui aurait voulu dire en morse : salut, vieille branche. Moi, j'ai souri et puis j'ai regardé mes pieds. Je n'arrive toujours pas à faire les clins d'œil. Depuis l'élection des Frelons, j'avais perdu sa trace, je ne savais pas qu'elle était restée dans la région. La preuve que si.

On ne se disait rien et le père Barthélemy s'est senti obligé de parler, ça devait l'aider à canaliser son stress. Gwendo l'a laissé parler par politesse, à moins que ce ne soit pour laisser le temps à ses souvenirs de retomber. Au bout d'un moment, elle l'a coupé et a déroulé le plan d'exfiltration. C'était net et sans bavure, on sentait que ça avait bossé toute la journée, chez Jugurtha.

« Bon, nous avons reçu votre email, concernant le Grêlon d'Arthur Rimbaud. Il était déjà une cible d'action potentielle, une prise de guerre que nous visions. Même si cela augmente le risque pour cette extraction, nous avons décidé de faire d'une pierre deux coups. Il part avec vous. »

Elle a fait une pause, pour nous laisser le temps de digérer la nouvelle.

« Par contre, ça va être une opération en deux temps. Avec la médiatisation de sa grossesse, on ne peut pas traiter Liliana par une échappatoire classique, il lui en faut une spéciale.

« On va vous exfiltrer séparément, toi et Rimbaud d'un côté, Lili de l'autre. Ce lundi, tu arrives au travail comme si de rien n'était. Journée normale, pas de vagues. Pendant votre pause déjeuner, quelqu'un va déposer une enveloppe sur ton bureau. Elle contiendra un badge visiteur. Tu restes tard le soir avec Rimbaud dans le gymnase pour finir vos saisies dans Paix des Rides, vous faites une séance de deux heures supplémentaires, le temps qu'Albion s'endorme.

« À vingt et une heures, vous quittez le centre par la grande porte, le plus naturellement du monde. Toi, comme d'habitude, et Rimbaud en utilisant le passe visiteur. Ayez l'air naturel, discutez entre vous, ne regardez pas le gardien dans sa guérite. Arthur Rimbaud ne prend aucun sac, rien qui ne soit susceptible d'attirer l'attention, on lui fournira tout après.

— Vous allez vous débrouiller comment pour le badge ? ai-je demandé à Gwendo.

— T'occupe. Un contact à nous va rentrer dans le centre lundi matin et le bipper, puis le déposera sur ton bureau. Il sortira en douce par un autre moyen, un peu plus acrobatique mais que nous avons déjà utilisé.

« Dès que vous sortez du centre, il faut mettre ces lunettes. Ce sont des Ray-Ban. Ça résiste pour l'instant aux scanners rétiniens de Paix des Rides. Les Iodures d'Argent sont en train d'ajouter des scans longue portée à toutes les caméras de vidéosurveillance. Aux péages, sur les feux rouges, sur les radars aussi.

« Pour l'instant il n'y en a pas encore dans le coin, du moins pas que je sache, mais dans toutes les villes de France, il y en a déjà tout plein, à tous les croisements de rues. La vidéodétection, ils appellent ça. Sans ces lunettes, Arthur ne pourra pas faire deux mètres à Marseille que tous les Iodures d'Argent du département lui tomberont dessus.

« Vous prenez ta voiture direction Apt, l'arrêt de bus. Il faut vous dépêcher et ne pas traîner en route. Pas d'excès de vitesse. Le car part à vingt et une heures quarante-cinq pour Marseille-Saint-Charles. Je serai dedans, mais on fait semblant de ne pas se connaître. Simple précaution. S'il y a un souci, je serai là pour appeler du renfort. Quelqu'un de Jugurtha ramènera ta voiture à Villars pour qu'elle ne reste pas sur le parking et les mette sur votre piste. Lorsqu'on arrive à Marseille, on va dans une planque à nous et on se fait tout petit en attendant Liliana. »

Gwendo m'a regardé dans les yeux pour s'assurer que j'avais bien compris, puis s'est retournée vers le père Barthélemy :

« Pour Liliana, c'est avec vous que ça se passe. Lundi, vous informez Houques que vous l'emmènerez en ambulance mardi matin à l'hôpital. Vous lui direz qu'il faut aller à la Conception à Marseille pour une échographie et des tests poussés, parce qu'il y a des complications. Appelez à ce numéro demain matin, vous obtiendrez un rendez-vous, pour mardi aux aurores, huit heures précises. Le médecin est dans le coup. Vous direz à Houques que vous passerez la prendre à six heures. C'est très important de respecter l'horaire, parce que la fuite de Rimbaud sera découverte vers neuf heures, au moment de l'appel. Ça fera du remue-ménage et ils vont le chercher, mais vous serez déjà loin. Dès que vous sortez du centre, pareil, vous mettez à Liliana une paire de ces Ray-Ban. L'ambulancier, qui est des nôtres, vous conduira non pas à la Conception mais au port autonome, où nos deux amis vous attendront. Il y un bateau qui part à dix heures pour Aden, au Yémen. Un cargo. Des cabines y sont déjà réservées pour tous les quatre. Vous arriverez au Yémen un mois plus tard et de là, on vous fera passer en Éthiopie. Je vous expliquerai la suite une fois au large. Voilà, c'est tout. »

Je n'avais pas imaginé que Jugurtha nous exfiltrerait si loin. L'Afrique, c'est quand même pas la porte à côté. Comment est-ce que j'allais faire pour revoir Maman ? Gwendo a dû lire mes pensées sur mon visage parce qu'elle a ajouté :

« Tous les pays du monde sont en train de croiser leurs fichiers dans Paix des Rides : les membres de l'Union européenne, les États-Unis, l'Asie… Il n'y a qu'en Afrique qu'il reste un peu de liberté pour les Grêlons… Va savoir pour combien de temps encore. »

Le silence a envahi le presbytère. Gwendo avait déroulé le plan comme un général de bataille, si vite que ça en donnait le tournis. Plus personne ne disait rien, un peu étourdi par la vitesse de l'exposé. Elle a repris :

« À partir de ce soir, on coupe toutes les communications, on ne se connaît plus. Si jamais il y a un besoin impérieux, je dis bien impérieux, de communiquer, vous enregistrez un brouillon dans l'adresse mail qu'on vous a donnée hier. Le mot de passe pour entrer, c'est "okcorral", tout attaché et tout en minuscules. Vous enregistrez juste comme brouillon et puis vous sortez ; surtout, vous n'envoyez rien. On a des raisons de croire que tous les échanges électroniques sont désormais lus par Paix des Rides, ce serait le meilleur moyen de rameuter les Iodures d'Argent.

— Vous... Vous pensez que tout va être si simple ? Dit comme ça, tout a l'air facile, mais à bien y réfléchir..., a dit le père Barthélemy.

— Justement, il ne faut pas réfléchir. Plus vous y pensez, moins vous aurez l'air naturel. C'est comme un Je vous salue Marie, ni plus, ni moins », lui a répondu Gwendo en se levant.

C'est à ce moment-là que ça m'a frappé : elle avait perdu son accent.

45. LE JOUR OÙ ARTHUR A FAIT SENSATION

On était lundi et le moins que l'on puisse dire, c'est que ça n'allait pas comme un lundi, mais alors pas du tout. Je n'avais pas réussi à fermer l'œil de la nuit, juste à faire tourne et retourne dans mon lit. À Albion, tous les gens commençaient leur semaine normalement, mais moi, j'étais loin d'avoir la conscience tranquille : j'avais l'impression qu'ils me regardaient bizarrement, qu'ils se doutaient de ce que j'avais au fond de la tête. Ce n'est pas facile d'avoir l'air naturel quand il faut l'être. J'avais la gorge sèche comme le Calavon au mois d'août et lorsque j'avalais ma salive, c'était comme si ça faisait un ramdam de tous les diables.

À l'appel, lorsque Bandit Manchot a prononcé mon nom, et que j'ai répondu présent, les syllabes m'ont presque arraché la bouche. Je l'ai regardé en me demandant s'il croyait toujours que j'étais un Grêlon, et quand est-ce qu'il allait m'appeler dans son bureau pour en avoir le cœur net. Je n'en avais pas parlé à Jugurtha, j'aurais peut-être dû. Je n'avais pas non plus osé poser la question à Maman : soit j'allais être ridicule, soit j'allais lui faire de la peine. Je n'allais pas lui donner du mouron pour nos derniers jours passés ensemble.

À la fin de l'appel, je suis allé le voir. Je m'étais décidé pendant le week-end : c'était tellement idiot, autant clarifier la situation dès que possible, arrêter de faire courir le moindre risque au plan d'évasion de ce côté-là. Si je n'étais pas un Grêlon, eh bien roule ma poule, ce soir nous serions dehors avec Arthur. Si j'en étais un… Eh bien, ce n'était tout bonnement pas possible. C'était complètement stupide, son histoire d'adoption. Aux innocents les mains pleines, après tout.

Je me suis avancé. Bandit Manchot était encore sur l'estrade, à côté du mégaphone. Il m'a vu arriver mais n'a rien dit, n'a rien montré, aucune expression. J'étais transparent.

« C'est au sujet de la conversation qu'on a eue vendredi…, ai-je commencé.

— Ce n'est plus important, ce n'est plus la peine, m'a-t-il coupé. Il y a eu des éléments nouveaux pendant le week-end, on règlera tout ça demain. » Et il a tourné les talons.

Je suis resté interdit. Qu'est-ce qu'il avait bien pu vouloir dire ? Est-ce que Jugurtha, le père Barthélemy et tutti quanti étaient les éléments nouveaux dont il parlait ? C'était impossible, il aurait déjà alerté les Iodures d'Argent et on les aurait eus tous sur les bras depuis un bout de temps. De toute façon, c'était mauvais signe, il fallait avertir Jugurtha ou le père Barthélemy.

Je suis arrivé dans le gymnase en même temps qu'Arthur. On a commencé à travailler sans rien dire. Je n'arrêtais pas de penser à ce que m'avait dit Bandit Manchot, j'avais la tête qui bourdonnait. J'ai sorti mon téléphone portable sous la table et j'ai écrit un brouillon dans la boîte mail de secours que nous avait donnée Jugurtha, en leur rapportant les mots exacts de Bandit Manchot. « On règlera tout ça demain. » C'était la seule chose que je pouvais faire. J'ai sauvegardé le brouillon.

J'ai rangé mon téléphone et j'ai regardé Arthur. Moi, on devait me repérer à des kilomètres à la ronde, mais lui, c'est fou comme il jouait bien la comédie. Il tapotait sur son clavier, l'air hébété et bien concentré, écoutant les messages de validation de Paix des Rides. C'était tellement bien joué que si on le connaissait bien, son petit air sérieux avait de quoi surprendre. La pendule sur le mur égrenait les minutes comme si de rien n'était.

J'ai consulté une énième fois mon téléphone. Il y avait un nouveau brouillon dans la boîte email : « On ne change rien. Ménélik. »

Ça aurait dû me réconforter mais je ne sais pas pourquoi, ça a eu l'effet inverse. Ma gorge était le Sahara et le gymnase s'est mis à tourner. Il fallait que j'aille prendre l'air. J'ai dit à Arthur que j'allais faire une pause à la machine à café et je suis sorti.

Dans la cour, il y avait un petit mistral de rien du tout qui m'a fait du bien, ça m'a requinqué. J'ai respiré à fond, et c'est allé tout de suite beaucoup mieux. Je suis allé chercher mon chocolat, histoire de ne pas mettre mon alibi en l'air, et en marchant j'ai vu Alejandro de l'autre côté de la cour. Il était en treillis, je me demande ce qu'il faisait là. Il devait être en permission. Je lui ai fait bonjour de la main, mais il ne m'a pas vu.

Le chocolat a terminé ce que l'air pur avait commencé ; il m'a remis les idées en place. Ils avaient l'air de savoir ce qu'ils faisaient, à Jugurtha, ce n'étaient pas des amateurs, pas besoin de stresser. Je suis retourné au gymnase, et je me suis remis à travailler. Je faisais presque aussi bien semblant qu'Arthur. On n'entendait plus rien, à part Paix des Rides qui éternuait toutes les trois minutes. Arthur travaillait drôlement bien, je lui ai murmuré de ralentir parce que sinon nous n'aurions plus rien pour nos heures supplémentaires de ce soir.

À midi, tout le monde s'est levé, direction le réfectoire. C'était steak haché-frites. D'habitude, je me fais exploser le garrigou, j'en raffole, je demande du rab, mais là, j'avais l'estomac noué, y a rien qui voulait rentrer. J'ai tout filé à Arthur, il a tout mangé.

Après le repas, quand on est retournés au gymnase, il y avait une enveloppe sur mon clavier. Elle avait atterri là comme par magie. Je l'ai ouverte : le badge visiteur, tout blanc, sans rien d'autre. Je l'ai glissé sous la table à Arthur, qui l'a mis l'air de rien dans sa poche. Je sais bien que depuis qu'il s'est fait tirer dessus, il fait semblant de ne pas être illuminé, et que donc il a l'habitude de jouer la comédie, mais quand même, quel acteur, c'est incroyable. À défaut d'inspiration pour noircir les pages, il devrait monter sur les planches, je suis sûr qu'il ferait un tabac à Hollywood. Ça m'a fait penser que je n'avais pas réfléchi à ce que j'allais faire là-bas, au Yémen. Des parties de tomate à l'ombre des chameaux. Des ballons prisonniers entre les dunes de sable.

La sonnerie de dix-neuf heures a retenti et m'a sorti de mes rêveries. Le Yémen m'avait évité de trop stresser, mais là, à voir tous les Grêlons se lever et ranger leurs chaises, le stress est revenu d'un coup. Ils sont tous partis en moins de deux, et on est restés tout seuls avec Arthur. Personne n'a posé de question, ils étaient habitués à nous voir faire des heures sup tous les soirs depuis que Lili avait été remplacée.

On a continué à faire semblant de travailler, on n'entendait pas un chat à part Paix des Rides de temps à autre. On surveillait la pendule du coin de l'œil, c'est fou comme elle n'y mettait pas du sien, à croire que ses piles avaient besoin d'être changées. Je vérifiais sur ma montre, mais non, il n'y avait pas d'erreur.

À vingt-heures cinquante pile, Arthur s'est écrié : « Allez, celle-là, c'était la dernière ! » et il a écrabouillé le bouton « entrée » de son clavier.

« Sauvegardé dans Paix des Rides », a dit la voix qui à force nous sortait par les trous de nez.

Il a éteint son ordinateur à la hussarde, en appuyant sur

le bouton « on/off ». C'est mal (normalement, il faut passer par le menu « démarrer »), mais bon j'ai fait pareil. Bandit Manchot pouvait toujours venir nous chercher à Aden s'il n'était pas content. Les gens de la photographie sur laquelle je travaillais ont disparu dans le noir de l'écran : ça leur laissait une petite chance, toute rikiki, de ne pas tomber directement sur les Iodures d'Argent à leur descente du Nuage. Toujours ça de gagné.

On s'est levés en même temps et là, j'ai réalisé que mes jambes ne faisaient pas les fières : j'avais un genou qui tremblait tout seul. J'ai respiré à fond, ça n'a pas arrêté mon genou pour autant.

« T'as rien pris, hein, t'as pas pris de sac ? Faut que ça ait l'air naturel.

— T'inquiète, les mains dans mes poches et les pieds dans mes Nike Air, rien d'autre. Il va falloir qu'il coure vite, Mouhissault, s'il veut me rattraper. »

Dehors, il y avait toujours ce petit mistralet qui soufflait. L'air frais faisait du bien. Le soir était encore bleu, le noir n'avait pas tout avalé. On a traversé la cour l'air de rien, ou du moins j'ai essayé. Arthur faisait la conversation, il parlait de je ne sais plus trop quoi pour être naturel. Il marchait tranquillement, comme ça, sur ses semelles de vent. Tranquille. La classe internationale, le Grêlon Stratosphérique. Moi, je n'entendais rien, à part un boum boum boum dans mes oreilles. Je lui répondais, histoire de lui donner le change, mais je crois que cela n'avait ni queue ni tête. Devant nous un chat a traversé la cour et a sauté sur le muret du réfectoire. Tout blanc, sauf le bout des pattes, comme s'il avait marché dans du mazout. Je ne l'avais jamais vu auparavant, je ne sais pas à qui il était. Il devait commencer à faire le petit tour de son territoire. J'ai pensé à Kodak.

Vieux frère, si tu me vois de là où tu es, ouvre un œil pour nous, et le bon.

Il y avait toujours de la lumière à la fenêtre de Bandit Manchot. Il devait travailler tard lui aussi. On a fait semblant de ne rien remarquer, mais je me suis promis de mettre un cierge à la cathédrale si les rideaux ne se levaient pas au moment où on allait passer. Ils n'ont pas bougé d'un pouce.

On est arrivés à la casemate. Il y avait M. Mouhissault, les pieds sur le bureau, qui écoutait le foot sur RMC. La voix du commentateur résonnait dans le silence.

« Il faut parler, il faut qu'on se dise quelque chose pour avoir l'air naturel, ai-je glissé à Arthur.

— De quoi est-ce que tu veux parler ? il a murmuré.

— J'en sais rien, c'est toi le poète après tout », je lui ai balancé.

Arthur a fait un signe de la main à M. Mouhissault, genre bye-bye-arrivederci. Je n'aurais jamais osé, mais ça a marché : une main lui a répondu de l'intérieur de la guérite.

« Allez, passe en premier ; comme ça, s'il y a un problème avec moi, tu pourras toujours te casser rapido », a dit Arthur.

J'ai sorti mon badge et j'ai regardé le tourniquet. Il y avait un champ de lavandins, de l'autre côté. Ils avaient coupé y a pas longtemps, ils venaient tout juste de mettre sur raie. Ça embaumait, ça picotait. J'ai appuyé mon badge, et on a entendu un clic. J'ai regardé Arthur. Il avait vraiment l'air de flotter sur ses Nike Air. Il avait déjà mis ses Ray-Ban, on ne voyait plus ses yeux. On ne parlait pas, on ne pensait plus à rien. J'ai poussé le tourniquet, et voilà, ça y est, j'avais quitté Albion pour de bon. J'ai fait deux pas. Je me suis retourné.

Arthur avait le badge visiteur dans sa main. Au bout d'un temps qui m'a semblé interminable, il l'a appliqué sur le boîtier, et au bout d'un temps encore plus interminable, il y a eu un autre clic. Pas de sirène, pas d'alarme, juste un petit clic de rien du tout. Le portique a tourné et Arthur est sorti, le sourire aux lèvres, heureux comme un bohémien.

ALB04/CFDTL/COURRIER INTERNE/1870

[CONFIDENTIEL]
De : I. d'A.
À : Madame la Ministre
Objet : Changement de code par Jugurtha

Il semblerait que Jugurtha ait changé sa clef de cryptage : notre algorithme n'arrive plus à lire leur dernier message intercepté, un extrait de Soleil et Chair (Arthur Rimbaud, 1870).

Nous ne savons pas si Jugurtha a compris que nous avions cassé leur code ou bien si celui-ci est changé régulièrement. Le Chiffre est à pied d'œuvre pour décrypter cette dernière transmission.

I. d'A.

Ci-après : message intercepté

Je regrette les temps où la sève du monde,

L'eau du fleuve, le sang rose des arbres verts

Dans les veines de Pan mettaient un univers !

46. LE JOUR OÙ MAMAN N'A PLUS VOULU SE FAIRE APPELER CLAUDETTE

Arthur avait la classe à Dallas, avec ses Ray-Ban. C'est peut-être parce que maintenant il pouvait se lâcher et ne plus cacher son illumination, mais tout de même, ses lunettes lui donnaient un air de star. Il était assis sur le siège passager, à poser des questions à droite à gauche, et ça me donnait l'impression d'être son chauffeur. Le Grêlon Stratosphérique dans toute sa splendeur.

On est arrivés sur la place de la Bouquerie, et je me suis garé, à côté de là d'où part le bus. Gwendo était déjà là, elle attendait toute seule sur le banc public. Elle a fait semblant de pas nous voir, mais je savais qu'elle nous avait repérés. Il y avait un petit groupe de trois personnes accoudées contre un platane en train de fumer. Ce devaient être des étudiants, ils avaient séché le lundi et rentraient ce soir à Luminy.

Et puis il y avait Maman. Elle n'était pas prévue au programme. Je lui avais tout raconté pendant le week-end, même si Jugurtha nous avait ordonné de n'en parler à personne. Je n'allais pas partir comme ça, sans rien dire. Elle avait pleuré, mais elle m'avait répondu qu'elle était contente pour moi, pour nous. « Sinon, ce n'est pas une vie », elle avait soupiré en écrasant une larmiche. Je lui avais dit que sitôt installés en Éthiopie, nous la ferions venir vivre avec nous. Elle n'avait rien répondu, comme si elle avait eu peur d'y croire. Elle m'avait fait une dernière fois des tagliatelles à la carbonara, mes préférées, avec tout plein de gruyère dessus.

On s'était dit au revoir ce matin, avant que je parte au travail. Elle était venue quand même pour faire un dernier au revoir à son fiston, elle n'avait pas pu résister. C'est fou comme elle était devenue petite.

On est sortis de la voiture et Maman s'est approchée en souriant. Au début, je croyais qu'elle était venue pour moi, bien entendu, mais maintenant je n'en étais plus si sûr : elle regardait Arthur avec des yeux grands comme des billes.

Comme moi, elle n'était jamais allée plus loin que le bac, mais elle connaissait ses poèmes par cœur. J'ai réalisé qu'ils ne s'étaient jamais rencontrés et que pour elle, Arthur, c'était toujours Arthur Rimbaud. Il a été chic, il a joué le jeu : il a enlevé ses Ray-Ban pour lui faire la bise. Pour un peu, il lui aurait signé un autographe. Elle était aux anges. Ils ont discuté cinq minutes. Je pense que Maman mourait d'envie de lui faire dédicacer un de ses poèmes, mais qu'elle n'a pas osé, qu'elle a voulu faire attention à son incognito.

À un moment, elle m'a pris par le coude, elle voulait me parler seule à seul. Arthur est allé voir les étudiants contre le platane et leur a demandé une cigarette. Une cigarette ! Je n'en revenais pas. Cela ne faisait même pas une heure que nous avions quitté Albion et môssieur le Grêlon Stratosphérique se prenait déjà pour un Grand. Tant pis pour lui s'il attrapait le cancer du poumon.

Maman a sorti un paquet de son sac à main, et me l'a tendu.

« Rrrooh, tu n'aurais pas dû, ça fait cent fois que je te dis que ce n'est qu'un au revoir. Dès qu'on est installés, là-bas, tu nous rejoins… Tu vas nous faire repérer, avec tes histoires de cadeau, ai-je reproché à Maman.

— Oh mais ce n'est pas de moi. Ça vient de ton père », elle m'a répondu.

Je n'ai plus rien dit, j'ai juste pris le paquet. Ça n'était pas lourd, pas léger non plus. Il y avait mon nom écrit dessus, avec la même écriture que celle dans l'armoire des plombs électriques, dans le garage.

« Il me l'a donné quand il a appris qu'il était condamné. Il m'avait demandé de ne pas l'ouvrir et de ne te l'offrir que quand tu serais Grand. »

Elle a souri.

« Sur ce point, j'ai compris que je pourrais attendre encore un moment… Mais bon, aujourd'hui m'a paru le jour ou jamais. »

Je ne savais pas quoi répondre, ni même s'il y avait quelque chose à répondre. Ça m'ennuyait de l'ouvrir, là, comme ça, à un arrêt de bus. On a entendu à ce moment-là un gros bruit de moteur et on s'est retournés : c'était Bateau-Ivre qui était en train de manœuvrer. Le soupir de ses amortisseurs témoignait du poids des ans, mais il avançait toujours, bon pied bon œil. Ça m'a fait plaisir que ce soit lui et pas n'importe quel bus. On allait monter dedans avec Gwendo, comme au bon vieux temps, il ne manquait plus que Jean-Jean.

« Et tiens, je t'ai préparé un mini-casse-croûte, vous allez arriver tard à Marseille et tout sera fermé, a dit Maman en me donnant un petit baluchon. Il y a un saucisson-cornichons, deux mandarines et une bouteille d'eau qui pique. »

Gwendo s'est levée, Arthur et les étudiants ont quitté le platane, tout le monde s'est rapproché de l'arrêt de bus. Bateau-Ivre s'est levé de son siège, a ouvert les portes et est descendu pour ouvrir la soute à bagages. Ils se sont tombés dans les bras avec Maman.

« Mais voyez-vous qui est là, c'est ma bonne copine Claudette », a rigolé Bateau-Ivre.

Je ne savais pas qu'ils se connaissaient, c'est fou. Le pays d'Apt, c'est un village, tout le monde se connaît, mais quand même, je n'avais jamais percuté qu'ils avaient le même âge, qu'ils avaient dû aller au collège ou au lycée ensemble.

« Oh, va, je suis vieille maintenant, tu peux arrêter avec tes Claudette, tu peux m'appeler Claudine. »

Gwendo est montée la première, elle a avancé jusqu'au fond du bus, et s'est assise contre la vitre. Après, ça a été le tour des étudiants, et enfin Arthur. Lui, il s'est assis au milieu du bus, contre la fenêtre également. Maman m'a serré dans ses bras, je lui ai redit que je l'appellerais quand nous serions arrivés à Aden. Qu'elle viendrait me voir, là-bas.

Au moment où je commençais à monter les marches de Bateau-Ivre, mon téléphone s'est mis à sonner. C'était un numéro masqué. D'habitude, je ne réponds pas, ce sont des arnaques où on a gagné un frigidaire et il faut aller le chercher à Mistral 7, à Avignon. Là, je ne sais pas pourquoi, j'ai décroché.

« De-demain, tu vas p-pas à Albion, com-compris ? T-tu te fais porter m-malade, t-tout ce que tu veux, mais tu ne vas su-surtout pas t-travailler, t-tu m'as bien compris ? »

Il y a eu un long silence, avec de la respiration au bout du fil. Et puis poum, ça a raccroché. Zorro était reparti sur le dos de Tornado.

J'ai eu une grosse boule dans la gorge. J'ai pensé à Lili, à demain matin, à elle et au père Barthélemy. J'ai regardé Arthur et Gwendo, au fond du bus. Qu'est-ce qui allait bien pouvoir se passer demain, à Albion ? J'ai vu Bateau-Ivre sur son siège, qui me demandait mon ticket. Est-ce que Lili allait pouvoir partir en ambulance comme prévu ? Je me suis retourné et j'ai vu Maman, qui me faisait au revoir de la main.

Bateau-Ivre s'est mis à rouspéter, en me demandant si c'était pour aujourd'hui ou pour demain. Je me suis excusé, lui ai répondu que je venais d'apprendre un imprévu et que je prendrais le bus du mardi. Je l'ai dit bien fort, pour que Gwendo et Arthur puissent entendre du fond du bus.

Je suis redescendu de Bateau-Ivre et les portes se sont refermées. Maman m'a demandé ce qui se passait, mais j'avais tellement la tête qui tournait que je n'ai pas réussi à répondre.

Bateau-Ivre a démarré son moteur, et toute sa vieille carcasse s'est mise à trembler. J'imagine qu'il a dû siffloter son petit air « Oh mon bateau oh-oh-oh » ; j'aurais donné cher pour l'entendre. J'ai vu Gwendo et Arthur, derrière les vitres du bus. Leurs regards mitraillaient des points d'interrogation. Elle ne comprenait pas, mais elle ne voulait pas griller sa couverture. C'est à ce moment-là que j'ai percuté : elle n'avait jamais su la vérité pour son anniversaire, sur le pourquoi du comment je n'étais pas venu. Trop tard de toute manière, je ne pouvais même pas lui faire au revoir de la main.

Arthur, lui, me regardait comme si j'étais le dernier des imbéciles. Les yeux fixes, il ne disait rien. Il avait enlevé ses Ray-Ban, même si tout le monde lui avait bien répété qu'il fallait les garder sur le bout du nez.

Tout à coup, j'ai vu ses yeux s'illuminer comme jamais, comme s'il avait vu la Vierge. Je me serais presque retourné pour vérifier qu'elle n'était pas derrière moi. Il s'est levé sur son siège et s'est mis à farfouiller dans ses poches comme un possédé. Il en a sorti un petit cahier : j'ai reconnu celui que Maman lui avait offert. Arthur s'est rassis et s'est mis à scribouiller dedans comme un furieux.

Bateau-Ivre a manœuvré et a commencé à rouler. J'ai fait à Arthur un grand au revoir de la main, mais il ne me regardait plus, il continuait à écrire.

ALB04/TÉLÉGRAMME DIPLOMATIQUE/PDR-1937

De : PRE-liaison@jp
À : I. d'A.
Objet : Intégration archives CANON dans P.D.R.

Suite à votre demande, nous vous confirmons que :
– c'est le 10 août 1937, à Tokyo que la compagnie Seikikōgaku kenkyūsho a été créée ;
– elle change de nom en 1947, au profit de Kwanon, du nom de la déesse de la miséricorde ;
– Kwanon est rapidement occidentalisé en Canon à des fins d'internationalisation.

Tous ses journaux de vente d'appareils photo depuis 1937 ont été chargés dans P.D.R.

P.R.E. Liaison Japon

47. LE JOUR OÙ L'AVENIR A APPARTENU AUX LÈVE-TÔT

J'ai tourné la clef de contact et le bruit du moteur s'est fait entendre. Je le connais bien. D'habitude, il me tranquillise mais aujourd'hui il ne servait à rien : pas de ronron, juste un bruit de moteur. Hier, après que Bateau-Ivre était parti, j'étais allé droit au presbytère pour tout raconter au père Barthélemy, pour lui demander quoi faire. Ça n'avait pas servi à grand-chose : il était déjà tellement paniqué, ça n'avait fait que rajouter de la pression sur ses nerfs. On avait fini par enregistrer un brouillon sur l'adresse email, dans lequel on expliquait le coup de fil que j'avais reçu. Le texte finissait avec des points d'interrogation, pour Lili comme pour la suite des événements.

Nous n'avions pas dû attendre longtemps, j'imagine que tout Jugurtha devait être scotché sur la boîte mail. Moins de dix minutes plus tard, un nouveau brouillon avait été enregistré en retour.

« Tenez-vous-en au plan initial. Partez demain tous les trois par l'ambulance. Avant l'appel de neuf heures. »

C'était tout. Jugurtha n'avait pas l'air d'être particulièrement chamboulé par le coup de fil que j'avais reçu. Après tout, c'étaient eux, les Éléments Perturbateurs professionnels. J'avais peut-être mal interprété, j'avais sans doute paniqué. On en avait discuté une heure encore avec le père Barthélemy, pesant le pour et le contre, avant de décider que c'était en effet la meilleure des choses à faire, tout simplement parce qu'il n'y avait rien d'autre à envisager.

« Demain matin, tu pars travailler de bonne heure, comme d'habitude pour ne pas éveiller les soupçons. Moi j'arrive comme prévu pour prendre Lili. Tu surveilles la cour du coin de l'œil, et quand tu nous vois sortir, tu t'en vas aussi. Tu blablates que t'as oublié ton casse-croûte de dix heures dans la voiture, et que tu dois aller le chercher. Tu sors, on t'attendra sur le parking, et tu montes ni vu ni connu dans l'ambulance », avait récapitulé le père Barthélemy. C'était tout.

Ce matin, ça avait été bizarre de dire une deuxième fois au revoir à Maman. La répétition, ça tuait un peu l'intensité du moment, il y avait comme une arrière-pensée qui disait : jamais deux sans trois. Je lui avais reproposé de venir avec nous à Aden : un passager de plus ou de moins sur ce bateau, qu'est-ce que ça pouvait bien faire après tout. Elle avait fait non de la tête, en regardant ses pieds.

« Ma vie, elle est derrière moi, maintenant, tu sais… Cette vie-là, à Aden, c'est la tienne », elle avait dit.

J'ai démarré, Maman m'a fait un dernier au revoir de la main, et j'ai enclenché la première. En temps normal, je mets France Bleu Vaucluse, mais là, je n'en avais pas envie. La route, je la connais par cœur, j'ai laissé mes mains conduire. Villars, Rustrel, Saint-Christol.

Je suis arrivé à Albion, et je me suis garé à ma place habituelle. Le parking ressemblait au parking, l'abribus à l'abribus. Il n'y avait rien d'anormal. J'ai marché jusqu'au portique : ça m'a fait penser à hier soir, quand Arthur l'avait poussé avec un sourire aux lèvres. Il devait être à Marseille maintenant, dans la planque avec Gwendo. À moins qu'ils ne soient déjà tous les deux sur le bateau à nous attendre.

J'ai badgé, il y a eu un petit clic, et le portillon a tourné, comme tous les jours. Du perron de sa guérite, M. Mouhissault m'a fait bonjour, je lui ai répondu. J'ai traversé la cour, il n'y avait pas un chat. Je suis arrivé au gymnase, il y avait deux-trois Grêlons qui avaient déjà commencé à travailler. Je me suis assis, et j'ai appuyé sur le bouton de mon ordinateur. Hier, je lui avais dit bye-bye en pensant que ce serait la dernière fois que je le toucherais, eh bien j'avais tort. Espérons que cette fois-ci soit la bonne.

Les photos à traiter sont apparues à l'écran et je m'y suis mis, la mort dans l'âme. Lorsqu'à la fin de la première saisie, j'ai entendu la voix de Paix des Rides claironner que tout était dans la boîte, ça m'a flanqué un sacré coup. Il n'y avait plus Arthur pour ronchonner. Je me suis levé et j'ai regardé par la fenêtre : le père Barthélemy n'était pas encore arrivé. C'était normal, sinon il aurait été en avance sur l'horaire. Encore dix bonnes minutes.

Quelques photos ont défilé. Face caméra, une famille en vacances au Mont Saint-Michel, fastoche. Deux amoureux devant la tour Eiffel, un peu plus dur : ils s'embrassaient et Paix des Rides avait du mal à activer la reconnaissance faciale. Un anniversaire chez un particulier : tranquille pour les identifications, costaud pour la localisation. J'ai mis le dossier en attente, on n'allait pas se compliquer la vie aujourd'hui.

J'en ai profité pour jeter un nouveau coup d'œil sur ce qui se passait dans la cour. Juste à temps pour voir la barrière se lever et l'ambulance rentrer à l'intérieur d'Albion. Elle roulait au pas, a fait un grand cercle et s'est garée devant le bureau de l'administration. Le père Barthélemy en est sorti et a poussé la porte. Une minute après, il est ressorti avec Lili, et l'a aidée à s'asseoir dans l'ambulance.

C'était le moment. J'ai éteint à la hussarde mon ordinateur, j'ai dit à voix haute que j'avais oublié mon casse-croûte dans ma voiture et que j'allais le chercher. Tout le monde s'en foutait comme de l'an quarante, mais bon ça ne mangeait pas de pain de l'annoncer bien fort.

Je suis sorti dans la cour et suis passé à côté de l'ambulance. Je faisais de mon mieux pour avoir l'air naturel, genre Arthur. Ni vu ni connu, les mains dans les poches. Je ne devais pas être aussi bon que lui, mais quand même, j'avais pris le coup de main et commençais à bien me débrouiller. J'ai même sifflоté pendant deux secondes, mais j'ai arrêté parce que ça faisait un peu trop.

Je suis arrivé devant le portique. Voilà, ça n'était pas si compliqué que ça après tout, il n'y avait pas de raison de s'inquiéter, j'avais été bien bête. On n'entendait plus la radio dans la guérite, M. Mouhissault avait dû la couper, maintenant que tout le monde arrivait au travail. J'ai sorti mon badge et l'ai appliqué sur le lecteur. J'ai poussé le portique. Il n'a pas bougé d'un pouce.

J'ai re-badgé, j'ai re-poussé, et il ne s'est toujours rien passé. J'ai senti la boule dans mon ventre se reformer, celle d'hier mais en un peu plus gros. Il n'y avait pas lieu de paniquer : ça arrivait souvent, la puce était désaimantée, c'est tout. Il fallait toquer à la vitre, M. Mouhissault allait le faire passer un petit coup dans la machine, et hop ! le tourniquet allait tourner.

Je me suis avancé jusqu'à la guérite et j'ai ouvert la porte. Affalé sur le siège, ce n'était pas M. Mouhissault, mais un Iodure d'Argent.

48. LE JOUR OÙ JEAN-JEAN A PRIS LA PAROLE

L'Iodure d'Argent lisait le journal, les pieds sur le bureau. Il m'a écouté raconter ma petite histoire, que le badge ne marchait plus, qu'il fallait le ré-aimanter, etc. Il ne m'a pas laissé terminer et de toute façon, ça se voyait sur sa tête que ça ne lui faisait ni chaud ni froid.

« Toutes les sorties sont interdites jusqu'à nouvel ordre, ce n'est plus possible de quitter Albion. Votre directeur va faire un discours au moment de l'appel, il vous expliquera tout ça. »

Je lui ai répondu que c'était juste pour cinq minutes, juste pour aller chercher mon casse-croûte de dix heures, que je revenais tout de suite, il n'a rien voulu savoir.

« J'ai des instructions, je ne laisse sortir personne, sans exception. Tu peux aller te plaindre à Houques si ça te chante. »

Il a remis les pieds sur le bureau et j'ai compris que ça ne servait à rien d'insister. J'avais la tête qui tournait, je ne me sentais pas bien et j'ai failli refermer la porte de la guérite sur le père Barthélemy qui arrivait.

L'ambulance était là, le moteur allumé devant cette barrière qui ne voulait pas s'ouvrir. On a fait semblant de ne pas se connaître, et il a posé la même question à l'Iodure d'Argent, qui lui a fait la même réponse. Il a insisté :

« Non, mais vous ne comprenez pas, il y a une femme enceinte dans la voiture, nous avons rendez-vous chez un spécialiste à Marseille, M. Houques est au courant.

— Oh, si, si, je comprends très bien. Il n'y a personne qui sort, femme enceinte ou pas. Votre directeur va vous expliquer tout ça au moment de l'appel. »

Le père Barthélemy a continué, mais moi j'ai lâché la porte. Ça ne servait à rien, on était faits comme des rats. La souricière s'était refermée, avec nous à l'intérieur. J'ai fait demi-tour, je ne savais pas où aller, je ne savais pas quoi faire. Retourner travailler sur Paix des Rides, à quoi bon. Marseille. Le bateau. Aden. Tout cela semblait si loin, maintenant, un rêve effleuré du bout des doigts mais qui ne risquait pas de se réaliser. Je suis allé à la machine à café : il y avait cinq Iodures d'Argent qui tapaient la discute, à attendre je ne sais quoi. Comme un malheur n'arrive jamais seul, il n'y avait plus de chocolat. Du coup, j'ai pris un café, au point où j'en étais de toute manière.

Les Iodures d'Argent avaient pris toutes les chaises. Ils se marraient bien, ils se racontaient leur week-end. Je me suis assis sur les marches qui menaient au réfectoire. Le soleil matinal n'avait pas encore eu le temps de s'attarder dessus. Le béton était glacé, le froid vous rentrait par les fesses. J'ai trempé mes lèvres dans mon gobelet de café, histoire de me réchauffer. La machine ne m'avait même pas posé la question d'ajouter du sucre ou non. Dieu que c'était amer.

De l'autre côté de la cour, devant la barrière, j'ai vu l'ambulance, avec Lili à l'intérieur et le père Barthélemy qui gesticulait comme un veau. Je ne sais pas après qui il en avait, je sais juste que ça ne servait à rien. Nos regards se sont croisés et on s'est compris. Il aurait mieux valu écouter Zorro.

***

La sonnerie a retenti, c'était la même que tous les matins, et pourtant elle résonnait de manière différente, va savoir pourquoi. Comme d'habitude pour l'appel, les Grêlons sont sortis du gymnase, du dortoir, et se sont mis en rang dans la cour. Ça m'a encore frappé, je n'avais pas réalisé à quel point ils étaient devenus nombreux.

Les Iodures d'Argent se sont levés de leurs chaises et m'ont fait signe : allez ouste, toi aussi, dans la cour. Ça, par contre, c'était nouveau : il en sortait de partout, du gymnase, du réfectoire, du bâtiment administratif. Ils poussaient devant eux les Grêlons, sans aucun ménagement, pire que des chiens avec des moutons. En moins d'une minute, tout le monde était au centre de la cour, entouré d'un double cordon d'Iodures d'Argent. Ça allait faire des étincelles lorsqu'ils allaient appeler Arthur et qu'il ne lèverait pas la main. On allait le chercher partout, je n'avais aucune idée de comment tout ça allait finir. Mal, de toute évidence.

Les portes du bâtiment administratif se sont ouvertes, laissant passer un convoi de gradés d'Iodures d'Argent. Au centre, il y avait Jean-Jean. Il avait encore pris du galon, c'était fou. Je ne sais pas lire les épaulettes et tous les insignes des militaires, mais ça se voyait rien qu'à la manière dont les autres Iodures d'Argent lui parlaient, lui obéissaient. Dans un coin, en tout petit, Bandit Manchot essayait de ne pas se faire dégager de l'estrade.

Jean-Jean s'est approché du microphone. Le discours du directeur, c'était lui qui allait le faire, apparemment.

« V-Vous demandez p-pourquoi v-vous êtes t-tous ra-rassemblés ce ma-matin et… »

À ce moment-là, Jean-Jean s'est arrêté de parler. Il avait levé les yeux face à la foule et nos regards se sont croisés. Il est resté interdit et s'est figé pendant une seconde. Pour moi aussi, le temps s'est arrêté. L'espace d'un instant, j'ai cru voir revenir les yeux Saut du Moine mais je n'en suis plus si sûr.

Je me souviens juste que le mistral s'est mis à souffler, on n'entendait plus les oiseaux. Mme Philibert, Australopithèque, tout ça, aujourd'hui, c'était bien loin.

Jean-Jean a baissé le regard pendant un long moment, je ne sais pas s'il regardait son petit bout de papier ou ses chaussures. Lorsqu'il a relevé la tête, ses yeux n'étaient plus les mêmes. Je ne sais pas pourquoi, mais ce n'étaient plus les mêmes. Saut du Moine ou pas, c'est vrai qu'ils n'avaient jamais eu une once de nuage en eux. Mais aujourd'hui, ils vous transperçaient de part en part, pire que les UV avec la couche d'ozone.

« Vous vous demandez pourquoi vous êtes tous rassemblés ce matin. Le gouvernement a décidé de saisir le problème des Grêlons à bras-le-corps, et d'arrêter avec des solutions intermédiaires qui n'en sont pas. Albion, comme tous les autres centres de taille équivalente, n'est ni adapté ni équipé pour traiter à grande échelle cette évolution de notre monde contemporain. Albion va être fermé et vous allez être conduits au camp d'Aix-les-Milles, à côté d'Aix-TGV. Une nouvelle destination vous y sera communiquée. Les Iodures d'Argent remercient M. Houques, qui a jeté les bases du traitement des Grêlons, sans lesquelles aujourd'hui la situation serait complètement hors de contrôle. Merci de vous diriger maintenant vers la sortie, dans le calme et la discipline. »

C'est seulement à la fin de son discours que ça m'a frappé : il n'avait pas bégayé, pas une seule fois.

ALB04/TÉLÉGRAMME DIPLOMATIQUE/PDR-1938

De : PRE-liaison@fr
À : I. d'A.
Objet : Intégration archives FOCA dans P.D.R.

Suite à votre demande, nous vous confirmons que :
– c'est en 1938 que fut créé le premier appareil FOCA, de la société française OPL (Optique & Précision de Levallois) ;
– la Seconde Guerre mondiale ayant éclaté, la commercialisation ne commence qu'en 1945.
Le slogan est :

UN PRÉSENT QUI, DANS LE FUTUR,
FERA REVIVRE LE PASSÉ.

Tous les journaux de vente d'appareils FOCA qui ont pu être retrouvés ont bien été chargés dans P.D.R.

P.R.E. Liaison France

49. LE JOUR OÙ LES POULES AURONT DES DENTS

La barrière a enfin bien voulu se lever. Trop tard, comme dirait l'autre. Le parking était rempli de bus et d'Iodures d'Argent. Ils canalisaient en direction des cars la foule qui sortait du centre. Au début, ils avaient voulu regrouper les Grêlons par date d'atterrissage : un Orage, un groupe, un départ. Devant le nombre et la cohue, les Iodures d'Argent avaient abandonné : dès qu'un bus était plein, hop, ils réorientaient les Grêlons, une nouvelle queue-leu-leu, et au suivant. Oubliés les noms, prénoms, dates : tu la fermes, tu attends, et tu montes.

Dans la foule, j'ai retrouvé Lili et le père Barthélemy, je suis resté avec eux. Cela ne servait plus à rien de s'ignorer, maintenant. Le père Barthélemy n'arrêtait pas de parler : il n'y avait pas lieu de s'inquiéter, aussitôt arrivé à Aix il appellerait le diocèse, il parlerait au responsable, etc., etc. Je faisais oui-oui de la tête, mais le cœur n'y était pas. Lili ne disait rien, mais ça, ça ne changeait pas par rapport à d'habitude.

On avançait lentement, le temps que les bus se remplissent, l'un après l'autre. Ça allait durer des plombes. Ils beuglaient des ordres, nous disaient de rester tranquilles, faisaient manœuvrer les bus. Il y avait des Grêlons dans tous les sens, partout, c'est fou ce qu'ils étaient nombreux.

Au bout d'une éternité, ça a été notre tour : on était enfin pile devant le cordon des Iodures d'Argent. Zézette était à côté de moi, elle me tenait par la main. Elle a demandé à l'un d'entre eux où elle irait après Aix, vu qu'Albion était sa seule maison.

« Au Pays des Merveilles », a marmonné l'Iodure d'Argent entre ses dents, derrière sa visière. Ça n'engageait pas forcément à la conversation, mais va savoir pourquoi je lui ai demandé s'il savait combien de temps nous resterions à Aix, quand nous pourrions rentrer chez nous. Il ne m'a pas regardé et a simplement grommelé : « Le jour où les poules auront des dents. »

Je n'étais pas sûr qu'il ait bien compris la question, alors je lui ai reposé : c'était important de savoir, quand même, vu l'état de Lili. Je n'ai pas eu le temps de finir : il a dégainé sa matraque en moins de deux et m'a balancé un grand coup dans le ventre, pile là où ça fait bien mal.

Je me suis retrouve plié en deux sur le goudron, des écrans noirs devant les yeux et des sirènes dans les oreilles. J'entendais le père Barthélemy s'indigner tout ce qu'il pouvait mais ça n'avait pas l'air de servir à grand-chose. Les autres Grêlons m'ont aidé tant bien que mal à me remettre debout. L'Ordure d'Argent ne disait rien, mais la haine qu'il avait au fond des yeux parlait pour lui.

Comme pour mettre officiellement un point final à cette discussion de sourds-muets, il y a eu un bruit de freins dans notre dos. C'était Bateau-Ivre, ce bon vieux Bateau-Ivre. Ça m'a fait plaisir : un petit signe du destin, enfin. Les portes se sont ouvertes, et l'Ordure d'Argent nous a crié de monter et de nous grouiller. Le père Barthélemy a aidé Lili à monter, et je les ai suivis comme je pouvais. On est passés devant le siège chauffeur : Bateau-Ivre ne m'a pas parlé, il a détourné les yeux. Il sentait encore plus la vinasse que d'habitude. Il avait dû s'en coller une bonne la veille. Lili et moi, on s'est assis juste derrière lui. Comme au bon vieux temps, pour éviter les Éléments Perturbateurs. J'ai laissé Lili s'asseoir côté fenêtre, j'ai pensé qu'elle aimerait bien regarder le paysage. Le père Barthélemy s'est mis dans la rangée juste après nous, avec Zézette à côté. Les autres Grêlons sont montés après lui et ont rempli le bus, jusqu'au dernier rang.

L'Ordure d'Argent a remonté lentement le couloir, il nous comptait et vérifiait que tous les sièges étaient bien occupés. Pas question de partir à moitié vide, attention, hein, l'essence, ça coûte cher. Il a dit à Bateau-Ivre que c'était bon, et s'est assis à côté de lui, de l'autre côté du couloir. J'ai guetté « Oh mon bateau oh oh oh », mais non, Bateau-Ivre a passé la première, puis la seconde, et ce fut tout. Pas de petite chanson pour aujourd'hui.

***

Le paysage défilait, on n'entendait pas un bruit. Le côté où l'Iodure d'Argent m'avait frappé tiraillait encore. J'allais avoir un sacré bleu si ce n'est plus. Lili s'était endormie, la tête penchée contre la vitre. Son ventre arrondi montait et descendait, suivant sa respiration. On avait quitté le plateau d'Albion, et maintenant c'était Rustrel, les Jean-Jean. On allait bientôt passer le croisement pour Villars. La Femme-Enceinte était juste à côté, et avec elle la cabane super secrète. Australopithèque.

J'ai pensé à Maman et ça m'a rappelé le paquet de Papa. J'avais prévu de l'ouvrir au calme, une fois sur le bateau, face à la mer. Il s'éloignait à vitesse grand V, ce bateau. J'ai pensé que c'était aussi bien de voir ce qu'il y avait à l'intérieur du paquet maintenant. Je l'ai ouvert délicatement, sans faire de bruit pour ne pas réveiller Lili. Elle dormait du sommeil du juste, les mains sur son ventre. Dans la boîte, il y avait une enveloppe avec mon nom dessus et un vieil appareil photo.

J'ai eu la frousse de ma vie : posséder un appareil photo était interdit plus que jamais. C'était une des activités grêligènes les plus graves. Si l'Iodure d'Argent me voyait avec ça entre les mains, c'était bon pour ma pomme.

J'ai pris l'enveloppe et j'ai remis le paquet dans mon sac, sous le siège. Il y avait une lettre dans l'enveloppe. L'écriture de Papa courait sur une trentaine de lignes.

Coucou le chef,

Tu dois être grand maintenant, je regrette de ne plus être là pour voir le beau jeune homme que tu es certainement devenu.

À l'heure où j'écris ces lignes, tu es dans le jardin en train de jouer avec Kodak. Jouer est un bien grand mot : il fait deux fois ta taille, et tu le trimballes de toutes les manières possibles et imaginables. Il est bonne pâte, va, il ne t'a jamais donné un coup de griffe. Je suis content : même si je ne serai bientôt plus là, Kodak restera pour ouvrir un œil sur toi (et le bon !) (Je vois déjà Maman qui lève les yeux au ciel en disant que c'est la centième fois que je fais cette blague.)

Lorsque j'ai eu mon bac, mon père m'avait offert un Leica M2. C'était un beau cadeau, l'appareil de l'agence Magnum. C'est grâce à lui que j'ai appris mon métier, et que je suis devenu photographe. C'est aussi grâce à lui que j'ai rencontré ta mère : elle marchait dans la rue, et je lui ai dit que je cherchais un modèle.

J'aurais voulu te l'offrir pour tes dix-huit ans, t'aider à forger ton regard d'adulte sur le monde. Maman et Kodak s'en chargeront. Je te donne quand même mon petit secret pour toujours prendre de bonnes photos. L'exposition, le cadrage, tous ces réglages, ça s'apprend dans les livres. Mais il y a une chose que l'on n'apprend pas à l'école. Lorsque tu fais une photo, tu la prends deux fois : une fois avec ton appareil, et encore une fois avec tes yeux. Tu cliques, tu clignes. Et puis tu garderas celle qui te semblera la plus réussie.

J'ai chargé dans le Leica une pellicule de douze, et je viens de faire une photo de Kodak pour l'armer. Il t'en reste onze, fais-en bon usage. D'où je suis, je m'arrangerai pour qu'il y ait toujours la bonne lumière.

Papa

J'ai avalé ma salive et j'ai refermé la lettre. J'aurais aimé pouvoir la montrer à Maman.

***

On avait sacrément roulé, je n'avais pas vu le temps passer. Lili était réveillée, elle regardait le paysage par la fenêtre. Je lui ai demandé comment ça allait, elle a haussé les épaules. Elle était essoufflée. Je me suis retourné : le père Barthélemy avait les yeux fermés, mais ça se voyait qu'il ne dormait pas. Faire semblant de dormir, on me la fait pas à moi.

On était maintenant dans la combe de Lourmarin. Sur le bas-côté de la route, on a croisé un groupe de vacanciers, deux ou trois familles qui ne savaient pas à quel saint se vouer. D'après leurs habits, j'aurai dit les années 70, 80 à tout casser. Ils avaient l'air complètement hébétés, ils avaient dû atterrir une heure avant, deux, grand maximum. Paix des Rides avait certainement loupé la localisation : la combe de Lourmarin, avec tous ces virages qui se ressemblent, c'est un sacré fouillis, pas la meilleure des zones grêlifères à vrai dire. Il fallait se dépêcher si on voulait garder un espoir de les illuminer.

On allait bientôt passer au-dessus du petit pont de l'Aiguebrun. Je connais le coin comme ma poche : on y était allés plus d'une fois à vélo avec Jean-Jean, il paraît que le trésor des Templiers est enterré pas bien loin.

J'ai regardé du coin de l'œil l'Iodure d'Argent : il jouait à Candy Crush sur son téléphone. J'ai pris ma respiration et j'ai plongé les mains dans mon sac, pour en sortir le Leica. J'étais un peu rouillé, cela faisait une éternité que je n'avais pas touché à un Reflex. Il y avait bien une pellicule à l'intérieur. J'ai regardé le ciel par la vitre : la lumière n'était pas fameuse, il y avait du brouillard. La nuit argentique commençait à envelopper Bateau-Ivre. Comme un retardateur, l'étoile du berger s'est mise à clignoter à l'horizon.

J'ai vu passer une météorite. Puis deux, puis trois. Ça défilait. Je me suis demandé qui pouvait bien atterrir du Nuage à une heure pareille. Peut-être d'autres Grêlons Stratosphériques, qui sait. Les pauvres bougres qui nous tombaient sur le paletot, sans savoir ce qui les attendait.

J'ai fait pivoter le Leica, et je l'ai tendu à bout de bras. J'ai dit à Lili de bien fixer l'objectif, me suis collé à elle, et j'ai appuyé sur le bouton. On a entendu un petit clic, pile au moment où nous passions sur le pont de l'Aiguebrun. J'ai remis vite fait le Leica dans mon sac. L'Iodure d'Argent n'avait rien vu. J'ai recommencé à respirer.

J'ai regardé Lili, elle m'a souri. J'ai cligné des yeux. Longtemps. En prenant bien mon temps. Espérons qu'avec celle-ci, il y en aura au moins une des deux qui sera réussie. La plus parfaite de toutes les images.

J'ai pris mon téléphone, et j'ai enregistré un brouillon dans la boîte mail de Jugurtha :

31 SEPTEMBRE 2022 - 19 H 50
PETIT PONT DE L'AIGUEBRUN
LILI & PETER

POSTFACE

C'est une de ces bizarreries de l'univers. Celles qui vous font lever un sourcil la première fois qu'on vous en parle, dans une soirée Trivial Pursuit par exemple. Elle est connue sous le nom de « loi d'intrication » : elle stipule que deux photons qui ont interagi à un moment donné de leur existence forment à jamais un système intriqué, même lorsqu'ils sont éloignés.

En français dans le texte, cela veut dire que même si des milliers de kilomètres séparent ces deux particules de lumière dans l'infini cosmique, lorsque l'on connaît la mesure de l'une, on peut savoir à distance la mesure de l'autre, sans qu'elles aient besoin d'échanger l'information. Il leur suffit d'avoir été connectées, une fois et une seule.

Le caractère surprenant de l'intrication a pour la première fois été souligné par Einstein, Podolsky et Rosen dans un article de 1935. Dans cet article, les auteurs décrivent une expérience de pensée qui restera sous le nom de « Paradoxe EPR ». Si on estime que l'intrication est avérée, cela supposerait :

– soit qu'une influence se déplace plus vite que la lumière ;

– soit que notre connaissance de la physique quantique est incomplète (il y aurait une variable cachée locale).

Einstein n'y croyait pas : primo, rien n'est plus rapide que la lumière, et secundo, le hasard n'existe pas en physique. « Dieu ne joue pas aux dés », dira-t-il à ce sujet. Pour lui, deux particules éloignées sont deux entités indépendantes l'une de l'autre, chacune étant localisée dans l'espace-temps. Il ne croyait pas à la théorie de l'intrication, qu'il surnomma « action fantôme à distance ». Einstein avait tort. La loi de l'intrication a été depuis vérifiée et confirmée par des physiciens.

L'expérience d'Alain Aspect en 1982 établit pour la première fois une preuve irréfutable du phénomène d'intrication quantique.

Une équipe israélienne a réalisé des tests entre 2012 et 2013 montrant qu'en plus de la dimension spatiale, l'intrication avait aussi lieu dans le temps. À partir d'un couple de photons intriqués, ils ont mesuré l'un d'eux (noté 1), ce qui l'a fait disparaître, puis le second photon (noté 2) a interagi avec un photon (noté 3) d'une autre paire intriquée. Ils ont démontré qu'il existait une corrélation entre le photon 1 et le second photon de la deuxième paire (noté 4). Les photons 1 et 4 n'ont pourtant jamais coexisté, ce qui prouve que l'intrication s'applique aussi dans le temps.

En 2017, des chercheurs de l'université de Hefei en Chine ont envoyé des photons intriqués depuis un satellite orbitant à 500 kilomètres, vers des stations distantes de 1 203 kilomètres. À leur arrivée sur Terre, ils interagissaient.

En 2019, une équipe de physiciens basée à Glasgow a photographié pour la première fois l'intrication quantique entre deux photons...

Ils interagissent depuis, quels que soient l'espace et le temps qui les séparent.

O. M~B

ACHEVÉ D'IMPRIMER

Lorsque je me suis mis à écrire, à l'arrière de ce bus, place de la Bouquerie, je pensais que je reverrais Peter le lendemain, sur le bateau. Mais lorsque Gwendolyn me montra l'ultime brouillon qu'il avait enregistré, je compris que, pour lui et Lili, l'aventure s'arrêtait là.

Le petit carnet offert par sa mère continua néanmoins à se remplir de mes souvenirs et de ceux que Peter m'avait confiés. Un jour, je pus la prévenir que j'avais écrit l'histoire de son fils. Depuis Harar, je réussis à lui faire parvenir clandestinement mes carnets, ainsi que les documents que j'avais réussi à rassembler. Quelques semaines plus tard, elle me fit savoir qu'elle était amie avec la mère d'un écrivain vivant près d'Apt, et qu'elle avait fait lire mon texte à ce dernier. Une sorte de solidarité provençale se forma à mon insu. Olivier Mak~Bouchard était réputé bourru mais fiable, il organisa de fait la publication clandestine du texte avec son éditeur et l'artiste Phileas Dog, tous deux originaires du Sud-Est. Les imprimeries Corlet, installées en Normandie, acceptèrent de prêter leurs machines malgré les risques.

Qu'ils soient ici tous remerciés. Grâce à eux, Jugurtha diffuse *Le Temps des Grêlons* à tous les membres de son réseau sous le cryptogramme 978-2-37055-347-8 et le numéro d'imprimeur 23020135. Nous avons livré au dépôt légal, en mars 2022, et imprimé, en février 2023, des exemplaires justificatifs à notre façon.

Que ce livre rappelle à tous que nous ne devons pas perdre espoir. Comme dirait Bandit Manchot, l'Éclipse des Grêlons Pan et Tigrata est prévue dans cinq ans, jour pour jour. Elle n'a pas été saisie dans Paix des Rides, elle échappera donc aux Iodures d'Argent.

Soyez ponctuels, s'il vous plaît : une illumination, ça se joue à peu de chose.

Harar, Éthiopie,
A. R.

TABLE DES MATIÈRES

Édition enrichie d'une note de l'éditeur, d'une postface de l'écrivain et d'un achevé d'imprimer de l'auteur.

34. La nuit où la pellicule s'est mise à flamber

35. Le jour où Napoléon s'est retourné dans sa tombe

36. Le jour où Albion est devenue perfide
ALB04/Courrier interne/COM-1871

37. Le jour où on a dit bonjour à Marilyn
ALB04/Courrier interne/COM-1831
ALB04/Télégramme diplomatique/PDR-1962

38. Le jour où il a fallu porter des lunettes

39. Le jour où le café m'a mis un goût amer dans la bouche

40. Le jour où je me suis mis à faire de la gymnastique
ALB04/CFDTL/Courrier interne/1913

41. Le jour où le père Barthélemy a joué à « à qui je pense »

42. Le jour où Bandit Manchot a voulu jouer à « action ou vérité »

43. Le jour où on a commencé à jouer à cache-cache
ALB04/CFDTL/Courrier interne/1855

44. Le jour où je suis retourné au catéchisme

45. Le jour où Arthur a fait sensation
ALB04/CFDTL/Courrier interne/1870

46. Le jour où Maman n'a plus voulu se faire appeler Claudette
ALB04/Télégramme diplomatique/PDR-1937

47. Le jour où l'avenir a appartenu aux lève-tôt

48. Le jour où Jean-Jean a pris la parole
ALB04/Télégramme diplomatique/PDR-1938

49. Le jour où les poules auront des dents

CATALOGUE DES MÉTÉORES

JACQUES ABEILLE

M43 *Les Jardins statuaires*

BERNARD AMY

M04 *L'Alpiniste*

SHOLEM ALEYKHEM

M35 *Étoiles vagabondes*

KENNETH BERNARD

M00 *Extraits des archives du district*

OLIVIER BRUNEAU

M17 *Dirty Sexy Valley*

M37 *Esther*

STÉPHANE CARLIER

M27 *Le Chien de Madame Halberstadt*

JOËL CASSÉUS

M39 *Crépuscules*

PIERRE CENDORS

M20 *Archives du vent*

BÉRENGÈRE COURNUT

M25 *Née contente à Oraibi*

M31 *De pierre et d'os*

ALEXANDRA DAVID-NEEL

M42 *Le Grand Art*

LUCE D'ERAMO

M34 *Le Détour*

EDGAR HILSENRATH

M02 *Nuit*

M08 *Orgasme à Moscou*

M07 *Fuck America*

M15 *Le Nazi et le Barbier*

M36 *Les Aventures de Ruben Jablonski*

M38 *Le Conte de la dernière pensée*

JULIA

M30 *Roulio fauche le poil*

ANDRUS KIVIRÄHK

M05 *L'Homme qui savait la langue des serpents*

M21 *Les Groseilles de novembre*

M33 *Le Papillon*

HADRIEN KLENT

M03 *Et qu'advienne le chaos*

M32 *La Grande Panne*

M41 *Paresse pour tous*

OLIVIER MAK-BOUCHARD

M40 *Le Dit du Mistral*

M46 *Le Temps des Grêlons*

VALÉRIE MANTEAU

M18 *Calme et tranquille*

M26 *Le Sillon*

JEAN-PIERRE MINAUDIER

M11 *Poésie du gérondif*

MARIE REDONNET

M13 *La Femme au colt 45*

EMMANUEL RÉGNIEZ

M09 *Notre château*

DIMITRI ROUCHON-BORIE

M44 *Le Démon de la Colline aux Loups*

D.A.F DE SADE

M01 *Les 120 journées de Sodome*

JUAN JOSÉ SAER

M14 *L'Ancêtre*

M22 *Glose*

GOLIARDA SAPIENZA

M06 *L'Art de la joie*

M10 *Moi, Jean Gabin*

M16 *Rendez-vous à Positano*

M19 *L'Université de Rebibbia*

M28 *Les Certitudes du doute*

FRANÇOIS SZABOWSKI
M24 *L'Amour est une maladie ordinaire*

MARIE TESTU
M45 *Marie-Lou-Le-Monde*

SIGOLÈNE VINSON
M23 *Le Caillou*

ALI ZAMIR
M12 *Anguille sous roche*

HYAM ZAYTOUN
M29 *Vigile*